中国文学与文化研究丛书

立体多元的经验世界

——消费时代的文学书写

张德明 著

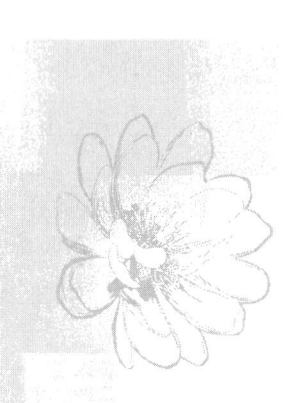

四川大学出版社
SICHUAN UNIVERSITY PRESS

图书在版编目（CIP）数据

立体多元的经验世界：消费时代的文学书写 / 张德明著 . — 成都：四川大学出版社，2024.6. —（中国文学与文化研究丛书）. -- ISBN 978-7-5690-6972-3

Ⅰ . I206.7

中国国家版本馆 CIP 数据核字第 20247SJ859 号

书　　名：立体多元的经验世界——消费时代的文学书写
　　　　　Liti Duoyuan de Jingyan Shijie——Xiaofei Shidai de Wenxue Shuxie
著　　者：张德明
丛 书 名：中国文学与文化研究丛书

丛书策划：张宏辉　欧风偃
选题策划：刘一畅
责任编辑：刘一畅
责任校对：庄　溢
装帧设计：李　野
责任印制：王　炜

出版发行：四川大学出版社有限责任公司
　　　　　地址：成都市一环路南一段 24 号（610065）
　　　　　电话：（028）85408311（发行部）、85400276（总编室）
　　　　　电子邮箱：scupress@vip.163.com
　　　　　网址：https://press.scu.edu.cn
印前制作：四川胜翔数码印务设计有限公司
印刷装订：成都市新都华兴印务有限公司

成品尺寸：170 mm×240 mm
印　　张：17.75
字　　数：280 千字

版　　次：2024 年 6 月 第 1 版
印　　次：2024 年 6 月 第 1 次印刷
定　　价：68.00 元

本社图书如有印装质量问题，请联系发行部调换

版权所有 ◆ 侵权必究

扫码获取数字资源

四川大学出版社
微信公众号

目 录

怀乡世界与文学的可能性

真实人生的文学表述……………………………………（ 3 ）
价值融注与诗歌尊严……………………………………（12）
游戏时代的良知书写……………………………………（26）

独立宽厚的人文情怀

流落民间的高贵与忧伤…………………………………（37）
高贵没落时代的古典写作………………………………（48）
张狂语境的精神苦魂……………………………………（62）

商业"硝烟"中的精神傲立

嘈杂时代的智性书写……………………………………（77）
无趣世界的智慧承担
　　——一种有关真相的理解……………………………（88）

飘曳苦魂的精神疑难··（101）

日常生活的意义生成

缺陷世界的精神意义··（113）
灵魂故乡的文学盖头··（122）
文学乡村的时代书写··（129）

挑战阐释的诗学价值

常态的性灵书写与非常态的诗歌意义·································（139）
辽阔的精神背景与朝圣的诗人身份····································（151）
温暖无边的古雅诗学··（162）

价值对峙的美学突围

迷狂时代的精神价值探索··（175）
铭记乃是一种历史对话··（184）

匍匐信仰的尊严表达

暧昧时代的精神探望··（197）
高贵精神立场的智性表达··（207）
商业霸权蹂躏之下的精神回访···（216）

温暖智性的叙事伦理

小说的当下性与叙事智慧··（225）
沉重温和的叙事生成···（233）

用温润的灵魂找寻表达的兴奋点……………………………（241）

精神邀约与诗性美学……………………………………………（253）

物化时代的经验意义……………………………………………（259）

后　记……………………………………………………………（275）

怀乡世界与文学的可能性

真实人生的文学表述

马培松是这样一位诗人：青春年少的浪漫抒情，于他已经成为过去；机械刻板的现实摹写，他早已不屑为之；摆出落拓狂放的姿态发表宣言，却又与他的个性完全相悖。在同代人中，他读了更多的书，也承受了不少的困惑，但也有对缪斯的更真挚的爱。勤勉思索使他摆脱了一般年轻人的心浮气躁，正视人生也正视自己；对缪斯的爱则给了他在诗歌的莽原里默默跋涉下去的勇气。

一

马培松从20世纪80年代初开始诗歌创作，在80年代末90年代初就已经有了出色的表现。那些诗作力求贴近生活，但又不简单地摹写客观事物和生活现象；追求意象隽永，意蕴深邃，但又毫不玩弄意象，故作晦涩。这个起点是相当高的。最近我又有机会读到他近几年来发表的数十首作品，颇为兴奋。与他的早期作品相比，这些作品又有了很重要的突破。他已跃上一个新的高度，成为颇具发展性和冲击力的年轻诗人。这些作品气度恢宏，视界辽阔，以奇诡的心灵幻想、异色的情爱心理、变换的都市图景、通脱的现实关照，交汇成当代社会五光十色的文化景观。尽管我与马培松年纪相仿，对某些事物的感受亦相当，但匆促的浏览难以让我深探其作品之玄奥，甚至可能出现差池，正所谓"率尔操觚，强作解人"。好在各有说法，自成一言，亦属常理。

和同时代诗人不同的是，除了和文学界的朋友偶尔聚谈之外，马培松几乎不参加任何诗歌群体或"帮派"活动。特立独行的他在所谓"新生代"诗人群体中，却可以说是元老级人物。屈指算来，从他1984年开始发表诗歌，至今已整整四十年了，这使他有资格和理由傲视这个时代的诗歌。与今天复杂多变、良莠不齐的诗人相比，与那些投机取巧、盲目短视、夜郎自大、苟且钻营的诗人相比，与那些忽视诗歌生产之于诗人个体劳动这种健康、正常关系的诗人相比，马培松显得更可贵。他没有依靠诗歌以外的东西来博取诗人的名声，敬业工作和正常生活之余，便是读书、写诗。他只以诗作来发言，而这恰恰是一个真正诗人的本分。或许，这也正是我们更加珍视那些甘于寂寞的以宏大的沉默对世界对生命对历史予以温情而正直的注视的诗人的原因，也是我们这些早已受到怀疑的无文化的诗坛里真正有价值的诗人存在的意义。

没有不积淀独特文化的土地，一方水土一方情。土地对于诗人的意义有如母亲对于婴儿。诗人吸吮土地，热爱土地，甚至可以批判土地，但从不背叛土地。人生的过程不过是寻找心灵的故乡，而身后的故乡仍然是世界上最美好的风景，亲情永远是伟大而富有力量的。或许这一切对马培松来说有另一种意义。早熟的他在这个国家非常困难的时候出生于农村并度过了一段难忘的时光，今天看来，那段困窘的岁月只是将他的心与大地紧密地联系在一起了，只是使他比世界上大部分人更多地体会到了至真至纯的美好的母爱——大地之爱，这一切奠定了他人生的基础并形成了他最初的人格。马培松以为，这是他即使奋斗一生也难以报答的。

走在春天的阳光里/多情的道路长满绿色的音符/早上的太阳/抚摸人间万物/石头、树木和我/沉默一冬的雪/此时升华为云为虹霓/连铜像也做梦的三月/一开口就有许多种子/落进泥土/落进父亲额上深深的皱纹/鹰的翅膀/把天空擦拭得清明澄澈/在这个季节/无论你站在哪一个角度/都是一种美丽的风景。

——《走在春天的阳光里》

诗人倾注了人间最真实的情感，抒发着对大地母亲的思念和来自生命本原的感激。这种感激不仅仅源于对大地母亲养育之恩的回报，更因为他在大地母亲身上、在那块只要播种就可以收获的土地上寻找到了自己的生命之根。

一株玉米/从时间的芽苞上，生出/巨大的叶片/奇痒无比/一种叫故乡的虫子/乘虚而入/叮咬你的记忆和肠胃/整个夏天，我们/坐在玉米树下/犹如一群思乡的鸽子/兄弟，再来一碗玉米酒。

——《玉米》

这与母爱相关的一切在马培松的生命中印下了深深的底色，构成了他坚强纯洁的品格，使他的人生之路充满理想主义色彩。即使有所困顿，他也从不退缩。

七月的田野上流溢着成熟的芳香/挂着红缨的玉米林在夏风中歌唱/这一切都属于你，我的父亲/你脸上那迷醉的微笑/使阳光和空气都勃然动情/从初春到夏末/自然的默契天衣无缝/辛劳已经过去，丰收就在眼前/七月的太阳金灿灿，如一句美丽的预言。

——《七月》

来自土地的亲情力量催生了马培松坚定执着于现世的精神。他希望用爱心换回幸福，用纯洁换回纯洁，他向往人与人的平等与尊重，渴望世上一切东西都能够透明化。这些遗世真情在《星期天》《我只要一片阳光》《你的长发》等作品中得到充分的体现。他颂赞自由与勇敢、力量和高洁，歌颂人间一切美好的东西，这些正是福克纳所说的人类逝去的光荣。这些诗篇孕育了作者浪漫主义与理想主义的情调。通过这些情感激荡的作品，我们看到的是诗人那颗求真向善的心，这正是马培松这代人高尚可爱的地方。

灵性是诗歌的美学标准之一。在一个以财富论英豪的商业社会，充斥于世间的商业念头和商业行为令人多了一些沮丧，加之假、冒、伪、劣的商品现象渗入人的精神领域，无形中给诗的品质和人的精神带来了很大的破坏，功利色彩浓厚，"灵性"散失，"德行"毕露。商业性的急功近利造成社会出现浅薄、急躁与纷乱的情态，使人们内心得不到片刻宁静。

这时候，我们会更加喜欢读像《七月》《玉米》《走在春天的阳光里》这样的诗歌。我认为它们令人着迷，更具挑战性。它们是对现代世界喧嚣扰攘的一种抗衡的进逼的声音，既带给我们以人间真情的温馨慰藉，也带给我们内心以灵秀美妙的审美享受。

二

马培松的诗歌创作始终保持良好的竞技状态，他是在一种神圣而严肃的使命感的"负荷"之下进行诗歌写作的。因此，他能长时间地发抒那种昂扬向上的歌谣。中国台湾诗人钟鼎文先生说过这样的话："什么是诗？""诗是一种发自内心的对美好事物的呼唤。清晨起床，在晨曦的薄雾中看到一位号手正在吹号，这就是诗。因为这位号手，用自己的心血变成了气力，再用气力发出一种声音，这种声音唤起了沉睡中的人们，实际上，这位号手是在用自己的精气血在召唤人们的醒来，这难道不是诗吗？"[①] 虽然读者见仁见智，但我们还是从老先生的话中感觉出他仍然是在为诗歌的责任感"招魂"。其实，诗歌不仅仅是一种自足的实体，还是我们感知其

[①] 田志伟. 焚膏集［M］. 沈阳：春风文艺出版社，1995：151-152.

他实体的窗口。我们今天的诗歌创作，不是要将自我存在意识作无限的扩张，而是应该更加强烈地召唤社会责任感的回归。社会是诗歌最深刻的内容，诗是人类的最高审美形式。诗的生命化、社会化与生命、社会发展的诗化同在，诗人心灵自由与诗人的生存形式共存。对于马培松来说，他无论何时都无法抛开那种使命和责任，在实际创作中自觉地承载一份社会与历史道义，因为他清楚文明的发展是在感性与理性的冲突中进行的，而理性的发展则标志着人类文明的进步，这其中最重要的是人的力量。

一撇一捺/给打上了封条/自从汉字被简化/这个字的本义/就只有到古籍中/去寻找了。

——《义》

总是站在竹简上/蹑手蹑脚/不肯下地/难道担心/这钢筋水泥浇铸/的地面/崴了你的脚不成。

——《仁》

这里的"义"和"仁"意味着对自然社会的胜利征服，还是对真诚和理想对有序的燔祭？诗人为我们留下了多种感悟和思索。沉默无言的汉字通过诗人之口发出了自己重浊的声音。但是今天，很少有诗人愿意倾听和表达这种声音了。这种声音既难响亮，也不动听。在浮乱的现代世界里，它极易被忽略，甚至会被某些人认为你在夸张、抽空和升华一种抽象的神性，会被认为是一种文人式的半真半假的牧歌情怀。马培松当然意识到了这种无奈。

你让虫子和病菌/感到多么地幸福/是什么促使/天气也变得不男不女/气为天之象/人在这样的环境中/开始思维错乱/你能确认谁是谁吗。

——《暖冬》

马培松虽然在许多时候关注自然美和生活情态美，但他并不避世，更从未脱离社会。在《暖冬》中，对那些重物欲轻精神的俗世行为，诗人流露出明显的鄙夷。他以类似乡下人的纯洁眼光和良好心态来观察和评判周围的一切事物，使作品更为真切、充实而饶有兴味。

马培松有些诗作是为时为事而作，直接从社会历史的角度确立自身价值，如《南湖的船》。

> 七十年前/那个七月的某一天/南湖，碧绿的水面上/一只红色的游船/忽然，静静地停泊/忽而又猛然地划动/好像在寻找一种感觉/又好像要穿透什么/分割什么撞碎什么/中国，从那一刻起/命运注定你将辉煌/你麻木了五百年的神经/从那一刻起/开始兴奋/南湖红船，这一簇中国革命/最初的圣火/从此开始在中国的天地间/点燃满天霞光/遍地杜鹃。

——《南湖的船》

这首诗既概括又具体，既含人生哲理又有澎湃激情。它无疑希望在当今社会唤起一种优秀精神。诗中那正义的讴歌和袒露的情怀，冲刷着旁观者灵魂上的雾障，让时代精神大放异彩。这不但没有影响诗歌的艺术质量，反而增强了诗歌的社会价值。因为诗人在不断寻找祖国优秀的文化之根，并且勇于超越传统文化的某些羁绊。由此，诗人赋予诗歌以内在的力度和神圣的色彩，使其被历史所同化而不至于失却应有的个性，在不断切入现实的过程中获得新的主题和意义。在这首诗中，诗人进入一个被许多人所淡忘的世界，反过来又给人们创造了一个至善至纯的天地。他并没有对现实生活作任何道德评价，但他给我们展示的一切又无时无刻不在引起走向疯狂与困惑的人们的反省。有了诗人，有了客观事物，并不等于就自然有了诗，优秀之作的产生有赖于诗人对世界艺术的把握，尤其是主观与客观世界相通时那种刹那间的艺术直觉。这不仅关涉诗人的经验与学识，更取决于诗人的悟性，特别是诗人对置身其中的社会生活的关注程度。缺乏悟性、生活态度漠然的诗人往往会陷入对客观事物的刻板摹写，这种诗人充其量也不过是流于雕章琢句的诗匠。我以为，马培松早已有所悟，因为他近作中表露的对生活对社会的"悟性",帮助了他体认宇宙本体,强化了他的生命体验,不仅使其不断探求人生价值,也使其越来越像哲人。这或许不难理解,因为哲学与诗是孪生的姊妹,面对同一种生活而从不同方向进行探寻,哲学家和诗人尽管所用的思维方式不同,但都同样讲究"悟性"。马培松并非有意去追寻所谓深沉的哲理,只是把自己对生活对社会对历史的强烈真情与自己的人生体验和学养巧妙融合在了一起,使诗歌创作进入了主客一体的较高境界。

三

解构情调与"真我"追求结伴而行,这是马培松诗歌中体现出的一个很重要的创作现象。马培松在《船》中写道:

> 我在备课本上设计船/我在黑板上描画船/我用深情语言/浇铸远航的信念/有一天/那些满帆的船儿对我说/——我要去远方/去寻找梦和童年/我走到岸边/弯腰解开系着的绳缆/我知道:是鸟儿就要飞翔/是船儿终不会腐朽于港湾。

这首诗连同诗人其他的一些作品,让人不难看出弥漫其中的解构热情。或许只有从这些类乎后现代思维的框架着眼,才有助于我们真正认识和理解马培松。这种创作景象其实既包含了他文化意识的某种敏感力与超前性,也包含了其艺术情态中某种深度隐涵和平面形式相互错杂的意蕴,对我们评断其作品应该有所启发。

对马培松而言,所谓解构情调的发生缘由,当然来自诗人的"不安的能指"的动荡不定,他没有也无法真正握有存在之端,因而导向了对某些确定性的虚幻感。这使他的一些作品客观上形成了对现实某些"合理"存在内容的质疑与讽喻。显然,这是诗人形式意义比较强烈的解构情态,其结构化的颠覆意味还没进入更深的精神层面,但我们无法否定他的怀疑精神。作为都市诗人,马培松的诗作发散的解构情调无疑可以视为某种智慧快乐的洋溢，鲜明地体现出其透彻的思辨力和极高的人文眼光。更使人赞叹的是，他佳篇颇多，且往往气魄宏大，结构谨严，辞采丽雅。特别需要指出的是，马培松诗作的解构情调，在情绪层面上与特里·伊格尔顿所说的"兴奋与幻灭、解放与纵情、狂欢与灾难"的解构指向是不一样的。它不是一种源于失败与幻灭的简单因果比对，而是表现为以此为基点反观现实人生的人文信念和情怀。它不是对神圣性的放弃，刚好相反，它要持久守护的就是对真实规范的人类情绪的哲学体认。配合这种哲学体认，马培松作品中到处表现着对"真我"的求索。他的文学因缘是多方面的，包括古今中外的经典诗人与作品。他"广结善缘"，无不钟情。但综观其创作，不难发现，他始终围绕一个中心，这就是"真我"。这也是作者孜孜矻矻、在意象的经营中、在和语言的"搏斗"中唯一追求的目标。如此，他才没有把自己囿于自我的小天地而难以面对整个世界，才能够使自我的心完全开放，摒除对世界的认识限制。他将大我与时间、空间等量齐观，将小我融入整个宇宙，同宇宙合一。这样，诗人才是宁静与充实的，才能冷静思考人和环境的辩证关系。这种"真我"又不等同于"无我"，并未将好与坏、迷与悟、虚妄与真实、生死之苦与解脱之乐等对立观念全部摒弃，它只是以更自然的方式表述是非观念与爱憎态度。这恰好与他的解构情调相得益彰，充溢着东方智慧。

　　马培松对其所撷取的生活材料，总是用心去拥抱、去思索，用情去融化、去激活，那被融化和激活的材料又反过来打开他的思想与感情，达到思想、情感、物象三者的和谐一致。他采撷诗材的巧妙之处，在善于抓取这三位一体的物象，并以此作为诗的艺术焦点，把趣、味、韵皆备的生活内容锻造成情、意、境和谐的"诗眼"，使诗篇气脉流贯、形神凝聚，通篇皆活。拾取撒落在生活中的散金碎玉，并把它们打磨得锃亮，这便是马培松的本事。

　　读马培松的诗作，的确是一种享受。但享受之余，心中又生出些许不满足，觉得培松诗中似乎还缺点什么，他要向大诗人靠拢，还需迈过一段距离。我的看法不一定对，但我还是要讲出来。

　　马培松需要进一步突破现有想象力的局限，使其更加舒扬。他并不缺乏想象力,他所缺乏的是想象力中现代意识与个体固有文化气韵的互溶。他完全可以站在智慧的交汇点上,展开想象的翅膀,思索开掘诗材,使作品跃上更高的台阶。

总之,马培松已经迈出了成功的一大步,相信他会在繁忙的事务中为自己保留一块心灵空间,在自我与世界的美妙契合中,不断地放飞诗的"白鹤群"。

价值融注与诗歌尊严

一、背景与事实

绵阳有两张非常重要的世界名片：李白出生地、中国科技城。古巴蜀文化、三国文化、文昌文化、李白文化、大禹文化、嫘祖文化、"两弹一星"和国防军工文化……众多丰厚的历史文化遗产，是体现绵阳城市个性和历史文化特色的重要资源。20世纪80年代至今，绵阳本土涌现了一大批风格各异、成绩不俗的诗人，他们是绵阳历史文化长河中激荡的朵朵浪花，他们以敏锐的视角和诗意的笔触呈现了祖国大地上五彩斑斓的时代生活以及众生复杂多维的内心世界，他们所具有的独树一帜、木秀于林、与众不同、卓然独立的内在气质与追求，与先贤文辈同构，共同提升了绵阳的地域品质，深化着绵阳的文化内涵。

绵阳是一座文化富矿。丰厚的历史文化积淀、蓬勃的经济发展及先进的科技实力等诸多方面使绵阳优势突显，多样的地理结构和民族构成促进了绵阳人与自然和谐发展、各民族文化相互兼容的客观历史与现实状貌的形成；多彩的地方民俗与丰赡的民间文化使绵阳在文化特征上具有开放性、包容性、坚韧性、民族性等众多特点。这些极具符号学意义的文化要素深深影响着绵阳诗人的禀赋、气质、人品和文品，并使他们形成相当程度的公共认知，如前瞻意识、境界意识和哲理意蕴。女神崇拜的诗歌情愫、向内求善的美学追求、中外文化兼容的文学气度、进取警觉的生活敏感，使绵阳诗坛在新时期以来的各个时期都有自己斐然的成绩。绵阳诗人群落的成功，也给曾经走向低谷的诗坛，释放了一种信号。绵阳诗人通过不断激活民主、开放、兼容、现代的思维方式，借助自己通灵的艺术心界，产生出了大量新颖独创、意味十足的诗歌成果。

  绵阳是诗歌之乡，李白自不必言，欧阳修、文同、李调元名震四方。从20世纪80年代至世纪之交，绵阳诗人也数次吸引全国诗歌界的热切目光。他们对新古典主义的探索，对生命意识、语言意识的双重自觉，使绵阳部分重要诗人融入了第三代诗歌创作的领军群落。这些横跨两个世纪的诗人有许多可圈可点之处。

  当然，客观地说，当代（20世纪80年代至今）绵阳诗歌创作和其时的种种新变化是密切相关的。20世纪后20年，改革开放日新月异、西方文化潮涌、经济体制转型等新景观，强烈刺激着诗人的情感神经。在那个风云际会的时代，人心、社会和文化环境发生的万千变化在政治、哲学、民族心理、社会习俗、宗教等方面深沉地作用于众多诗人的写作实践，客观上促成了其诗歌观念、书写方式、美学情趣向现代的演变。新时期各种不同的诗歌主张也激励着诗歌创作的活跃、不同群体及流派的竞争。所以，新时期绵阳诗歌的整体面貌正是在此千帆竞渡百舸争流的历史潮流之中形成的。

  作为当代中国诗歌的组成部分，绵阳诗歌也是具有普遍意义的诗歌现象的缩影。通过绵阳诗歌群落的个案解析，既可以管窥他们的经验成效，探寻群体的运演规律；也可以采撷其美学营养，为诗歌后学的培育作基础性铺垫。绵阳20世纪80年代以来诗歌创作时间跨度长，成员阵容强大且庞大，如果以约四十余年的总体人数来统计，在全国有较大影响的有十余位，还有不少省内优秀诗人以及众多后起之秀。这一群落虽已存在，但由于工作性质的客观制约，仍缺少一条主线相连；一些诗人虽有创作学缘，但深度的交流却很不够。所以，特别需要我们强化对新时期成长起来的绵阳诗人的关注，从中寻绎出可将这些诗人串联起来的魂灵。鉴于此，笔者与几位教授、博士协同，做了一个有关绵阳当代诗歌创作研究的课题，希望借助对绵阳一些具有代表性意义的诗人的简约披览，以平时累积的对诗歌创作的肤浅体会，通过一种恶补，进行一种超越印象式的盘点。争取能够搭建一个起点较高的、有一定影响力的，具有较大格局、较大视野的，能实现良性交流的对话平台。作为一个历史性与共时性并存，传承性与开放性同在，并在西部诗坛乃至全国诗坛具有相当大的实力和影响力的特殊创作集群，绵阳当代诗人的集体合影无疑具有深远的历史意义和重大的现实意义。同时，这些年来，许多作家、诗人和评论家，表达了对绵阳诗坛的强烈观照及热情，对绵阳诗人这一特别群体提供了大量、持续的给养，产生了显著而丰富的文学成果。特别是，进入21世纪以来，绵阳诗坛进入一个非常活跃的创作阶段。及时回顾他们的创作历程，跟踪观照这一群体的当下状态甚至未来走势，对今后探讨绵阳文学及形成绵阳的诗歌文学史料同样具有非凡的意义。

目前，绵阳诗坛呈现出比较健康理想的生态格局，给人最直观的感受是诗人辈出，抒情阵营势力强大。有关人士提供的数据显示，在这支队伍中，影响较大并获得重要奖项的有王尔碑、赖松廷、赵敏、郁小萍、雨田、马培松、蒋雪峰、野川、张晓林、白鹤林、杨晓芸、罗铖等。此外，其他优秀诗人还有蒲永见、温芬、陈大华、程永宏、谢云、剑峰、王德宝、黄富敏、布衣、刘强、桑格尔、丛文、海凡、张英、胡应鹏、周薇、良草、张景川、李资富、灵鹫、张益聪、毛毛、甫跃成、雨然等。数字虽然是枯燥的，却是实力的佐证。我们看到，绵阳的多数诗人以仰望生活的谦逊姿态和狂热的诗歌情结，与大地对话；以诗人的名义，用青春或沧桑的吟歌，拥抱我们热爱的宏大或渺小的生活，揭橥尊严和耻辱、痛苦和残忍，参与人类精神血脉的重建。

文学在人类精神向度的价值求证其实就是与时间的博弈，它讨厌假装深奥，更忌讳虚伪。假装深奥和假装正确同样招人讨厌。读者希望看到的是那些字里行间留下的生命密码和生活同谋，读出纯然与粗粝生活中潜藏的善意与悲悯。从这个意义而论，绵阳诗人群落共同努力，呈现了喜人的局面，他们中不少人都能视诗为神圣的精神家园与生命意义的寄托形式，并以此为自觉。摒弃游戏与谵妄，真诚谱写普通人的生存咏叹调。他们严肃而有自尊的写作，向人生和时间的厚度推进，体现个人与时代的和谐，浪漫与传统兼有，空灵与素朴共存，虽共语喧杂但和平共处。

二、绵阳诗歌的审美流向

我认为，新时期以来，绵阳诗歌至少表现出了以下三个非常清晰的审美流向。

1. 诗性追求与融注内涵

21世纪以来，现实主义诗歌精神成为诗歌界提倡重建新诗精神的核心内容。绵阳诗人在许多诗人选择逃离生活、背叛读者的时候普遍能够及时协调和妥善处理诗歌与现实的关系，创作态度严谨，从内视视角出发，表达真实生活境遇和感受，开放性地吸纳现代创作元素，使现实主义色彩更加炫目，让人感到一种生活力度和使命的赫赫存在。绵阳很多诗人的作品书写民族的大悲大喜和人道主义情怀，特别是面对汶川地震、芦山地震，其作品切入了令人难忘的国家灵魂和人性智慧，在注重诗性追求和多样化呈现的同时，饱含民生体恤、国家意志、悲壮的生命意识和使命感，妥善处理了重建诗与现实精神的关系，使绵阳新时期诗歌增添了厚重和大气之感。雨田、马培松、白鹤林、蒋雪峰、赵敏、张晓林、海凡等，堪称代表。

工作以来，文艺批评一直是笔者教学之外最重要的"副业"。然而，在相当长的时间中，笔者又把自己放逐在诗歌之外，就像维特根斯坦所说，在不能言说的地方保持沉默。这固然表达了笔者个人对当下诗歌局面的强烈不满和失望。笔者经久发现，当代诗歌在整体上并未跟随时代的发展步伐，往往显得老态龙钟、一步三摇。敏感的诗人更多在为作古的事务"结账"，过分注重对个人心结和自然环境的肆意描摹而疏于对"人"的表达。说句不客气的话，笔者之所以一度对诗歌故意脱离，是因为意在践行对当下诗歌状态的独立思考——21世纪前后产生的大量诗歌未能在工业文明、城乡生活、人性张扬及生命精神完善之间找到逻辑。写诗对许多人而言不是工作，更不能维持诗人的生活，但诗歌作为介入生活、参与社会活动的天然"法器"，应该是思想和手臂的延伸。由于写作本文的需要，笔者比较系统地阅读了绵阳诗人的作品，竟发现当代诗歌在他们这里不仅有了新的血脉和气质，而且对人的精神面貌、性格特征的把握已比较深入，尤其对当下生活投注分寸感的拿捏具有相当高的火候。

蒋雪峰因《锦书》获第六届四川文学奖，这位来自李白故里的诗人以无限的深情写出了不少佳作。面对当下的日常生活，对宁静肃穆的需求正从人们的心灵深处油然升起并成为一种强烈的渴望。走进蒋雪峰的诗歌世界，你可以感受这种渴望是那么重要。雪峰那貌似白雪般淡泊的长句，往往把你带入更深的遐思。

  需要怎样高贵的品质 热爱/才配得上大雪的护送和珍藏/在这人迹罕至的山巅/在这被鹰翅反复擦亮的海拔/用稀薄的空气一道困难和生长/众生般孤独，迷茫的雪宝顶啊/翻滚着絮云与沧桑苍凉/溃败的群峰，是一些惊慌的鸟兽/……在今夜，高原肃穆，万物吉祥/雪宝顶苍鹰集合，格桑怒放/谁能挖出雪被埋葬已久的前生/重返真实而又圣洁的故乡。

——《雪宝顶》

空间感的寥廓、清冷、寂静是蒋雪峰的一贯特征。诗中化雪为山的艺术感觉绝非魔术师的游戏，而是源于诗人的一种历史眼光和哲学观照。粒雪为山，雄鹰咸集，包含太多深重的沧桑巨变，浓缩了太多的酸楚传说。单纯的空间感是无意义的，读者需要以此象征心灵空间的悠远与苍茫。《涪江》《热尔草原》《在沱沱河看见一只乌鸦》《情殇》《死亡》《新苏武牧羊》《我经过的日子把我抹去》《沉船上的一支乐队》等都是蒋雪峰的代表作。它们表面有一种超然物外的古代飘逸，其实却表达了对生命去而无返的深深忧郁。诗境因时间上的落差而显出悠远和莫名的苍凉。蒋雪峰的价值取向是崇尚旷古高风的完美人格，他也是把自己的诗歌精神转化为生活最高原则的为数不多的诗人之一。平日里，他试图使实在的生活趋于平淡和纯粹，但现实的残酷不断粉碎他纯粹的梦想，他的执着似乎在于：虽然在理智上明知生活的严峻和琐碎，但对生活的体验却又时刻不想失去诗意的感觉。因此，蒋雪峰诗意的奇妙并未妨碍他追根究底的理性态度。他把感觉和思考恰切融合，既不失诗的清冽之气，又对灵魂世界有所触动提升。

在第一时间描写现实生活，对许多诗人而言是相当大的考验，很多人也不愿意做这样的冒险。真实的诗歌情境是，很多诗人从不轻易触碰当下生活，更鲜有高品质的现实性作品产生。马培松却是个例外，他是位非常"接地气"的诗人，对当下生活现实有着独特的敏锐和深刻。马培松的《马培松诗选》《发给自己的诗歌邮件》等诗集，似乎是一种宣言、一种兆示，更是一种新的姿态。在诗歌"骑手"不断离去的时代，他跃出沉潜的水面，呼出自己按捺已久的一大口气。两本诗集对马培松来说仅是小试牛刀，还不能代表他远瞩的目光，但使诗人的诗品和诗名跃上了新的层面。以我粗浅的观察，马培松独立书写，不归属任何流派，用温和良善的目光和襟怀"抚摸"着周遭之物事，冷静地看，温暖地写，在人们熟视无睹的鸡零狗碎中揭示潜伏的诗意。写作二十余年的马培松已然成熟，具有开放性的诗品。他属于绵阳诗人群落，但又独立于绵阳。马培松在《我已走在秋天的路上》中写道："现在，我唯一要做的事／就是写诗。"在处理繁杂的行政事务之余，他倾注了几乎所有精力于写诗。《观音》《今夜》《暴风雨奔跑的人》《同学会的故事》《磉磴》《清明》《贝尔森先生》《旧时记忆》《大雨》《此时不去想沉重的事情》《老街》《拾穗者》《雨天》《星星在窗外》《纷纷扬扬》《生》《西藏印象》等，都是马培松献给诗坛的佳作。在上述诗歌中，我们看到的情境亲切、和合。

中午的农田里/日头离生活最近/男人在低头拔草/一边拔，一边把拔下的杂草/丢向热锅似的田埂/种满番茄和黄瓜的田园/……热辣辣的空气中/……在随手打掉几朵谎花的当儿/伸伸腰/火红的太阳/正燃烧在你的头顶。

——《中午的农田》

曾有人认为诗歌是农耕文明的产物，这是典型的逃避现实的鸵鸟诗学，那种抒情只是一种虚伪的智慧炫耀。当诗歌远离现实成为时尚的时候，靠它混饭吃的诗人自绝于诗歌也就成为必然。马培松是典型的现实主义诗人，总是在现代人的生活实境中寻觅神性的辉泽。他不把诗歌视为灵魂的独语，而是尽可能从众生熟识的现实图景或语境提炼作品之魂。他是这个时代醒得较早的守门人。这种方式和态度使马培松的创作不会有轰动之举，他也注定不会成为速荣的诗人，却有了一种成熟的诗歌风度，保证诗歌本身的价值含量不会走低，那种灵动机智的情思经验、客观化的呈象技法，值得人们深思。

诗歌价值的实现，仅靠诗人主体的修行是远远不够的。诗人应该从跻身世俗生活的尴尬与艺术上的刻意求新中挣脱出来，决绝地抛弃虚荣、懦弱、偏狭、功利的哈哈镜与变色镜。但有趣的是，许多诗人发现，当以诗歌自娱自乐之时，诗人的双臂探出了自己生存的天空，而当以诗歌参与现实的时候，则发现自己是那么的苍白无力。根本的原因是诗歌没有真正切入生活底层，插进灵魂与精神的内核。诗人无论是展示蝇营狗苟还是脂膏颂辞，其重点都是要让人看到生命的希望和价值，让人感到良知的存在。20世纪80年代初就开始创作的雨田是绵阳诗坛另一个重要代表，他的诗歌成就早已为学界关注。雨田对诗有着自觉的担当、责任和追求，"他的诗有着更多的对社会、历史、人生、命运、生死、爱憎等的思考与追问"。[①] 面对技术主义的全面肢解和物质利益的盘剥利爪，雨田把叛逆安放在心灵的维度上，将目光牵回体内，把语言交给灵魂，将想象浸泡在情

---

① 孙琴安. 中国诗歌三十年［M］. 上海：上海社会科学院出版社，2013：58.

感中，为情感的奔放而祈祷，为内心的疼痛而歌吟。他把诗歌视为心灵私语和情感之弦的颤动。雨田用诗歌书写这个时代的喧嚣与斑驳，好像在释放着荒诞夸张的阅读快感，可细读之后发现，他写的那些文字隐疾，既不夸张也不荒诞，甚至我们可以帮其添一些"猛料"以增加其作品的真实性。也就是说，他实则是以狂欢的叙述表达自己严肃的批判。《断章：崞山村纪实》《北京的冬日》《雪的怀念》《献给自己的挽歌》《怀念自己的乌鸦》《麦地》《国家的阴影》等一长串作品名足以说明一切。在这个时代，雨田希望以心灵构架、用信仰支撑、用理想呵护、用怜悯浇铸一个诗的世界，正是这种内在隐秘的坚持，使他的书写流淌着生命独特的气质。

无形的乌鸦撕破蓝天　同时　也肢解着我的梦境/其实　街道上的残雪什么都没对我诉说/而我在克拉玛依真的不敢迈动双脚　怕迈出去/就会踩着那些亡者的足迹　我的确不愿/用伤痕太多的手去触摸另一种疼痛　空中飞翔的鸽子/永远不能破解我内心深处的谜团　阳光在这里/倾斜过　留下的只有无声的哭诉和千百万个问号/……那场大火烧掉的不仅仅是房子和幼小的生命/仿佛在天堂　时间在等着那些孩子的快快成长。

——《过克拉玛依》

诗歌指涉了生活中非常重大的皱褶，介入了时代的良心，显示了诗人对生命的关怀和对命运的担待。这些由个人创作出来的作品超越了个人层面，折射出平淡而丰满的诗意光芒。这使我们产生联想：在恢宏的现实中面对精神领域的严重缺席，还有什么比诗歌人格更为完整、尊贵和激动人心的呢！

真正的诗人应该对时尚和流行保持足够的警惕和距离，冷静沉着，心平气和，淡化"江湖气"，钟情于自身诗歌品位的经营。诗歌是生命内在的自我抒发，诗人应该对得住自己的一身傲骨。诗歌表达了诗人对理想生命模态的企望，而生命意识的真正觉醒，则需要我们用更大的穿透力、更清醒的理智、更强大的勇气和更健康的心理去打磨那万千现实的粗劣原貌。白鹤林的诗歌在这方面做得极好。笔者发现，洋溢在白鹤林诗境中最持之以恒的主题，乃是对生命的拷问和人生的探索。他常常在舟车劳顿之时文思泉涌，不事雕琢地将情绪符号化。值得特别提及的是，21世纪以来，白鹤林数次变更工作岗位，但这并未改变他诗歌创作的任何方面，相反，每到一处，他对生命的省悟与感慨就层层叠加，不重复，不轻率，把真诚的激情直诉笔端。白鹤林是位早熟的汉子、敏感的诗人。他对于社会的观察、情感的体验、艺术的感悟，有着刻骨的心灵撞击，特别是他对生命价值、生活真相的诘问，与其年岁极不相称，甚至与他的学养和生活经历也极不相称，令人惊诧！《与同一条河流相遇》《梦》《电影和一条狗的生平》《市郊之歌》《书·记忆》《病态的春天》《悲伤》《我随口说出了时间》《一个人的祖国》《北行记》《先知》《秋风辞》《黑夜传》等，都是白鹤林非常优秀的作品。

噩梦已经结束／一只电影中的猩猩，曾经学会／穿礼服、干活，甚至调教它的女儿／……而一条狗的生平，是如此平庸／像我早年在乡下的生活／从来没有莫名的恐慌，和担心／……又一个腊月，狗终于死在地里／（死因是误食老鼠药中毒）／我在那年／搬进了城里，从此很少回去／并学会了穿西服、干活，和抽纸烟。

——《电影和一条狗的生平》

白鹤林是一个把诗歌活动与现实生活结合得相当完美的诗人，注重与现实的情感对话，更强调对入世之中生存情感的表达。尽管这种感受常常令诗人感伤无比、无可奈何！白鹤林不是钻在诗歌象牙塔中的人，不是无病呻吟、矫揉造作的诗人。他的诗作是一个行者在金钱至上的潮流中的节律表，其价值在于对生活对生命对艺术从始至今保持不变的诚惶诚恐。他的一些佳作与灵魂相通，具有传承意义，从这个角度上说，他是一位真正的诗人。

2. 自我审视与批判精神

绵阳诗人对市场经济勃兴的反应是敏锐而迅速的。他们在诗作中反映转型的社会，表达觉醒的自我，揭露人类精神的危机，这一行为把地处中国西部的绵阳推向了显眼位置。绵阳诗人以不同的创作个性和诗歌标准审视当下诗歌的"动作要领"，作品丰富，传播广泛，以另外的形式从整体上彰显了绵阳 21 世纪诗歌创作的成果与实力。

在这个时代，蜗居在自己的情感世界中不失为一种保全自己的生存方式，是以自省姿态抚摸现代生活，带来精神情绪的局部稳定。所以，20 世纪 90 年代，诗人神圣的光环逐渐褪去，甚至一些趾高气扬的诗人也开始低头奔脑。作为灵魂的"工程师"，诗人迫不得已踏入了滚滚红尘。但这也许并不是一场劫难，因为它促使诗回到诗人的心中，回到诗人的灵魂里。

20 世纪 80 年代的"诗歌造山运动"使诗歌在一定意义上实现了叛逆者所期望的解放，但在今天看来，它对于后来的诗歌浪潮而言，充其量是一次演习。商业社会对诗歌文化的破坏从未停止，直接的后果则是诗歌的生存空间受到日益严重的挤压，拯救和捍卫诗歌成为真正的诗人的本能反应。面对精神理性的无序状态，对价值体系"康复"的渴望，对美与善的光芒的含泪涂抹，成为诗人对抗喧闹世界精神沉沦实况的最强劲反弹。这些诗人是不会被忘记的：野川、张晓林、剑峰、雨田、王尔碑、马培松、蒲永见、温芬、王德宝、张英、黄富敏、彭成刚、海凡、赵敏等。这些诗人不厌其烦地在寂寞中复述现实社会与人性中日渐生涩的光辉——人类理性精神，其中包含对责任、关怀、爱、自我、历史、现实的廓清性思辨。

野川是一位极其注重自我心灵修持的诗人。尽管他在某些方面表现出对现实生活的"滑头"打量，然而，并未以此作为抒情的动力，而是特别关注现实事件在自己心灵上的瞬间感受，感性包裹与理性支撑皆而有之。《理由》《有一种力量想把我举起来》《立秋之后》《从屋顶滚过的雷霆》《命令》《花要开了》《童年的螃蟹》《现在它是一个伤口》《却把忧伤投射在原野上》等均是野川的重要作品。这些作品仿佛心灵私语的密谈。野川尤其醉心于言语的修炼和情感的复调演奏，话语间包蕴大量的审美信息。一般而论，绝大多数诗人做到了尖锐，却做不到广阔；做到了深刻，却失去了亲和。而野川的创作往往有两者皆备的快意。

不需要记忆，不需要梦想/在这里，你只需要感到自己/依然存在。风从四面八方吹来/你只需要敞开自己，天越来越高/地越来越阔，所有事物不过是你/……你只需要顺着风，把自己抛出/或者逆着风，把自己抓住/你就会感到自己：是泥土，是石头/是青草，是一切事物，无始无终/与天地一起，共用一颗恒心。

——《你只需要感到自己依然存在》

在神性失落的当下，许多诗人占山为王、替天行道的意淫感特别强。这种可怕又可笑的领地意识、标签意识影响了他们的思考。野川的作品贮藏着丰盈的生活感受，以其隐忍、曲折的方式投射着诗人对生命意义的个性诠释，以及对存在的深沉思考。他令人惊悸的才情凝结着深深的忧郁、敏感、哲思和想象。野川的这种努力不为别的，大抵只为在喧嚣而至的时尚中建立一种恒定的品格，等浩劫过去，这些品格还能给出意义。这不是一般诗人能够做到的，它透示着野川对生命精神哲学的刻骨体悟，换种说法，也体现了诗歌在个人化写作中所企及的深度。

海凡的职业使他的感受力非常灵敏。他观察事物细致入微，对生活的烛照有着独特的视角，他谦虚内敛、温情脉脉、轻声细语，从其诗风字体就可感觉一种纯朴可爱，但这并不妨碍他对当下现实与人生况味准确的判断、定格和记录。凌越的诗风舒缓而锋利，这与他的感受力有关。他的诗歌题材众说纷纭，在我看来，海凡经由动情的回顾、颂赞、思辨，完成诗歌涅槃，而后形成一种觉悟。他的作品以哲理方式转瞬把读者置于一种更为深远的人生历史和现实情景之下，感动之余，也让我们再次思忖什么才是真实可靠的值得信赖的写作。

敬礼　北川/我们以史无前例的虔诚/将一面洁白的心旌/高举过顶/……面对那场滔天劫难/在生与死的关口/你们用圣洁灵魂/书写着无疆大爱/……让美丽清幽的羌山峰峦/永远飘飞美丽的羌红……

——《敬礼北川》

《面朝黄海，我含泪歌唱》《寄情紫荆花》《诗祭汶川》《纯情的歌手》《风中的回望》等都是海凡的优秀代表作品。他的作品语言干净、单纯，用冷抒情的方式完成现时性记录，注定成为历史的一部分。在这个混乱的世界，他知道诗人何为，更知道诗人为何。他清醒勤勉，将大部分业余时间献给了他所信奉的价值观。他对诗歌题材的专业品质和执着精神在眼下实在是很少见的了。他的作品没有流行的装酷姿态，没有自作多情。他认同的艺术不允许他那样做。

张晓林的编辑身份并未使他的诗人身份被人遗忘。他是绵阳"出道"较早的诗人，其作品用娓娓而来的语调，倾诉他对人生和世界的领悟。斑斓的人生经历，使张晓林的诗歌创作风格经历了自觉的转变。他以吟咏边地风光步入诗坛，后又把视野从空旷、辽远的边地转到琐细、微观的都市，诗风从奔放、热情洋溢转变至平实、简约、冷峻。这不仅是形式上的变化，更是诗人思想情怀、心境的变迁在外观上的自然呈现。

> 坐在门口，眼光很远/却又视而不见/种子的声音/玉米叶子的声音/已在脸上走动/手指插进泥土/温热的感觉深入内心/如此实在/为什么我们一代代苦守着/红土和家园/为什么我们精贵的血汗/终日抛洒/我们苍凉的泪水/在持久的旱季熊熊燃烧/我们擦拭犁头，或者/镰刀/动作老道而精细/就像把握着种子的发芽过程/就像在空气的沙子中/计算庄稼的成色。
>
> ——《等待季风》

作为一位已到知命之年的诗人，张晓林经历了很多。和下一代诗人不同，他从未彻底丢弃传统诗歌观念而寻找属于自己的那分自由。作为一位人生历练丰富的诗人，他还拥有大部分年轻人所不具有的举重若轻的雅量。在这样的人生境界里，他所需要的是洞悉生命和世事的眼光，仅此而已。

3. 日常生活与个人空间

21世纪以来，大众传媒的发展使诗歌的生存空间受到进一步挤压。

诗歌写作出现了自觉和被迫两种模态，多角度、多向度的探索显得更为重要。日常生活"向内转"成为旧话新提，个人化写作被赋予全新的意义。这些诗歌已不再是个人呐喊或私意传达，诗人们竭力从僵硬呆板的生活中寻觅可贵的柔软，尽力将越来越稀薄的感动输入诗境，毕竟，时代太需要柔软和感动了。他们以安静的姿态和拒绝平庸的努力向诗坛发出新的呼声，保持着自己的精神尊严。绵阳诗人中，剑峰、灵鹫、桑格尔、刘强、张小外、布衣、谢依静等成为代表。

灵鹫是近年成长起来的颇具潜质的女诗人。与诗歌的偶然相遇是她最幸福的享受，她歌吟的是生命中永恒的美——爱与真诚，她关注的是人们内心细微的震颤。灵鹫以诗构筑起一个独立自主、精致澄明的女性世界，她的诗是纯粹的女性诗歌，她笔下的世界、生活始终散发着温柔气息。这些年灵鹫写出了很多优秀之作，如《旱季》《反证》《和陌生人一起跋山涉水》《我和我的泰戈尔》《把云塞进耳朵》《"捧"的艺术》《城市行为艺术》《欢笑的村庄和流泪的精神贵族》《我像儿童一样在做梦》《二的艺术》《偏差》《长虹的盲道》《探亲》《梦》等。

> 我从你身上飘过/我闻不见坚不可摧的药水味/坚不可摧只适合讽刺不懂生活的人/我们在一张床上蜕皮/……我们开始剔骨　说反话/……我越说越发现自己难以爬上树梢/去摘下理想中的果子/……或许你爱上的只是一堆雌激素/……
>
> ——《反证》

诗中苦涩的美好和犹豫的坚定尽显，这或许是灵鹫情感诗的文体结构。灵鹫的可贵之处在于，诗人在年岁尚浅之时便突破了一般情爱书写的价值匡规，义无反顾地把个体书写放在更广阔的时空之中，深化对整个人类生命存在的思考，在淋漓的诗章中，完成自己渴望已久的爬升。这些年来，随着作品影响力的不断扩大，她多少也有些名气，但始终不去赶浪潮凑热闹，始终记得自己是寂寞的灵鹫。除了用诗歌和别人交流之外，她向来寡言少语，这是她可贵的人品和诗性。

剑峰的工作性质使他成为绵阳诗坛冷静的旁观者，但他同时也是一位勤奋的耕耘者，作品不少。他将语言附着在情感的流动中，以情感的准确陈述来显示诗人的灵动之感。

雪在黄昏降临/余晖拂动群鸦的影子/一半晦暗，一半光明/仿佛一切梦境/……活着是对雪破碎的表达/我们的身体/承载对速度的欲望/从城市的立交桥各奔东西。

——《雪在黄昏降临》

剑峰的作品把抽象的物质具象化，语言温馨但略带忧伤，惆怅但不绝望，字里行间浸润着诗人善良而又韧性的品质。《给父亲》《世纪之门》《家》《春天的葬礼》《节日夜景》《林荫道上》《蓝房子》等是其优秀之作。从这些诗歌中，笔者触摸到了一位历经世事的诗人看待生活、人生的深邃而又炽烈的目光。剑峰诗里没有某些年轻诗人的矫饰、嚣张、漫无边际与把玩，有的都是坚硬的极富质感的对清寂生活的提取。他平和地表达有意味的生活和自己的精神状态，随意松弛的陈述中蕴含着悲悯和惆怅。

三、结语：一点感想

花了大量时间阅读当代绵阳诗人作品之后，笔者以为绵阳诗歌创作也存在一些不足：其一，部分诗人的学养存在不足。有的诗人有锲而不舍的精进态度，以殷殷阅读和创作自救，但另一些诗人则无此自觉。其二，部分诗人缺乏相互砥砺的态度，缺乏一种本质上的谦和，外在温恭，内里狂野，存在自信和自卑相互重叠的情形。其三，由于各种原因造成的彼此隔绝使一部分诗人有闭门造车、抄袭他人之嫌，有人甚至因找不到突破而退出诗坛。其四，评论的停滞或缺失使诗歌创作曲不成调。

游戏时代的良知书写

阅读冯小涓的作品已二十年有余。她是一位杂家，在小说、散文、报告文学创作方面都有相当不俗的表现。在过去很长一段时间里，她曾作为一名报人在一家报社干得风风火火。我参加过有关她的作品的讨论会，听到过关于她的太多慷慨激昂的口头或书面表扬。前两年她调到一家文学期刊社，专事与文学有关的工作。我也看到了好些有关她小说创作简报式的评论，但对她创作活动产生很大影响的散文的评论却寥寥无几。拟作此文，算是作点补充，见笑于大方。

冯小涓开辟的散文天地，是一个充满感觉与冥想的世界。它属于冯小涓自己，以其生命个体为本底，又以个人的方式呈示；从主体自我出发，又回到仪态万方的世界。由此成就了一个独特的被指称为"散文家"的冯小涓。

人所共知，20世纪90年代以来，散文迎来了一个高速发展的时代，颇出了些风头，优秀作品层出不穷。但与其他各类文学一样，在商业的高度"挤兑"和种种文化裂变下，繁荣终究掩饰不住虚拟的浮华，散文的"春天"很快便结束了。上述现象表证了"纸上"文学的某种宿命。作为一个谨慎勤勉的作家，冯小涓对格式化趋势日益明显的散文保持了一贯的警惕，有段时间她的作品似乎游离于散文常态之外，反拨日常成为她开展创作的责任与使命。由叛逆而生独特既是冯小涓基本的散文理念，也成全了她的创作水准，并且在她这里凝结成一种执着的力量。小涓的叛逆是对所谓范本的放弃，从而皈依独特的自我。她对取悦集体的趣味进行本能的调整，对倾心的表达心照不宣地投靠。在她看来，在作品中强调个人发现、个人见地，提供独特的角度，分享被人忽略的经验，展示新的文字处理方式，应该更为重要和宝贵。事实真是如此：考量作家重在加强对其独创性的监测，散文创作应将作家想象中的设计化为一种可触摸感受的美丽现实。残酷的真实告诉我们，有许多散文作家野心勃勃，虚荣浮华，戴着文化人的面具，只关心那些所谓形而上的宏阔之物，身边常见的细小而具体的东西难入其法眼，他们对此根本不感兴趣。冯小涓的散文写作坚持民间立场，极力开放自己的感知系统。正是在此情势中，冯小涓及其散文显示了我们所期待的特别意义。她的散文向读者展示了极其丰富绚丽的主体感觉世界。这种感觉来自主体的体悟与记忆，是主体全面解开身体感官所获得的关于自我、类群以及其他生命景观的体察和想象的内心烙印。

冯小涓以自信的姿态捍卫着一种散文神性价值观，用极其独立的方式表达她的精神哲学，兼揉多种文学形态编织着美文。在这个时代，她用自己干净纯粹、充满奇思妙想的文本世界，传表了自己对与人性有关的常识和生存终极的关怀。20世纪90年代至今，积二十载之功，冯小涓散文创作早已成熟，写出了自己的气度与风范，确立了自己的散文坐标——明朗独立、抱朴守真、不虚妄、无戾气，迥异于无趣的病态书写者之流。

一、回归现场的诗化宣言

度过了一段道貌岸然的时光之后，散文现在的处境比小说和诗歌还要尴尬。以唐朝各时期类比，新时期散文很快从生机勃勃的"初唐"进入暮

立体多元的经验世界
——消费时代的文学书写

气沉沉的"晚唐",没有经历"盛唐"和"中唐"。这样快的过渡,让人匪夷所思,目瞪口呆!散文遭人诟病的地方比比皆是:依附性强、主题老旧、独立状态缺失、无视众生当下生存境遇等。多年过去,散文表现出的依然是老态龙钟的洒脱与风雅。许多年前就不断有人狂呼文学贴近生活,依照笔者对生活的理解,原则上笔者赞成这句话,散文理应比虚构性的文体更贴近生活,因为它是更富有生活意味的日常动机的文体。马克·吐温的《密西西比河上的生活》、高尔基的《俄罗斯浪游散记》、梭罗的《瓦尔登湖》等,莫不若是。它们没有任何娇态的风雅,也没有道听途说的奇闻佚事,一切都是作家亲身经历的,都来自那些平实无华、毫无悬念的生活现场。环顾近些年的散文界,自我吹捧、孤芳自赏之风日盛,浮躁之风日盛,写过几篇苍蝇屁股般大小的作品就毫不脸红地自封或"被封"为优秀散文家的不在少数。有多少人把准了时代的脉搏、窥探到了社会发展的秘密、体验了人性在工业文明面前的痛楚与欢悦?又有多少人能准确诠释现实中自己的生存状态及生命价值?太多人把模仿当成了一种瞎子摸象似的集体狂欢,许多人仅仅满足于语言延伸所激发的神秘色彩,满足于自我膨胀的随心所欲,甚至企图在这个多元时代里自弹自唱、自圆其说,但没有令人信服的散文纲领。一些鸡零狗碎的所谓"理念"也往往不知所云,充其量也只是皇帝新装似的自欺欺人。

在这个时代,作家理应奉献与之匹配的精神主张。冯小涓的散文创作便是风景这边独好的一个切面。视点下沉,不仅是政治家的选择,也是文学家的选择。冯小涓散文的取事,既没有戴历史文化的面具,亦没有直接对社会的现实投影,基本都是疏离宏大叙事的关于生命主体的具体而微的言说。女性经验、少年游学、生活行旅等,成为冯小涓写作的基本义项。《养儿记乐》《劳作的意义》《与世界的第一次对视》《阳光、婴儿和母亲》《西安:挺立在时间的波涛之上》《凤凰的日子》《锦城旧梦》等,这些文章的标题本身便已暗示或告知读者作品的选料、取向与其中可能具有的滋味。例如:

  忧郁使西安具有一种高贵的气质,类似于独立苍茫、目光向着悠远的哲人。在中国众多的城市中，西安不像那种因时代流变而随波逐流的城市，瞬间在它的苍老上像风一样滑过，总有一些更为古老的东西挺立在那里，使你立即越过了眼下的存在。西安也不像那种慵懒的、琐屑的、被日常生活填满的婆婆妈妈的城市，在这种城市充塞地球的当今时代，西安的凝重又添加了一种破败的意味，破败的仅是它的色调和城市的外表，这使它有一种更加孤独的东西，忧郁变成一种深沉的内伤甚至焦灼，因为背着兵马俑的秦川大地，也被现代化的嚣声围困。它无力走出时间的重负，它像不谙琐事的精神贵族，沉醉于自己的幽思和冥想，忘记了追赶倏忽而过的时代浪潮。

——《西安：挺立在时间的波涛之上》

上文中的散文意象符码，与其说是在写西安这个古老而现代的城市和它的精神内蕴，不如说是在写现代人生命和类群的精神情怀，从现代人的精神困境中寻觅神性的辉泽。冯小涓并未把散文当作灵魂的独语，而是尽可能地从人们熟悉的生活图景或语境中提炼物象，把对人性的诠释明畅地引向更深入的层次。她立足于母语和本国文化背景，有敏锐的直觉与判断力；她谦和雅正、温情脉脉、轻声细语，在文字中流露出厚朴可爱之风，但这并不妨碍她对当下生活与现实经历的准确判断、定位与记录。她的书写舒缓而执着，对生活中美与不美的东西都有着表达的热情与勇气，她将沉静、深微的生命体验溶于广博的知识背景，在自然、文化和人生之间，发现复杂的常常是富于智慧的意义勾连。

冯小涓曾说："自觉消融于责任和消遣，无异于另一种沉沦。"（《倔犟之眼·后记》）。一直以来，她都觉得散文不应该简单而被动地成为某种所谓的寄托，它曾经是而且仍将是读者思量事物的一种方式。无论是出于个人或集体的考虑，她都觉得应该将笔触指向现代拥挤甚至肮脏嘈杂生活中的众人。她认为，他们的苦恼、成长、疲倦、爱与疼痛都是值得书写的。她想通过作品鼓励自己正视现实，直面那些虚假抽象的完美和羞于启齿的欲望，体现她的真诚与坦荡。

冯小涓没有把散文当作个人事件，清楚所谓诗意其实是一种生活态度，当然更明白丧失生活就意味着丧失了表达的内容，希望能在日常生活中抓住抒情的本质并能解读存在的理由，在生命与生活之间寻找一个平衡的支点。

从某种角度看，商品经济是散文的净化剂，当现实生活中不断涌现的物质文明给灵魂提供了更多诱惑时，当散文写作作为一种谋生手段几成笑柄时，不能靠它混饭吃的人便自绝于散文，散文写作就会显得开阔纯净。冯小涓内敛、早慧，周边发生的许多变故（尤其是亲人身上的）让她在更深刻地认识人生的同时更明白散文的脆弱。小涓具有极强的人文气质，她不写散文对文学界来说绝对是一种损失。她创作的深度在于她能把握变化及变化中的本质，她把对小说、报告文学的内在体悟转接到散文艺术中，她的纤弱优雅成了某种散文写作范式的绝唱。她是蜀中颇具内涵的散文家，擅于触类旁通，是名副其实的"通灵人"。她的唯美情结飘荡在散文中，拒绝商业文化与消费文化的侵袭，她的书卷意气中有一种义无反顾的感伤品质，坚持本色使她的原创思维闪耀着独立的光芒。冯小涓在商品经济的河流中忐忑不安地唠叨着人性的异化和一代人没有信仰的现状。

> 在金钱肆虐、人心浮躁、功利成行的世风中，一代杞人忧天、普怜众生的文人为我们留下了孤独而伟岸的身影。时下，大家心慌地呼喊，穷得只剩下钱，百姓烦躁地抱怨，忙得只为了钱。民族的精神不可能寄托在一个"钱"字上。当人距离人本身越来越远的时候，精神的流浪者们不妨重新回过头来，与"生命之轻"暂时疏离，"吾日三省吾身"，随着作家们深刻的人文思考，再仔细想想：人究竟是什么？
> ——《精神的流浪与文人的寻找》

冯小涓是传统的理想主义者，与散文相遇是她最幸福的享受，她歌吟的都是生命中的永恒之美——纯正的真情。

无序，酝酿着更多的可能性。当前散文界呈现出凌乱而真实的状态。在这个多元化的商品经济时代，散文孱弱的传播方式以及飘忽不定的信息含量让其很难坚持本色。作为一位风格成熟的作家，冯小涓的个性化写作是对当下某些散文作品的指控和挑战。当前不少人把散文写作视为纸上谈兵，认为它自娱自乐的性质特别明显。他们通过散文创作倾泻着那些名目繁多的功利之心，要么在别人的思想里绕圈子，要么在模板中填词，集体调戏文字，所创作出来的东西没有生命感，没有时代感，没有个人特质。让人绝望的是，这类作品竟然竞相出世，充斥于各色出版物中，被不知内情者视为当下散文创作界的真实状态。大量的伪作家劣作品不但遮蔽玷污了优秀散文之美，也使真实的散文创作界常常被误读。冯小涓是散文创作的践行者，弃绝功利目的，不以散文为安身立命的手段。生命的内在需要使她坚持创作，并让她对散文怀着一种敬畏和虔诚之心。

二、世心对接的性灵书写

工业文明作为人类智慧的物化佐证，是符合人性发展内在需求的。作家的任务不仅仅是去发现它对人类的挤迫，更重要的应该是去捋顺和传达一种人生期待。我以为，在这点上，冯小涓的表现是极其优秀的，她的灵魂是丰满、滋润的，让人敬佩。她的自我完善是其散文创作的美丽之处，其价值在于拥有多种可能性。她为散文提供了鲜活的现实图景和新兴的语言空间想象力，以及人性的光芒、道法的守望、良心的抚摸，彰显了日常审美化、审美日常化的时代印记。她写人性尊严、生存智慧，吐纳风云，评说春秋，情志飞扬。既有漫山遍野的屈艳班香，又有刚柔兼济的文气文势，更有应接不暇的错彩镂金与绣口锦心，这便是冯小涓高水准高智慧的散文本色。她比同时代许多作家更冷静、更低调也更为有人情味，关注人的本身和散文本体。

较长时间以来，散文出现的某种爆炸性效应和社会学倾向，使得散文创作常常带有较强的意念化色彩。许多散文作家偏爱一些具有"认识"意味的题材，希望通过创作引导读者去发现。冯小涓则是以某种审美发现为创作动机与美感，从审美精神意识的生命力对于主体情景的体察中选择散文的艺术视角。与其说冯小涓的散文传达着一种流动的情绪，不如说涌动着一种有生命力的、具有审美意味的精神意识。回归自然，回归博爱，回归朴素的人情世故，回归自由灵动的心性，回归知识者应该坚守的独立精神，是接通人心的当代散文书写的根本所在。作品所蕴含的祥和之美并不意味着她没有对外界警醒的立场，恰恰相反，她散文的独特处，便是她对人们司空见惯之事的警觉与怀疑，这也正是时下美文类散文普遍缺乏的品质。通过她对幸福的重新理解和诠释（《幸福的底色》）、对生命存在的价值定位（《清明》）、对现代生活的反思与誓师（《生命的三种姿势谛听草原》）等，我们发现，与那些沉湎于欲望和泛公共化经验的书写相比，冯小涓的散文确实是向天地之道的人生大境界趋附的。只是它们抛却了居高临下俯视众生的虚假丑陋作态，力图还原人的内心世界，以自己的独特视角打量常识世界，描摹丰盈的人生图景，记录生活中常被人忽视的细节与诗意。

在生存的过程中而非过程之外去理解生命的意义、确立生命的价值，这是冯小涓散文蕴含的一种特殊理念。她的许多散文作品致力于在个体话语场中思索自身与世界的关系，追问生存的责任、意义以及由此引发的一系列生命哲学话题，具有非常特殊的文学文化意义。冯小涓使我们看到了一个坦诚、严肃而真实的作家所具有的求真向善的心态。随着年龄增长，"修为"渐深，她对世间事物不仅能"眼藏"，还能"心解"。随着视野的开阔，她对个体性灵的礼赞，变得更加宽阔与深邃。

> 他的眼帘即将关闭，一个人对于这个世界，表现出的是最后的无能为力。他的身影将从这个世界消失，个人——一个脆弱的个体，即将结束自己的历史……遗忘叠加着新的遗忘，死亡和忘却轮番扫荡这个世界。马可·奥勒留接着说：你忘记所有东西的时刻已经临近，你被所有人忘记的时刻也已经临近。
>
> ——《一个普通文化人的命运》

在冯小涓看来，那些生活在底层的普通民众，那些为自己或别人的信仰殷勤一生的人，那些游荡于高山大川草原之间的精灵，他们都具有直面人生的勇气，都体现出一种凛冽而崇高的价值。冯小涓散文中呈现的系统化的生命意识，在表达当代人尤其是知识分子的心灵处境方面，是极其精准深刻的。这种性灵书写是感性之思以后的理性之笔，经历了从生活之实中产生生存之感，进而迸发生命之思的过程，是一位在日常生活中浸润已久的思想者的思考轨迹的再现。在《与万物面对》中，我们可以感受到这种思索的演变。

> 与万物面对，万物向你敞开……面对那个千百年来并无多少改变的世界，面对那个我们被迫出生又被迫顺从的世界，面对那个芸芸众生焦虑和呻吟的世界，抽身而去。

人与外物世界是无法割舍的两极，文章的美感由诗意的文字与理性的思想共同担当，平实的语言中透出了人心与自然相通的性灵之气。

三、成功喜悦与遗补之失

冯小涓的散文成为"散文时代"中典型的知识分子写作。直面而超越现实的理性、诗意和情怀构成了其散文的基本要素，而这些又源自她的内心世界（即生命体验与心灵体验）。因此，她的文字也就有了温度。笔者固执地认为，读一个优秀散文家的作品，你可以感觉其心动与呼吸。我们说冯小涓的散文是世纪之交混沌散文天空中的一道亮光，只要目睹过的人就不可能将它遗忘。它既是一种灵魂绝响，又与遍布尘世的道道伤痕相感应，不可抗拒，刻骨铭心。冯小涓用近乎残忍的个性文字划破生存表面的色彩，还原世界和生命的令人惊叹的真实。在这个难以测知、难以把握、充满变数的世界中，冯小涓赋予了语言世界更多超越真实的可能性。

作家以什么样的思想和精神状态出现在社会公众面前，这是我们必须加以思辨的。冯小涓在喧闹的背景中显示出其在精神和艺术上的高超之处，笔者想，重要的是她的散文有自己的灵魂。就潮流而言，她在潮流之外。她同样是从社会、历史和文化的层次关注个体的命运、生存的意义和精神家园，但在书写这个普遍性的主题时，她则以多样化形态打开了一扇中国知识分子尘封的心灵之门。冯小涓的散文有一种精致化的倾向，这是以作者独具的深邃的理性思考和怀疑、批判精神为底蕴的，直接表达了她的生存状态和精神状态。她虽然知道，单凭心灵的力量，很难达到与现实世界抗衡的目的，但妥协绝不是她的选择。笔者对当下散文现状的最大不满，就是看不到灵魂极其痛苦。而在今天的生活中，笔者想稍稍敏感一点的人，稍稍愿意想一想的人，大都会觉得自己的灵魂或多或少出了点问题，不是找不到生存的意义，就是对生存状态不满意。冯小涓的许多散文没有受外界喧嚣所影响，不断对生命本质发出探问与谴责，使她在创作中表明了自己超越凡庸的生存主张。对平凡人生的关注、悲悯和批评，又使她日益显现出热情敏锐善感的人道情怀。在仓皇的21世纪之初，只有能在绝望与躁动中追求价值与意义的作家，才有可能真正趋近散文的终极指向。

　　同时，需要指出的是，冯小涓的散文写作多多少少透露出其自信与自谦相互重叠的人格，有待跳出纯散文的误区，有待加强语言的节制力。个别作品抒情意味颇浓，少有象征，这种叙述风格的不确定性使人们对她这类散文不能不服，又觉得不可理喻。

　　在这个时代，盘踞在自己的情感空间虽不是明智之举，但依然不失为作家良好的生存方式之一。"艺术家也许没感觉到世界需要他来显示。于是，他寻找自我，寻找他的风格，而不知道他自己也在被寻找；当他认为完成了自己时，他却完成了世界。"（杜夫海纳《美学与哲学》）从这个意义而言，散文家没有完美的华光四射的礼冠并不是一种劫难，因为它至少证明了散文正在进一步回归作家内心，回归作家的灵魂。

独立宽厚的人文情怀

流落民间的高贵与忧伤

迟子建在首届"萧红文学奖"颁奖晚会致辞中说过这样的话:"萧红以她柔弱的身躯,顽强地抵御着外部世界的风寒,并以一颗敏感而善良的心,用她那支绚丽的笔,记录下旧中国人民的苦难,丰富了中国现代文学史的人物画廊……萧红还以她的笔,抒伤内心的忧伤、爱恋与悲凉,使我们看到了一个个性鲜明的萧红……一个一生都在渴望幸福与安宁的女性。"[1] 当读到这段文字时,笔者的内心充满了感动。迟子建在这里说的是萧红,其实换种角度,我们完全可以说是对她自己的另一种最恰切的评定。这两位在年龄上相隔几乎半个世纪的东北老乡,其忧伤、温情、多愁、细腻之共同文风,让无数读者为之倾倒并将他们紧密联系在一起。

从1983年至今,迟子建已写了四十余年。她的作品,特别是早年的作品,以中国东北地区黑龙江大兴安岭林区等为背景。这些地区虽然有着

---

[1] 何晶. 作家迟子建谈萧红:我为她忧伤的文字难过得慌 [N]. 羊城晚报,2013-04-08.

"千里冰封万里雪飘"的冬季自然风光,但在迟子建笔下却也是温暖的。迟子建始终希望以一种纯净温暖的人性之笔去"掀"开那片冰天雪地,使那些隔绝于尘世的人生布满温馨而动人的色彩。这种令人怦然心动的气息令无数读者热泪盈眶,并为之着迷。她在向往与颂赞人性大美的从容不迫中流露着一脉高贵的温情,用悲悯天下的情怀,罕见的浪漫,想象力丰富的才气,以及难与其匹的大道人心,构建出当代文坛地标式的艺术世界,光芒四射!迟子建笔下的东北故乡因她变得空前的先声夺人,一点不逊于其他中国现当代文学大师对故乡的书写。通过她的描述,东北地区成为一个特别神奇、令人无限向往的地方。人们对那片遥远的霞光秘境表现出由衷的感叹。她用自己永不倦怠的歌吟,创设了一个专属于自己的神性世界。"也许是由于我二十岁以前一直没有离开大兴安岭的缘故,我被无边无际的大自然严严实实地罩住"①。故乡对迟子建的文学意义是重大的,给了她最早最恒久的生命领悟。她对故乡人的理解,有着非同寻常的哲学文化视界。"也许是由于身边民风淳朴的边塞的缘故,他们是那么的善良、隐忍、宽厚,爱意总是那么不经意地写在他们的脸上,让人觉得生活里到处是融融暖意……我从他们身上,领略最多的就是那种随遇而安的和平与超然,这几乎决定了我成年以后的人生观"。② 迟子建的小说世界中,有着对人、对自然最神圣庄严的尊重与敬畏,对真、善、美的书写是她最基本的价值取向,淳朴善良和宽容宽怀的品德成为她作品主人公较为重要的精神品质。她恪守严谨的现实主义态度,同时又以凄绝的浪漫情致写出形形色色光怪陆离的生活掩护下的珍贵激情与动人美感。她是稀有的智者,聪明而有智慧;她又是一位苦吟的作家,在对自己文学理念和话语的镌刻苦工中,成就了当代文学少有的碑铭式写作。我认为,新时期以来的作家里,她是极其罕见的能将文学理性认知转化或吸收为生活感性并完美表达的人;她还是唯一一个咏颂苦难与高尚的事物而绝不会让人感到虚伪的人。迟子建是当代作家里极少数能将抒情与叙事、口语与隐喻、情感与知

---

① 迟子建. 迟子建[M]. 北京:人民文学出版社,2000:代序 12.
② 迟子建. 迟子建散文[M]. 杭州:浙江文艺出版社,2018:183.

性、平和与桀骜、细腻与敏识扭结为一体的作家。迟子建不可模仿,她的生活活动与审美活动具有同一性,使模仿者沦为道德表演。

迟子建是一位在超验和世俗之间游走的观察家,其作品旺盛而鲜润,是十分典型的现代知识分子写作。因此,这些作品既能吸引民间读者,亦能最大限度地满足学院派"体面"人物的阅读需求。她笔下的人物、风情、故事大都源自脚下的黑土地,故乡已成为她取之不尽用之不竭的创作资源。众多故事的发生场景构成迟子建小说经典性的人文环境,那些只可意会的神秘气息深埋于她的意识中,它们弥散开来,成为一种不灭的象征或记忆。她的许多意绪或气氛都来自神奇的大兴安岭,这个蕴藏太多悲欢故事的神秘之地,成了迟子建小说场景谱系的源头或发祥地,被反复阐释、编排。这种做法的产生不仅是因为作家内心的情有独钟,更是因为作家从大兴安岭中找到了适于抒发或叙事的恰当场合。换句话说,唯有在那样的场景氛围中,迟子建才真正找到了发现自己、传达自己的理想情境。

《晚安玫瑰》(人民文学出版社,2013年)系迟子建文学精神的延续之作。早年饱经沧桑的心路之旅,使迟子建选择坚持初心,以反观自我、叩问或追寻的方式书写具有当代唯一意义的精神告白。这部小说被认为是作家转向都市生活写作的第一部作品,用八万多字的篇幅讲述了抗日战争时期发生在哈尔滨的一段鲜为人知的历史——流亡到哈尔滨的犹太人的人生故事。这是作家个人非常偏爱的一部小说。

谈到《晚安玫瑰》,迟子建有过这样一段感情复杂的表述:

> 算起来,我在哈尔滨生活已有二十多年了。初来这里,我就像一个水土不服的人,非常不适应,因为这不是我生长的故土。那冰冷的楼群,嘀嘀的汽车喇叭声,闪烁的霓虹灯,蜂拥的人潮,像团团乌云,堵在我心头。
>
> 对它的渐渐喜欢,很奇怪地,竟始于一次外出归来。十多年前吧,深秋时节,我从外地出差回到哈尔滨。下了飞机,乘车回城路上,看着熟悉的北方原野,看着路两侧挺直的白杨,那股温暖而苍凉的清秋之气,刹那间感动了我——这就是我生活了多年的城市啊,它

的美一直存在，只不过我与它隔膜多年，没能感受到它的律动！①

正是这种累积深长的情感转换，使迟子建发自内心地将感情融入这座城市，并开始书写它。从《起舞》到《黄鸡白酒》，从《白雪乌鸦》到《晚安玫瑰》，迟子建这些年的主要小说的故事背景，都集中在哈尔滨这座城市。

20世纪初，中东铁路贯通之后，本就历史悠久、文化繁荣、包容性极强的国际都会哈尔滨更吸引了大批外国人。在这些外国人中，有一个特殊群体——犹太人。哈尔滨对当时被驱逐和凌辱的犹太人，伸出了温柔而有力的臂膀。这些犹太人的故事非常凄美，他们把哈尔滨视为故乡，其中一些人的后代至今仍在哈尔滨生活。在《晚安玫瑰》中，迟子建希望将哈尔滨这座城市的人道情怀和国际精神传递给全世界的读者。

> 我喜欢市井人物，他们在我眼里是文学天空的星星，每一颗都有闪光点，就看作家有没有一双发现的眼睛……在我眼里，每个市井人物都像一面多棱镜，折射着我们这个时代，更折射着他们不同的生活侧面……我的笔触还是伸向泥泞的街巷，伸向寒舍，伸向与我们生活息息相关的普通人，才更畅快和滋润……在他们身上，你能感受到苦辣酸甜，看到希望，也看到苍凉。

虽然在《晚安玫瑰》问世之前的很长一段时间里，迟子建对犹太人的经历一直表现出极大的关注，但对流亡至哈尔滨的犹太人群落的悲欣交集生存史的直接书写，则源自她对当地媒体关于犹太人后裔在哈尔滨生活状态系列报道的强烈关注。那些形形色色的人生故事都被她以真实的对应写进了小说。作品追溯了日本侵华期间在东北与犹太人合作实行"河豚计划"的一段秘史。以主人公赵小娥经历的三位房东、三个恋人以及坎坷身世为主线，辅之以黄薇娜和吉莲娜或沉静或惊心动魄的故事，向读者展示

---

① 迟子建. 锁在深处的蜜[M]. 杭州：浙江文艺出版社，2022：91—92.

了三位女性丰富的内心世界。小说叙事从容，时空过渡自然，将当下与历史交融，让读者对主人公之遭遇牵肠挂肚，为其命运喟叹，进而思考她们生活的社会背景。

《晚安玫瑰》是迟子建迄今为止最为复杂的作品，也是作家现有创作中最具精神标志意义的内容。该小说创作手法浑然天成，绝无半点先入为主的概念印痕，显示了迟子建作为卓越小说家的成熟之处。

《晚安玫瑰》中的重要人物全是女性，这反映了迟子建在确立女性独立身份的同时显示了自己对女性主义文学追求的超越，在欲望昭昭的空前背景下向读者诉说笔下人物的心路之旅和漂泊无定的心灵秘史。

为形成特别的文学效果，作者在《晚安玫瑰》中先写了一群别样的男人：赵小娥的三个男友、强奸犯穆师傅、吉莲娜的继父等。他们要么是自私胆小的伪君子，要么是朝三暮四的花花公子、庸俗之徒。如眼小塌鼻、嘴厚个矮的宋相奎（赵小娥的男友之一），形貌甚陋不说，母病父死兄残的家庭更是糟糕不堪。但偏偏就是这样一个男人，不仅特别在乎赵小娥的处子之身，还悄悄爱上了女友的房东——哑女柳琴，后来更选择背叛赵小娥，与柳琴结婚。赵、宋两人情感破裂始于彼此对婚姻的渴望，没房的压力使二人本就脆弱的情感迅速崩盘。又如齐德铭，这是在赵小娥人生关键时期适时出现的一位稍有出息的绅士，体贴她、在乎她、温暖她，两人相似的经历使赵小娥对他很中意。但说到底，齐德铭仍然是一个彻头彻尾的自我中心主义者，在欣赏她的同时又可以全然不顾她的感受甚至做出一些恶心她的举动，如出差公然带上避孕套以及那套令人毛骨悚然的寿衣（果然在他最后一次差旅中派上了用场）等。

在叙述者眼中，这些男人不可指望，不可信任。笔者发现，不单在这部小说，在迟子建的很多作品中，她都在有意无意间表达着对男性社会颇为失望的意绪，那种让她曾经十分信赖的两性社会一去不返，这令她感到灰心无趣。尽管迟子建在介绍部分男性人物时语焉不详，但都同样喻示了期待、渴望的焦虑。迟子建注定要在自己的灵魂世界中进行殊死的自我搏斗。

迟子建超越了一般的性别对立叙述立场，在更深刻的层面表达了自己的颠覆意识。女主人公的失望表现在目睹那些男人的猥琐行为或被他们出卖之后，反映了作者意识到男女之间无法做到真正理解对方。现实的荒谬感在平静的故事叙述中获得了尖锐而真实的揭示。这样的处境让人无奈而无聊。《晚安玫瑰》中，赵小娥在报社校对员的岗位上老是出错，"饭碗"岌岌可危，令人羞耻尴尬的身世不断提醒并折磨着她，家里亲人间形同陌路的氛围让她感到孤独和紧张。她如同孤雁，徘徊在忧郁的精神荒原，不仅执着于对自己身世的诘问，更决心为母亲报仇。这种强烈而顽固的情绪长期潜伏在她的内心深处，并不时抬头，使她即使在生活最黯然的时刻也从未有半点松懈，如一只警觉的鹰隼，随时准备扑击。疲惫不堪的生活不仅使她对现实本身无法施以任何有力的反击，也不能化解她的精神危机和心理恐慌，反而使她以更极端的方式处理面对的重大问题。赵小娥从恋人齐德铭之父开办的主要容纳劳释人员的印刷厂中的工人穆师傅身上"嗅"到一条与母亲及自己有关的信息：他竟然以年迈之躯亲赴克山（当年赵母被强奸之地）赵老家，打探其家有无私生子，并祭拜了赵母。穆师傅的行为使故事之真相渐趋明朗，为坐实其罪名，印证猜想，赵小娥的复仇计划真可谓煞费苦心。认穆师傅为干爸（真是绝妙的讽刺），千方百计讨好他，为采集DNA亲子鉴定数据，她特意买了一套理发工具为穆师傅理发。DNA亲子鉴定结果准确无疑地证实了两人的血缘关系，她找到了苦苦寻觅数十年的真凶，暗自发誓替母报仇。她冥思苦想，设计过若干私下了断穆师傅生命的"方案"，最后选择当面揭穿这段陈年罪事并使其落水溺亡。现实生活充斥着无数难以化解的矛盾，传统意义上的人文情怀只在想象中魅力无比，赵小娥别无选择地生存于现代文明中。迟子建的叙述正是在这一矛盾缝隙中展开，其中隐含的感伤情绪又使她的小说具有更为强烈的凄绝抒情。不同的是，这种抒情与日常庆典式的俗世关怀话语无缘，它更像一帧萧瑟肃杀的风景画，置身其中的主人公，前无彼岸后无来处，面对茫茫旷野，怅然无措。迟子建使用各种手法，调动各种情绪，书写了当代女性的心灵秘史。但这并不意味着她心似古井。恰好相反，在她浪漫而悲凉的小说情境中，读者感知到了她的悲悯情怀和热切渴望。对某些现实情境的强烈不满和对古典情绪的遥想缅怀，使迟子建努力保持沉静和内省的姿态，体悟个人的价值，寻索主体的精神家园。这种对个人处境的深切忧虑与关怀，是一种永恒的精神高地。

我们知道，迟子建在几乎所有的作品中表达着人之为善的观点，如《布基兰小站的腊八夜》中刘志两次自断手指的自我惩罚，《白银那》中马家夫妇的深刻忏悔，《关于年货的记忆》中外乡女行骗后的良心复归，《逆行精灵》中黑脸男人对复仇计划的自行放弃，等等。她在作品中宣示着一种对生命的尊重，对激情的隐忍、承受，彰显了对温雅人性的绵绵信念，使那些素朴、沉重的叙述保持了一贯的诗意光芒。然而，《晚安玫瑰》则有些反常。迟子建在塑造赵小娥形象之时，其风格显然有所不同。赵小娥虽然知道温暖可感的常规生活是正义、爱怜的基石，但忠厚本分的赵母所遭遇的令人发指的伤害和相伴自己一生的耻辱，又使她无法忘却那段刻骨的过去，尽管她也曾经提醒自己控制那种激动情绪，但这个善良弱小的女人最终还是以自己的方式审判了仇人并以无人知晓的方式结束了他的生命。这里，小说的叙述其实已经摆脱了具体的复仇情节而进入更广阔、更恒久的命题——内心的道德律令与外部具象世界的尖锐冲突。通过这部小说读者可以看到，抗拒与罪恶都是真实的存在，它们与个体生命同在，与主体内心涌动的欲望息息相关。迟子建说："现代化带来了社会的进步、生活的便利，但是步伐太快了，太盲从了，容易把好的东西也给消灭掉。作家应该警惕这种变化。"①

如果说，赵小娥是一个复仇的女神，那么吉莲娜则是一位面对苦难仍坚持保持高尚精神的圣母，《晚安玫瑰》真正的主人公其实是这位温情而凛然的老人。小说深刻地揭示了这个可敬的女性在巨大灾难降临时表现出的顽强坚忍并最终获得心灵拯救的飞翔神话。小说中有关吉莲娜的叙述，古典而有情调，带有一种高远、空灵、凄迷，耐人寻味。年逾八旬的吉莲娜，其幽雅的居家生活与冷漠的外表形成了鲜明对比。她父母早亡，没有亲人，终身未嫁。别人认为她很孤独，她却说自己与神相伴永不寂寞。她始终保有一颗少女之心——纯粹、干净、高雅。她心地良善，生活严谨，

---

① 徐健. 埋藏在人性深处的文学之光——作家迟子建访谈 [N]. 文艺报，2013-03-25.

既有贵妇的修养与风度，又有丰富活跃的童心（她会把设好的闹钟停掉，只为受不了它的滴答声，不再让它走，以免它把自己耳朵"整"聋）。她教养纯正高贵，生活讲究，装束优雅。她从来不愿触及自己的情感世界，也禁绝别人对此稍作打探，但她明丽而忧郁的眼神分明诉说着人们未知的一切。那些远逝的故事或浪漫或现实，或空蒙或清晰，充满传奇或扑朔迷离的色彩，它们都上演在哈尔滨这个共同的空间中，彼此若即若离，引导读者穿行在故事团块相连的边缘与空白，既增添了理解的难度与障碍，同时也带来了阐释的无限乐趣。

在吉莲娜那些隐秘的故事之中，读者可以感受到一种共同的气息和统一的情调，即迟子建对典雅精神书写的痴迷与执着。在人心浮躁的当下，语言已经变得日益粗糙浮夸甚至充斥着胡言乱语，但迟子建仍然"执迷不悟"地坚持以一种古典主义的态度修炼着文学话语的典雅，以诗化的语言"经营"那些经典的故事。一个残酷的现实是，像迟子建这样沉醉于高贵神性、珍视凡间生命并对其一往情深的作家今天已经不多了，而且注定会越来越少，最后留下的或许只有那么些个孤独的背影。在《晚安玫瑰》中，赵小娥在第三次租房的时候巧遇吉莲娜。此后的整个故事传达，我们都会被不断出现的故事假象——吉、赵的房东房客关系所干扰，让人甚至不由自主地怀疑场景的真实性。其实，这种假象只是一个个风情万种的陷阱。在小说中，一切重大的苦难，最终均聚拢在吉莲娜的人生故事周围，所有的罪恶，最终也在吉莲娜的温情点拨之下得到宽恕，这表达着迟子建对人伦道德的深刻理解和人之为善的十足信心。作品中那些细碎、唯美、精致、缠绵、紧张、迂回的题材处理，那些人与天地神气的亲密相拥，那些宽大、温润、悲悯、醇厚的素朴启示，在冷艳苍凉的场面处理背后，令人心碎又心醉。

苏童对迟子建的小说曾有如此评说："迟子建的小说构想几乎不依赖于故事，很大程度上它是由个人的内心感受折叠而来，一只温度适宜的气温表常年挂在迟子建心中。因此她的小说有一种非常宜人的体温。如果说迟子建是敏感的，那她对于外部世界的隔膜和疑惑进入小说之后很神奇地转换为宽容，宽容使她对生活本身充满敬意。"[①] 迟子建的许多重要作品所昭示的人间救赎、俗世理想，寄托着一种温柔敦厚的人文情怀。《晚安玫瑰》的故事由爱情启航，虽然没有明晰的爱情故事情节，却有着非常精致的感觉片段。它是一次对女性某种接近疯狂旋即归于平静的人生之旅的实况转播。作家对女性存在场景的书写，既充满了失望的诗情，同时又散发出诗意的美感。在《晚安玫瑰》所描写的三个女主人公的故事中，吉莲娜的故事尤其是爱情故事无疑是最神秘、最动人、最令人着迷的。虽然生活经历使作家对性别的角色判断早已变得冷静而深刻，但她骨子里依然有着西方浪漫主义和唯美主义大师的禀赋与气质，对爱情的体悟是如此深切、细腻、伤感、固执而充满激情。迟子建在这部小说中执拗地进入女性（吉莲娜）自我的灵魂深处，优雅而又毫不留情地打开那些扑朔迷离的生活"死结"。

《晚安玫瑰》含蓄而又固执地揭开了吉莲娜的精神世界，昭示其真实状态和现实处境，她好像一个镜中之人，以遗世孑立的姿态毫不费力地走向生活的胜境。小说十分明晰地折射出当下生活中那些直接的现实价值观念，对当代生活做出了尖刻的拆解，以独有的方式获得了一种深刻而快乐、浪漫而玄奥的女性神话。俄国十月革命时，吉莲娜的外祖父不堪凌辱从俄国来到哈尔滨，她作为小提琴制造师的父亲被反犹极端分子乱石砸死，同母异父的弟弟在美国早亡。日本占领东北地区以后，作为生意人的继父与日本人过从甚密，将她许配给大她十岁的日本军官，她坚决不从，一度精神失常。歹毒奸诈的继父表面尊重其意见，暗中却策划了一个可怕的阴谋——在她咖啡中下药，把她送给日本人凌辱。从此，她开始仇恨继父，复仇成为她的最大心病，她将砒霜埋进烟枪让继父慢性中毒，直至死亡，彻底了结了心头之恨。她靠装疯卖傻躲过了日本人的纠缠。当在报纸上看到那个强奸她的畜生在大溃退前自杀的消息时，她迎来了爱情的曙光。高大儒雅的苏联外交官深深地吸引了吉莲娜。明知他有家室并即将回国，吉莲娜仍义无反顾地堕入情网，这段短暂的情缘成为吉莲娜一生最明

---

① 苏童. 关于迟子建[J]. 当代作家评论，2005 (1)：55-56.

丽甜美的记忆。对吉莲娜凄美的爱情故事，作家有如此评价："不是所有爱情都会开花的，也不是所有开花的爱情都会结果的。吉莲娜恬然守着一份纯净的精神生活，因为她的爱情已让她在心底存了一辈子可以回味的香气了"。小说以不可化约的生命体验写出了人性的紧张矛盾和富有张力的女性生存结构，用凄艳的笔调诉说吉莲娜的人生。她曾亲手终结继父的生命，并洗清自己的罪孽。她把爱与恨都留在了哈尔滨，视之为故乡。半个多世纪以来，她的爱没有变，而对继父之恨却已逐日消泯。吉莲娜与赵小娥的根本不同在于，前者早已走出复仇的本我意志，借忏悔进入了宁静的"天堂"；后者却深陷其中，因不愿忏悔而变本加厉地仇恨。黄薇娜对吉莲娜的评价非常中肯："吉莲娜是最聪明的女人，一生没有真正的交付，一生也就没有彻骨的仇恨。"也正如迟子建说的："我写吉莲娜，是为了给赵小娥找一个'教母'。其实吉莲娜这个人物并不晦暗，她的内心是强大的。"从吉莲娜身上我们看到了爱与宗教的力量，它们驱散了她心中的阴霾。因此，读者即便在她衰老的脸上看到的也是光芒，而从赵小娥身上显示出来的却是无尽的疲惫、忧伤甚至绝望。她的悲剧本来有着深刻的社会原因，然而她却将其归结为出身，于是当作为强奸犯的生父出场时，她便迸发出了超强的复仇力量，自认为找到了万恶之源，弑父也就变得名正言顺。然而，生父跳河自杀身亡却又让她感到了一种铁拳砸在棉花上的无奈感，令她深深不安。

《晚安玫瑰》让两个命运相似的女人走到一块，同样是复仇，结局却迥异：吉莲娜借宗教情怀化解了意志的枷锁，找到了救赎之路；赵小娥将自己扔进现实俗世而丢掉了自我，她继承了吉莲娜的房产，却永远继承不了吉莲娜的精神，也无法像她那样生活。吉莲娜是作品中最优雅的女性，她内心的丰盈与优雅除了受生活与教养的影响，也源于对爱或爱情宗教般的理解和信仰，它使她在自己的精神世界获得了极致的自由，成为精神世界的真正主人。这或许正是迟子建在现实自然中最通灵的表现。历经沧桑的吉莲娜正是在经历了众生苦难之后，才获取了一种普度众生的天长地久之爱，获得了对个体生命与生活的精神超越，也正是在这个意义上，人物的命运际遇、生死存在都早已超越了现实生活本身而具有了诗学的意义。

正如作家所说,"那些历经沧桑的女人,当她出现在舞台上时,她会放下镣铐,回归自然,把最天籁的舞蹈呈现给你"。吉莲娜这位经历非凡岁月的老人,孤独清傲,有过刻骨的爱与痛,也承受了难言的耻辱和罪恶,虔诚的宗教情结使她逐渐醒悟,她的心慢慢地柔软、干净直到圣洁。"她倒地的一瞬,喷水壶扫着她的脸,将她干涩而漾着笑意的脸,淋上一片晶莹闪亮的水滴,仿佛下了一场甘露。"吉莲娜以一种纯洁、安详的方式走完了一生,回归天地,这一段天生天养、充满仪式感的传奇生活就自然终结了。作家将其视为优雅高贵的"教母"示范,对苦难的隐忍、对罪过的忏悔、对信仰的笃念、对神圣的牺牲,让所有人不得不对这位一生有大爱的犹太老人肃然起敬!

《晚安玫瑰》出版后,迟子建曾对记者说:"我每完成一部作品,都会有短暂的激动,但它很快就过去了,因为我总是在自己出版的作品中发现遗憾之处,于是又开始了新的写作。可是新作变成铅字后,我又在那里发现了不满意的地方,于是又上路了,我总是在写作的路上。"迟子建是中国当代为数不多的极富才华,更具思想,兼备勤奋的作家之一,具有极其稳定的美学品格。经历了生活的磨砺,她仍保持着顽强的精神和梦想,她渴求人们能够以诗意的审美栖息于世。我们从迟子建对苍生万物的宗教情怀中可以获得对自己精神信仰的启示,这正是《晚安玫瑰》的文学意义所在!

高贵没落时代的古典写作

恰如里尔克所云："我没有情侣,没有房屋,在我活着的地方没有位置/我被捆缚在所有的物上,这些物膨胀着把我吞噬。"[①] 对于这个世界,许多作家的态度是复杂的。他们既愿意与都市的繁华狼狈为奸,又仇恨都市的冷酷自私;既追求都市的物质化,又惧怕它对人的异化。他们在市民(平民)精神和人文精神之间跳来跳去,不遗余力地找寻自己的写作意义,以文学的方式进行实际上是自不量力甚至不堪一击的否定和抗拒,其行为不可谓不悲壮。

和许多一线的著名作家相比,付秀莹的作品其实并不多,但正是这些为数不多的作品,使她保持了一种纯粹的品质。她从 21 世纪初开始写小说,至今已有十余年。关于她在创作中的变化,熟悉她的读者很清楚。这种变化不是刻意求新的突变,而是自然的渐变。一个非常明显的事实是,

---

① 里尔克. 里尔克精选集 [M]. 北京:燕山出版社,2010.

她始终走在自己的创作道路上，不被任何潮流左右。这或许跟她的个性有关。她生长在河北无极县的一个小乡村，那里四季分明，长期的乡村生活塑造了她坚强的性格。

刚接触付秀莹的小说时，字里行间所蕴含的安详宁静、从容不迫，让笔者以为作者至少是位中年人，因为似乎只有饱经沧桑、阅尽人生滋味的"过来人"才写得出具有如此风致的作品。等见到她并得知她的出生年以后，笔者十分不安，因为她非但不是一位"上了岁数"的女人，而且年轻时尚。同时，笔者心中也产生了如下感慨：她哪儿像是经历过岁月鞭打的样子？！

付秀莹2012年11月因小说《爱情到处流传》获得了第三届蒲松龄短篇小说奖。遗憾的是，笔者因为另有要事，放弃了作为嘉宾出席颁奖大会的机会，没能面贺她。早在2011年11月，她的《爱情到处流传》便被纳入由中国作家协会、中华文学基金会策划出版的"21世纪文学之星丛书"。该书收入其短篇作品共十七篇。由于写作本文的需要，笔者集中阅读了她这些年创作的所有作品，并产生了如下感想：她笔下的人物、风情、故事大都发生于她生活过的乡村（既是精神层面，也是现实层面的）和求学、工作期间待过的城市，其生活经历成为她不竭的创作题材和资源。双重的叙事传达，既有具象化的生活空间，也有理想化的精神家园，共同铸就付秀莹埋藏在人性深处的文学之魂。同时，我们也不难发现，在同龄作家中，从创作题材选择的角度看，与付秀莹相似而偏重于女性题材的并不少见，但如付秀莹这样在越来越深广的人文背景下以一种异常坚忍的态度长期书写那些令人叫绝的凄美女性故事的却可以说是少之又少！

付秀莹的小说基本是围绕她的同龄人（女性为多）展开的。在她的许多作品中，背景不再必不可少，关键是人物。付秀莹专注的是对众生命运的思索。这里，与其说她是个作家，倒不如说她是个文人。作家要的是作品，文人要的却是心性。我们不缺作家，甚至优秀作家，但缺少有思想的文人作家，以及一种"过了气"的产物。

一、文学乡村的童年记忆

付秀莹在无极县的乡村度过了自己的童年和少年时期，后离开乡村走向城市，在京城求学，并有幸留在京城工作，供职于一家名冠全国的文学大刊。身份的改变、环境的殊异并没改变她对乡村的记忆，甚至，这种记忆伴随时间的推移变得更加顽固和明晰，童年印象对她的缠绕，越来越牢固和深刻。当代众多的小说对这种领域性的追索虽持续不断，却并不明朗，很多时候它们仅仅作为一种背景和前提，作为作家童年欢乐或不幸的生活纪实甚至背景材料，而非内容。但这种情形，在付秀莹那里，似乎就更为敏感和热切。她对于叙述乡村往事以及这些往事对她的影响有一种很执着的钟情。我们从她的不少作品中都可以看出，童年记忆不断被复制、被浮现、被重新咀嚼与回忆，一个个记忆片段构成一张强大而绵密的记忆之网，意味深长。

以简单的方式去归类付秀莹的作品，我们可以非常轻松地看到其中主要的两类：一类是关于农村的作品，一类是关于城市的作品。我们先看第一类——关于农村的作品。这里的农村，是文学意义上较为宽泛的农村世界（即作家笔下的"芳村"故事及其他农村生活之回顾），这类作品书写的是作家的乡村记忆，反映出作者超越生态主义焦虑的乡愁，这些带着氤氲水汽的乡间故事充满莫名其妙的天命和巧合、充满节制的悲喜，让民间灵性得到轮回，生生不息，蕴蓄着无尽的感慨和沧桑。从整体而言，付秀莹描写农村生活的小说数量较多，佳作不少。最著名的莫若《爱情到处流传》。此外，《旧院》《小米开花》《六月半》《跳跃的乡村》《大青媳妇》《当时明月在》《秋风引》《翠缺》《阳光》《灯笼草》《迟暮》《空闺》等，也是优秀之作。

文学史上，作家往往会从自己的创作中回首来路，寻找自己，探寻出口，付秀莹亦是如此。她回望故乡，看到了自己青春少年时的欢乐与疼痛，以及乡亲父老充满酸甜苦辣的百味人生。她驻足都市，看到其中光怪陆离的吸引力，以及无处不在的机会与陷阱。离乡背井群体挣扎向上的生命力，连同那充满温馨的相互取暖换手挠背的柔光，都使她对乡村的记忆愈演愈烈，使她在小说中时时用一种不可遏止的激情描述与回忆和自己童年、少年时期有关的种种生活情景。她的文笔静谧而古朴，读者置身其中，无不感受到浓重的乡村文化气息。

《爱情到处流传》是评论界公认的优秀短篇小说，荣获第三届蒲松龄短篇小说奖。这部小说"延续了中国现当代小说中抒情化、诗意化的流向，体现了作者善于把生活艺术化的能力，作品风格呈现出传统的古典美，同时不乏现代意识的探索。作品中的人物视角相互交叉混合，看似不经意于叙事策略，却让故事自然生长，浑然天成。叙述洗练而简洁，语言清丽而雅致。付秀莹始终把创作的焦点放置到对故乡的人间烟火和人性之美的表达上面，体现出对生活的热诚和创作的信念"[①]。付秀莹坦言这部小说与自己的童年记忆有关，写的是父辈之间的故事。芳村淳朴的民风中蕴含着一种旷达的东西，村民大多没啥文化，却能参破许多世事，如关于生、死的事。在男女之事上，他们格外看重，既开通又保守，态度矛盾。因此，当父亲与四婶的婚外情被曝光后，父亲这位一度为芳村人所尊重的有文化的学者立刻惹恼了许多人。男人们恨父亲，女人们恨四婶。母亲曾因"与众不同"的父亲在芳村广受注目，她给了父亲无上的怜爱，家里表面充满了欢腾、温暖、祥和的气息，但女人的第六感使她早就察觉出丈夫与另一个女人的暧昧。她一直隐忍、沉默，希望用自己的包容让父亲"浪子回头"，把父亲回家的每个周末都搞得如节日般隆重，以温存、体贴、卑屈甚至谄媚去讨好他。平时邋遢、委顿、充满疲惫的母亲会在周末把自己收拾成一个干净清爽的少妇，甚至为此苦心孤诣，居然用起了极度奢侈的雪花膏，把自己扮成长着杂毛的火烈鸟。当然，除了对父亲的极尽讨好外，她还试着模仿非常漂亮的四婶并对其宣示主权，这是她对自己尊严的一点极其可怜的"收复"。父亲与四婶的婚外情败露后，舆论自然站在母亲一边，但也同时为家庭的危机埋下伏笔，母亲靠自己的良淑、隐忍化解了一场显在的冲突。当年轻不再、激情不再，父母两人从漫长的岁月中携

---

① 文艺报社. 小说里的中国[M]. 青岛：青岛出版社，2013：337.

手走来，所有的过往都已经显得波澜不惊。小说中，四婶的孤零、母亲的悲戚、父亲的悔悟，都表达得非常含蓄，分寸感十足，拿捏得恰到好处，特别是父亲吃饭时"我"从他头顶摘下一根麦秸屑的细节处理，的确非常精妙老道。适当的审美距离让作家找到了冷静理想的表达视角。这是一种十分典型的具有大家风范的美学视界。

《爱情到处流传》有着关注生存的诗性，有着体贴入微的温情与悲悯。付秀莹笔下的芳村，是一幅风俗画，动人动情，其中盛满了人性之美和对生命的沉思。以平朴、简淡的语言对主人公进行非常丰满而富有层次的刻画，付秀莹作为优秀短篇小说家的气质、情调、才思、语感、表达力等诸多水准，尽显其中。

我们知道，当代文学的乡村写作队伍庞大，蔚为壮观，但佳作寥寥。我想，至少有三个因素导致了这一结果。其一，绝大多数作家的乡村写作往往是一时感怀、触景生情、心血来潮之作，缺乏持久关怀的定力和勇气，因此，点不成线，成绩平平。其二，许多来自乡村、后来"攻占"城市的作家，随着环境身份的改变，往往自觉或不自觉地捂着自己的"出身证"，回避着自己的既有经历，提及乡村生活的时候，神情暧昧，表述羞羞答答，情不显意。这是非常可笑和遗憾的事情。其三，乡村史诗书写一直是很多作家的梦想，但由于全景描写的奢望再三抬头，一举成名的念想反复作祟，他们对当代乡村短篇书写的信心和耐心被严重损毁，甚至对其十分不屑与轻慢。这些都使当代短篇的乡村写作空间和平台明显受限，整体成绩自然受到牵制。

读完手边付秀莹所有乡村题材的作品后，笔者觉得，她描写的故事是真正纯粹的乡里乡气，其情调如诗，用语简洁明丽，极富古韵。付秀莹小说中乡村（尤其是"芳村"）的民俗与民性，其描写常常尽其精髓，准确清晰地描绘传统与现代相互撞击之下各色乡民的心态图景。更可喜的是，年轻的付秀莹常常用她启迪思想的哲理之笔，以触动情怀的优美文字，帮助读者洗去心灵的铅华与疲惫，呵护与润泽读者的心灵，凭着敏锐的观察和细密的情思，通过生命中点滴的描写，把浪漫的情调溶解在隽永的文字里，给人以崇高纯真的审美感受，将哀怨无奈的生活常态浸润于善意的导向中，给人以温暖安详的生存抚慰。

《小米开花》是一篇很有意思的成长小说。嫂子怀孕喝鸡汤让小米对性和坐月子有着某种神秘而朦胧的憧憬。嫂子的到来影响了小米在家里的受宠的地位，尤其是父母对家境较好的嫂子的低伏使小米大为光火。伴着身心的成长和仔细观察，她终于明白母亲在嫂子刚过门时教育她不要有事没事往东屋跑找嫂子玩的意思。小米生活在一个非常逼仄的空间里，其生活状态具有非常普遍的现实指向。年少的小米认为男女交往非常神秘且令人紧张，对此充满好奇。这篇小说极其克制地选择主人公小米人生启蒙中的必经一课进行描写，有故事有生活，干净甜美。语言极其优雅，令人惊艳，文笔细腻，吸引力十足。就这篇小说而言，它虽然亦写乡村故事，但一点都不沉重。和许多小说一写到乡村倾泻满眼的便是愚昧、落后、惨烈、艰辛、凋敝、眼泪完全不同，这篇小说甚至写得充满诗意，语言轻快，满含希望。虽然写的是人们大都语焉不详的性、少女，然而，小说流布的却是人性之正，不容邪想。小说深情大气，委婉真挚，以感恩的情怀、细腻的关爱，倾听着天地万物之音，抒发对生活的感悟、对爱的诠释、对未来的遥望，奉献给读者充满阳光的温暖华章。小说没有跌宕起伏的故事情节，只是真实地刻画了一个清纯乡村少女的经历，一切看似那么简单，却又包罗了某种人生成长情景，着实令人深思。从这篇小说中我们也可看到，付秀莹对乡村的书写经历了继承传统、离开传统、回到传统、突破和超越传统的过程，她笔下朴素生活特写彰显的爱和细柔之美，疼痛和低徊，激情与奔放，梦幻与憧憬，欢乐与幸福，都成了她营构小说的元素与催化剂。

一段时间以来，笔者始终有这样一种感觉，持续关注乡间生活的付秀莹，俨然一位守望本土的山水歌者。这么多年来，她在作品中不断呈现守望乡土的恢宏交响，燕赵文化的深情礼赞，故土亲情的诗意抒怀。她把自己的情感、思想和感知到的对象，融入其小说世界，她内心的质朴与敞亮，根植于她对故土文化的眷恋。那种对泥土的抚摸和带着泥土芬芳的倾诉，作家永远无法割舍。它们丰富了作家的内心，成就了小说的品质。

《六月半》是一篇指向性很强的作品，乡村往事和现实观照扣合交织。

立体多元的经验世界
——消费时代的文学书写

芳村少女俊省当年拒绝了宝印的提亲而嫁给了家族人丁兴旺的进房。进房是老实本分的种地好手,但脑瓜不活泛,挣不来多少钞票。因腿脚不好,进房只好去照顾邻村一对老两口,月入500元。眼看儿子兵子婚期逼近,夫妻俩愁得不行,为此大吵一场,心性幼稚的进房认为可以靠自己的兄弟姐妹凑够办喜事的钱,俊省却极其恐惧那种手心向上的日子。已是大款的宝印是兵子的老板,他在路上偶遇俊省并与之野合,不失时机地提出为俊省出办喜事的钱。可就在此时,兵子却死在了宝印的工地。为了儿子,俊省献出了自己的身子,不料又献出了儿子。村长骂道:"狗日的宝印,钻到钱眼里了!"这篇小说表面写的是进城务工农民离开了土地后既不是城市人也不是农村人的尴尬局面,实则以此为背景,重点描写俊省与宝印之间的情感纠葛。过去的误会、现实的巨大反差、金钱对人性的变异、实用原则的反讽等,在小说中已成为一系列具有相当高度之精神的话题,变得严肃起来。"俊省想起那天宝印的样子,像一头豹子,真是凶猛,让人害怕,又让人欢喜。就那样把她抵在老槐树上,粗糙的树皮,把她硌得生疼"[①]。这一段不为人知的孽缘,实际上反映了一种现实状况。笔者觉得,正是这一场景的设置,体现了付秀莹的真诚态度和责任意识。作家对"俊省"的声援显然不仅是物质和道义上的,而是直击人们精神世界的,充分体恤她们内心的无望和孤独。小说的真实在这里既是看得见的现实,也是看不见的人性、心灵上的真实。实际上,乡村千疮百孔的现实问题的确已超越了一切对文学的从容,压迫着作家的审视与渴望,读者都希望看到、感受到真实的乡村境况。相对于某些作家笔下当代中国乡村的伪真实图景,付秀莹笔下的乡村生活恰好能显示出她历史意识浓烈、思想资源丰润和审美能力多极的优长。也许,她知道,当代不乏以描写乡村生活见长的作家,但同苦难深重的乡村历史与现实相较,文学实在不能算尽职了。正是这样的文化认知,使她有着一种庄严感和启示意识。

《大青媳妇》是一部具有当代农村某些生活侧面代表意义的乡间故事。来路不正的丑男人大青娶了一个同样来路不正的外路人。婚后大青媳妇肚

---

① 付秀莹. 旧院[M]. 成都:四川人民出版社,2019:181.

子一直不见动静，村里谣言四起。最后，大青媳妇与劁猪匠乱耕私奔，一年后，乱耕病死，她又回来与大青一家生活。大青娘死后，大青媳妇悲痛欲绝，那撕心裂肺的号哭是她为自己坎坷的命运而悲恸。她把家里多余的房间腾出来供村人玩牌并收"油钱"，和赢家上床，遭村子里女人们的咒骂：骚、浪、贱样样占全。她"名气"日增，方圆几十里的男人乃至城里的干部都去找她。城里的干部和村长在她家相遇，为自己喜欢的女人大打出手，闹出人命，大青媳妇也被派出所带走。表面上，这似乎是一个乏味的道德故事，但付秀莹的乡间叙事让它再生出极大的趣味性。她消解了故事原有的道德性，使整个故事都在控诉式的语气中进行。这种叙事效果展示出农村道德故事的真实背景，即在农村转型过程中生活观念及方式的剧烈冲突。一生苦命的大青媳妇落败了，但她的浪漫私奔、纵欲感官，恰恰也体现出一种反正统立场和被社会习惯所遮蔽和压抑的自在的民间精神因素。在这一点上，付秀莹的态度是矛盾的：既肯定甚至褒扬着这个忍辱负重的乡间女子，又从民间立场诠释了一个反传统的浪子故事。在叙述中，作家未表现出明确的道德焦虑，也不对事件做出判断，连通常的暗示都没有。这个乡村已经不是原始的、文化的、道德意义上的乡村，而是现实世俗存在的乡村。大青媳妇的生活是那么滑稽、荒谬，却自有其逻辑和存在空间。作家态度的暧昧和模糊，使故事具备丰富的生活信息和审美复杂性。庙堂意识被恰到好处地部分消解，民间乡村显示了自己生存情态的多层次。作家照生活的原样写不同的文字，为一个小乡村留下了一个文化样本。

　　付秀莹对乡村世界的表现是一种有"根"写作。"以物理时间来计，我在那个小村庄生活的时间并不长。但是令人惊讶的是，多年以后，童年记忆却如此深刻持久地影响了我的写作，当我坐在电脑前的时候，我首先便身不由己地走进'芳村'，我熟悉那里的一草一木，那里至今都生活着我的亲人。"林舟在评价阎连科的乡村情感时曾说："回望乡土是他与其他乡土小说家们共有的姿态。"[①] 这句话用在付秀莹身上同样是合适的。真实的乡土，亲情的原乡，成为她写作不由自主的重要选择。在我看来，付秀莹是当代文坛青年女作家中少有的英雄，不仅把乡土写作视为一种责任，更把其当成了一种无比神圣的使命。在这样一个时代，此举实在令人仰佩。她用自己的作品去纪念那片贫瘠的土地，纪念那个时代，纪念那些朴实无华、一生奋斗的父老乡亲。她的作品从匆忙的世俗中剥离出来，流淌着纯真善良的沧浪之水，散发着朴素智慧的花朵芬芳，她对燕赵大地文明的打捞，充满了人文关怀与内心关照。我以为，付秀莹具有小女子的大情怀。她以极大篇幅的笔墨触及曾经无比熟悉的村庄，试图让文字深深插入那片土地，让读者不难窥探出生长在这片土地之上的人们的爱恋、不舍、深情和大义。透过细密的文字针脚，可以清晰地看到作家缝制的大爱华章。付秀莹用适当的言说方式，为自己强烈的情感完成了满意的表达，用自己平朴的语言描述了一个理想的精神世界。付秀莹以自己的独特选择，为读者带来一幅燕赵大地上踽踽独行的一个秀美背影的美丽画卷；用作家长久的注目，为读者描绘出了一个令人赞叹的充满烟火气的乡间世界。

二、忧郁的城市与精神乌托邦

应该说，至少在这几年，付秀莹可能是很多关心小说的人期待出现的那种小说家。她年轻，有无限的激情，有迅速崛起的潜能和动力，更重要的是，她的所有作品都实在找不到任何时尚的标签，写的都是温情的家长里短，在从容淡定中描述世俗生活场景，活脱脱一幅当代城乡"清明上河图"。她所传达给读者的，除了温暖就是向善。前面笔者对她的乡村写作进行了一些说明，这里将对其城市写作做简短探讨。因为这个话题的一些内容已有不少论者涉及，所以重复者不表。

[①] 林舟.乡土的歌哭与守望——读阎连科的乡土小说[J].《当代文坛》，1997（5）：25-27.

付秀莹笔下的都市世界，主要涉及城市、机关、知识分子、女性，可以视为作家离开学校步入社会的备忘录。其实，在这类作品中，城市作为一种背景也已不重要了，作家关心的是人的生存状态和精神处境。作家明白，剥开都市光怪陆离的外衣以后，一个拥有数百万人口的都市里，真正光鲜的人其实并不多。更多的是过着简朴日子的普通人，演绎着生活的悲欢离合。作家描写生活在城市中的人们的爱情、婚姻、个人奋斗、职场角逐等情状，这些人像所有市民一样追求小康生活，很潇洒地过日子，但物质生活的美好无法填补他们并不十分美好的精神生活。都市生活的多样化与人际关系的复杂性是都市秘密的深层原因或构成因素，人们作为高度分化的社会角色彼此相遇，因而往往拥有多种社会面目，相互之间的关系大多处于肤浅、短暂和支离破碎的状态。都市人的老于世故、工于心计、防御意识强、保密意识强等特点往往搞得人心力交瘁。正是在这众多的思想层面上，付秀莹的都市写作超越了它的文本意义，找到了能够表现都市风貌、特点的内容与形式的有机契合点。付秀莹看到了灯红酒绿的都市的虚张声势和阵阵喘息，于是，精心营构了一个拥有自己知识产权的都市世界，这是很多作家努力而不得的都市文学不可省略的部分。在她构建的这个都市世界中，听不到颓靡浮华的低吟浅唱，找不到惺惺作态的小资情调，闻不到令人作呕的脂粉气，看不到程式化的男欢女爱。它存在于都市的各个角落，时不时给沾沾自喜的都市人以出其不意的惊骇！

付秀莹游走于城市生活的上下左右之间，写下了不少优秀的城市作品，如《世事》《幸福的闪电》《花好月圆》《如何纪》《当你孤单时》《现实与虚构》《对面》《传奇》《琴瑟》《如意令》《出走》《那雪》等。付秀莹自述道："城市，依然陌生，写作，就是还乡。"似乎她与城市尚不熟识。其实，从这些城市书写中，我们可以看到，她对城市生活不仅非常熟悉，而且有着自己非常老道的认知，对许多事情的理解与表达与其年龄极不相称。她放逐了都市生活表面华丽、群情激荡的场面，因为这与她的性格和选择都不符，转而着力表现都市人非常态下行为方式的特点与内心世界的冲突。

这里笔者想对付秀莹笔下的都市女性情感进行一些简单分析。纵观其都市题材作品可以发现，对都市女性情感的关注是付秀莹写作的重心之一。付秀莹以一系列类型化而色彩斑斓的小说完成了对现代都市女性生存境况的观照。主要表现在：其一，满含热泪，充分展示知识女性在都市环境中寂寞、孤独、苍凉的心境，直面都市女性生存的真相；其二，站在冷静客观的立场，抛弃女权理念，以自审的态度和尊严意识对都市女性品德和性格缺陷予以反拨；其三，用温润之心和良善之意，对爱情进行重新认知，刻写那些因爱生情的女性的人生悲剧，并对自己的同伴进行安慰和疏导。

《对面》描述了一个有才华、单纯、执着的知识女性在现代都市中艰难的奋斗和成长历程，写她在两性冲突和男权社会夹击之下的无奈，生动再现了都市女性尴尬的生存状态。学新闻的简静毕业后到了京城一家好单位，她明白，在那人际关系盘根错节的单位自己必须保持低调，做事勤快，韬光养晦。孙美英始终将她视为敌手，认为她的一切表现都在伪装和作秀，正应了那句话：女人可能更会是女人的敌人。范主任在她面前暧昧的态度和夸张的关怀，都使她感慨，"这些人，别看平时都你好我好，嘻嘻哈哈，一到关键时候，都是明哲保身，谁都指望不上"。小说展现了都市关系网中鲜为人知的复杂与神秘。简静在单位，既要忍受嫉妒她的同事的冷言冷语，顶头上司又是一个不怀好意的人，淫心荡漾却还伪装君子，工作的需要使她不得不从中周旋，感情之地的荒芜吞噬着孤立无援的她，孤独、寂寞、无助时时向她袭来。奔走于残酷现实的简静，好似软弱孤羊被抛入饥饿的狼群。面对残酷的社会，像简静一样的女性，应该怎样面对、如何生存，正是该小说所想要引发的思考。此外，小说对女性生存意义的揭示，将慰藉和激励同样奔波于尘世、身心疲惫的人们。

生于20世纪70年代末的付秀莹以对写作本身的固恋和某种少女的青春自怜走上文坛，使她的城市小说不可避免地带上瞬间浮华的现代都市色彩与忧郁的情感基质。她写了很多情感故事，是不同个性、不同职业的群体所演绎的不同的人生插曲，故事的主人公有教授、干部、女性、白领、酒家女、女学者，形色各异。这些故事鲜有浪漫传奇的意味，但皆源于五光十色的现代都市生活，虽然不那么浪漫美丽，却如此鲜活真实，经过作家的浸润,更显得楚楚动人。现代爱情常常有许多附加条件,金钱、享受……堕落和罪恶彼此撕扯,使爱情往往在貌似迷人的光环下粉墨登场,最终却又只能落得个两败俱伤、黯然谢幕的结局。爱情,早已失去了字典上的浪漫。难得的是,付秀莹能够把那些凄美的浪漫写得纯正感人。

《当你孤单时》是一篇颇能体现付秀莹创作特点的作品,讲述了一个有关婚外情的故事。高校老师春忍在一次会议上偶识已有家室的学者南京——一个自外地来京工作的男人。平淡的婚姻生活和平庸的妻子已经无法给南京带来任何新鲜刺激,春忍这个干净清纯还略带妩媚的漂亮女性使他眼前一亮。春忍对他有妇之夫身份的气定神闲、视若无睹更是对他开展婚外恋的绝佳鼓励。春忍对南京近乎无理的忍让,对本该属于自己的情分小心翼翼地回避,南京得到她的爱后急于去征服世界以及揣着明白装糊涂的自私,都令人唏嘘不已。"对妻子,他没有把握。可是,对春忍,他是胜券在握的。她爱他。断不会为了不能在一起而毁了他。没有把握的事情,南京的原则是,最好别做。"如果说,这篇小说观照的是某种人生的假面舞会,那么作家披挂的则是几近透明的醒目面具。春忍因爱得深而感到痛楚,南京的装聋作哑,无疑是在她的伤口上又撒了一把盐。付秀莹想通过这个美艳却不道德的爱情故事,努力记录一份真实,表达一些困惑,质疑现代都市人们的精神处境。

付秀莹笔下的都市女性大多没有雄厚的背景,她们思想独立,相貌端正,品位时尚,睿智内敛,学识丰富且温柔可人,她们毕业后进入社会,开始一个人的闯荡,为工作、为生活、为感情。她们由最初的"三无"(无金钱、无地位、无关系)人员,到慢慢在社会站稳脚跟,最后经过努力获得社会的认可。然而,在个人情感上,她们像流浪的候鸟,很难寻找到充满爱意的温暖栖息地,这种寻觅往往也不是生死相许化蝶共舞的浪漫,其过程仍然是世俗化的,充斥着市侩的气息。然而,必须注意,故事的主谋往往是那些表面儒雅而内心私欲重重的男人,许多优秀的女性在爱情、婚姻上备受折磨和困扰,没有双向的情感互动,崩盘当然就只是时间问题。付秀莹以女性作家对女性生命的独特感悟,叙述众多都市女性的情感与职场经历。小说屏蔽了通常的物质生活景象,站在中层视角,概观了白领女性在都市生活中的感伤情怀，给人以梦幻、理想、古典的审美感受。

《如何纪》让我不禁为作家笔下女性的命运叹息。或许，年轻的付秀莹已洞悉爱情的虚无，但又显然没有放弃探寻爱情的价值观。她让笔下众多聪明漂亮的女性倾其一生去追求那种高贵而致命的东西。张向北是一个来自乡村的书生，阴差阳错娶到市长苏剑之女苏书慧，此后青云直上，官至某大学副校长。得意的他对一次艳遇念念不忘，最终引发婚姻危机；位高权重的市长苏剑，其妻爱琴因讨厌他的官场嘴脸，渴望激情，每月趁上香之机与情人幽会。该小说用典雅优美的话语剖析灵魂、辨识人性。其讲述的重点不是婚外恋，而是爱情一步一步毁灭的过程；不是迷人的浪漫，而是对当下社会普遍存在的真相之揭示。付秀莹超越了都市生活的表象，走进了都市的核心，特别是都市女性隐秘的内心世界，书写她们个人经历中的艰辛与疲惫，比之20世纪80年代很多女作家笔下那些追寻自我价值的女性背负家庭、事业十字架的沉重显然是一种新质。从这个意义上说，付秀莹是一个"守旧"的"叛徒"，她创设了自己的文学大都市。

结　语

阅读付秀莹的小说，听她讲述中国当代城乡居民的人生故事，沧桑和浮躁顿然化作恬静，令人心旷神怡。其小说中既有传统的神性，亦有欲望的野性，真实逼人，让人震撼，耐人品味。付秀莹用中性的语言，精细、客观、古朴地呈现出让读者信服的众生故事。面对她作品中的乡愁情怨，读者不由得生发莫名的感动，体悟到蕴含其中的伤感情调。这是一种令人心碎的美，它形成的凄婉忧伤的淡淡意境，能激发读者强烈的审美情感。

付秀莹的创作带着或远或近的时代烙印，带着怀旧、忧伤、羞涩的高贵气息，带着依然蓬勃的生命力，以敏感细腻的女性之心，将对城乡生活的情感表达和对生存状态细微处的沉思发挥到极致。小说营构的岁月沉淀下来的韵味，恰如历经沧桑后的安详，生活的坎坷、岁月的沉淀、爱情的无奈，都散发出沁人心脾的芬芳，圆润、绵柔、劲道、醇厚，带着淡淡的烟熏味道，令人无限回味。在信仰沉沦、精神不古的当下，这种阅尽沧桑的优雅古典之笔，令人着迷而沉醉。

张狂语境的精神苦魂

相当长的一段时间以来，散文似乎变得越来越浮躁和令人难以捉摸。透过惹人眼球的纷乱表象和口号，人们依然不难发现时下的散文创作总体上的并不乐观。无数作者囿于一隅狭小天地，其写作或为发泄个人的欢乐与怨艾，或让文学疯狂繁殖制造话语垃圾，或摆出吓人的架势掩饰着内心的空洞无物。散文家们常常发现，当以散文自娱、自恋时，他们的手臂就探出了现实的天空，当以散文来参与现实时，则又发现自己苍白无力。在这样喧嚣虚无的氛围中，能够不为外界所扰，沉潜文字中的写作就显得特别难能可贵。在笔者看来，著名作家川梅正是这样一位散文性灵书写的招魂者，她的写作成为奇特书写环境中的一种启示，其雅洁高格的存在反复撕开人们阅读的欣悦创口，代表着追求思想以及朴素表达的散文尊严，既是对散文娱乐话语、浮躁文风的反拨，也是对矫饰虚假的煽情书写的心灵自省。

写作本文缘起于一场喧闹嘈杂的饭局，一位主编朋友几乎是对着笔者耳朵用不合其身份的声音大声叮嘱笔者："川梅的作品（包括小说和散文）在近些年的同龄作家中显得不同凡响，值得关注。"于是笔者便有机会相对集中地品味川梅的文字。笔者自感这种阅读是用心的，由此形成的感动也是真实的，摒弃了写作功利的套习。

川梅存在的意义绝对不仅仅是为我们提供了众多可读的散文，更重要的是为当下繁杂而贫乏的散文写作带来了一股清新素朴之风，以独特的面貌扫荡了当下散文的萎靡状态和干枯之气。川梅没有沉迷于都市时尚与流行语码，对琐碎的物质表象津津乐道，在大片、首饰、时装、美酒中寻求所谓的格调和情调。对于太多拼着老命或小命渲染自己写作样态与精神求索的人而言，川梅对社会普适文化意义的发掘以及由此而达成的对诸多生存状态的透视的深度，在同类作家中理应属少数。她所热爱的情感，似多彩细密的蜀锦苏绣，串起看上去殊不相干的人与事，笔下的每一件事物，都沾有人的灵气；笔下的任何一个人，都与天地相连，人的身影背后，则是郁郁葱葱的草木依靠，温润、清新、宽大。这是只有智慧女性的手心、怀抱、眼神与灵魂方能把握的神秘世界，这样的文字情境，令人沉醉。

人生不绝的惦念之情

川梅的散文充具旺健的精神、丰满的心灵、纯正的语言。这样的散文当然是好散文，必定能给人带去精神的安宁和审美的愉悦。笔者正是抱着如此的认知品读川梅作品宽厚人心之处的，特别喜爱其大气恣肆，为其人生品味的深情考量和对喧嚣尘世之下的人际深情的诸般惦记而感动。作为一个散文家，首先要有一颗赤诚之心，以坦率的态度进行书写；其次，应充满仁爱，并用宁静宽容的心看待世界，对笔下的人物怀抱深情。能将对世人的关爱与指向自我的性情抒发相结合，这样的散文自然就是一种高格的散文。散文表达作家真诚、善良、纯洁、宁静和自由之心，是本然而纯粹的，和美澄明。如此的内心足以让作家成为真实的人，会对别人友爱诚恳、坦荡无欺，对利禄淡泊平静，谨慎物役的泥淖，性情也会自在悠游。

当作家把这些深情厚谊投向散文书写时，读者就看到了令人感怀、思接万里的普照之光——五彩斑斓的醇美之爱。这是一种坚韧的人性精神和美好情分的霞光，同时更是一种暧昧时代很难再有的内敛深沉得令人惊悚的情感。通过川梅的散文，我们发现这样的仁心厚爱根本不是借助作态浮泛的抒情去完成的，而是纯粹通过蕴藉温婉和朴素细致的笔调传表出来，并以其描述真实和生动的细节敲击并感动着读者的心灵。

当下许多散文声称追求精神境界，但往往因为浅尝辄止、功力不逮而陷于空疏，缺乏思想性的提升和探询。生存环境的刺激常常制约作家关注生活和叙述的方向，但笔者以为，真正的散文写作应该是回到内心的写作。尤其是面对商业化、时尚化的文化语境，散文写作不再需要刻意受某种意识形态支配并可以有自己的文化价值取向的情况下，作家不仅不能放弃人文关怀、精神担当和道德判断，更应关注人的个体生命的存在形态，完整地记录人格的呈现和精神活动的现场，要求散文能够书写出生命、人性、精神存在的力度、深度和广度。如此写作，只有从内心出发，方可展示精神的高蹈。从这个角度讲，川梅正是在关注外部世界的同时，不断触及内心，并在其中散发自己生命的热度。散文由此成为川梅心灵体验和生命体验的忠实记录。王安忆说："散文在语言上没有虚构的权力，它必须实话实说……散文使感情呈现出裸露的状态，尤其是我们使用的是这么一种平铺直叙的语言的时候，一切掩饰都除去了。所以我说它是感情的试金石。"① 在川梅众多类型的散文中，笔者认为最打动人的是那些关于亲人的情感性文字，这些文字反映的是川梅灵魂深处的生命体验，与她的心性距离最近，于此，读者看到了一个真实、坦率、深情、质朴的川梅。尽管这些文字几乎是一种现实书写，但笔者却更愿意将其视为一种追忆性情怀、一种人生的崇高惦念。川梅这部分散文大都以回顾的方式记录浓浓的亲情，以最质朴单纯的文字方式触碰内心最柔软的情感。同一些自诩恢宏的"大散文"有异，川梅的这些情感散文都是她自己的人生经历和对生活的感悟，追寻的是充溢在生活深处的诗意，因此这些文字风格沉静而淡

---

① 王安忆. 情感的生命［M］，北京：中国文联出版公司，2008：81.

定，恰似饱经人生风霜的智者在娓娓讲述她的心路历程，那缕缕淡淡的哀愁，那些对年华的反顾，凝聚为文字中人间的沧桑况味。

川梅有很多书写母子和兄妹之情的文字，从这些文字中笔者读到了温柔敦厚与一往情深两种为人之道。《我们的母亲》是川梅写得非常感人的散文，殷殷之情、拳拳之意，尽情流布：

> 老早就想好好记录一下我的母亲，只是母亲在我心里太至高无上了，我不能也不敢轻描淡写。所以，那些关于母亲的文字，也就一直藏在心里，也就一直在每一个时辰里，为我一个人流淌……当我有幸福需要分享的时候，我喊出的是妈。当我有痛苦需要面对的时候，喊出的还是妈……感谢上帝，赐给我如此大的福分，让我在活过几十年之后，还如此富有地享受着母亲的仁慈和宽爱，感受着母亲的坚强与智慧！

母亲与女儿有着无限亲密的关系，在叙述这一话题时，川梅拥有一双隔世的眼睛，并用隔世的冷静看待此生此世，渐渐觉出了一种悠远的苍凉。这篇散文的动人之处并不在于语言的高雅与从容，也不在于对人生哲理的深度开掘，而是流泻其中的质朴与真实。《黑白青春》是一篇特别煽情的文章，文本自身的美学内涵和艺术水准较高。阅读此文后，笔者久难平静：

> 母亲姊妹六个，她排行老三……母亲省事，是因为在短短几年的时间里，哥哥姐姐弟弟妹妹们因为疾病、灾难和意外，一个个离开了人世。母亲在经历了一次次生离死别，一次次痛切心肺的苦难中渐渐长大了明事了……外公依然不管事，母亲智慧地平衡着和继母的关系……与青春有关的日子里，母亲都笼罩在一种暗淡无光、灰蒙蒙的悲伤氛围里。很难想象母亲的青春，是个什么样子……二十六岁，一个女人的生活长卷才刚刚展开，未来依然是个未知数。而在身上和心里，已经背负了太多也太大的苦难的母亲，依然不知道未来，还有什

么在等待着她。母亲依然诚惶诚恐。但她没有低下，女人绝不应该低下的头。

此文发表以后，反响颇大，很多人争相传阅，赞叹不已。在这篇文章中，"母亲"经历了难以想象的前半生：幼年时她的母亲和五个姊妹相继离世，在继母的打骂中战战兢兢地过着日子；仓促的第一次婚姻使她在暴戾无行的丈夫的唾骂下度过了充满磨难的近八年时间；丈夫离世、孩子夭折……"母亲"的前半生，承载了太多刻骨铭心之痛。但坚强的"母亲"却若无其事地把生活的皮里阳秋掩埋在地老天荒的日月里，以淡隐的方式缓缓流泄或干脆将其捂"死"于腹中。令人震惊的过往使我们不得不感叹她是一位平凡而让人崇敬的女性，她有不屈的灵魂和聪慧的心智，敢于直面常人所不忍直视的恐惧和虚无，能够忍受寂寥和孤独，反抗"常人俗世"的压迫、抵挡沉沦凡俗的浊浪。

《艰难困苦》是川梅书写母子之情的代表作之一，其风格近似巴金的《怀念萧珊》和王兆胜《与姐姐永别》等名篇。我从她优美的文字中读出了忧伤的情愫，又从凄绝的忧伤中读出了一种令人拍案称绝、楚楚动人的人格绝唱。在人欲横流的社会，当现实被卑鄙与恶浊围攻、四面楚歌的时候，这篇文章让笔者无限感动。文中那位伟大母亲身上闪耀着永不褪色的人性光芒：

> 父亲走后，母亲就病倒了……我们不是世界上最可怜的孩子，但是我们生活得很艰难。至少在父亲去世后最初的那几年，母亲领着我们，日子比别人过得艰难得多……生活的不易，留给我的记忆是零星的、散乱的。我相信母亲对那些岁月的记忆是刻骨铭心的。母亲经常用一句名言教育我们"挣钱就如针挑土，花钱就如水推沙"……母亲一生给我们留下的是什么？我会不假思索地回答自己：是一个女人，抵制艰难困苦的忍受力……我也期望母亲身上的这种力量，能够成为我们这个家庭生生不息的血脉，能够在每一个后人的身上，继续流淌着。

这篇文章对母亲一再歌颂，以作传的深情进行着质朴的回顾。过去生活中的点滴都深深镌刻在川梅的记忆之中，她用散文记录母亲的生命道路。川梅内心最温柔、最软弱的一角总藏着母亲的爱。这篇文章中，母亲的美丽、母亲的坚韧精神，尤其是母亲对恶人的宽容和知书达理，那种记忆是美好温馨并极其深刻的，透露出作家对母亲深挚的爱和无尽的思念。

我们这些还在成长中的孩子，没了父亲，就只能眼巴巴地望着母亲。望着从她手里递过来，有没有我们今天的吃食？有没有我们今年的衣着？

说实在的，读着这极富人情味的文字，如母亲帮"我"穿雨靴的细节，笔者不禁落泪。笔者想起了日本小说《一碗清汤荞麦面》中母子三人在大雪纷飞的除夕夜，头碰着头非常幸福地享用一碗荞麦面的情景。川梅构建的这种在极度困苦中相濡以沫、其乐融融的情景实在太动人。艰辛岁月的日常生活，朴实的话语，将圣洁的母亲对子女的呵护与关爱，连同她的性格、她的善良与内心世界的苦痛和瞬间的甜蜜都真切而传神地表达了出来，使读者领悟到了一种人性的大温暖，一种美好而亲近的惦念与情怀。

在这个时代，我们的许多能力正逐渐丧失，如爱的能力、欣赏美的能力、敬畏的能力等。虽然，敬畏的能力不是人人都愿意拥有，但适度的敬畏是我们面对世界应有的选择，因为没有敬畏，泛滥会成为生活的常态，让道德、责任、仁爱等传统观念岌岌可危！而今，人们在面对现实的时候普遍变得越来越胆怯，自己内心的无依与无助越来越明显。这是一个令人无比羞愧的时代，部分人失去标准，没有底线。在川梅描写亲情的文字中，掺杂着一些残酷的故事，表达着一种深层的对生命的敬畏。在描写病重的父亲、多难的母亲、命运各异的姊妹等人物的故事时，川梅尽量保持着平和、波澜不惊。可这些故事毕竟是不寻常的，记录了极端境况下人与人之间的真性情，那些看似水到渠成却又峰回路转的细微处，那些伤心伤神却又动人至深的片段，都蕴含着川梅的巧思，体现了其高超的写作技巧。《尊重生命》是目前川梅描写亲情之作中最感人的一篇，笔者反复看了五遍，每次都被感动得泪眼模糊，为那份难得的真情挚谊。

  今年的清明节，我是一直笼罩在"路上行人欲断魂"的感觉中。我的二嫂出差，在重庆秀山突发脑溢血停止呼吸，年仅49岁。我是连夜驱车从成都出发经重庆、长寿、涪陵、武隆、黔江、酉阳到达秀山，一路狂奔……当我泪水滂沱拉着二嫂的手，看着她平静的样子，我真的好像听见有婴儿呱呱坠地的声音……愿离去的人安息，活着的人快乐！

这篇文章采用纪实的写法，既没有轰轰烈烈的场面，也没有任何艺术的想象与夸张，只是用朴素得泣血的笔触，叙写自己在亲人逝去后的举动：一边流泪，一边唏嘘，一边仰天长叹，既为善良美好之人的陨落而哭泣，又为生者祈祷。悼文式的散文写作很容易落入俗套，只有质朴的情感才可能使其挣脱形式的羁绊，即需要以最诚挚的心灵和化不开的爱意"编织"文字，表达对逝去亲人的缅怀与追思，不允许丝毫的做作。这篇文章之所以让人潸然泪下，是因为川梅一方面在诉说生存的不易和生命的脆弱，一方面又在诉说生命中最宝贵最真切也最高尚的情感，解剖着人生的无奈和难处。笔者认为它是川梅散文中最凄清冷峻、最透彻骨髓的一篇，体现着她对现实人生的深度理解及其美学价值观。

  《铁凝散文·自序》中写道："散文究竟是因什么而生？在我看来，世上所有的散文本是因了人类尚存的相互惦念之情而生，因为惦念是人类最美好的一种情怀。人类的生存需要有相互的惦念，最高的文学也离不开最凡俗的人类情感的滋润。被人惦念和惦念别人是幸福的……在生命的长河里，若没了惦念，还会有散文吗？"从川梅的亲情书写中，我们看不到空泛张扬、飘浮无根的怀旧与追思，只会考辨出那化入骨髓的细节惦念，这是一种特别柔软、温暖和平实的情感。它比一般的情感要深厚、广阔得多。笔者以为，川梅的此类文字，引领当下散文书写进入了一扇新的情感之门。

忙里偷闲的诗化观照

笔者最初了解的川梅是一个小说家，20世纪末，她的一些优秀中短篇小说引起了文坛注意，文字中渗透着她特有的精神气质和叙述品格。20世纪90年代中后期，作为小说家的川梅转而开始从事散文写作。川梅的散文写作不是为了应景，也不是为了稻粱谋，更不是为了名与利，而是发自内心的一种活动，是自我生命的自然流表，也是生命泉源的倾力奔放，正如卡夫卡在致斐丽斯的信中所说："什么叫写作，写作就是把自己心中的一切都敞开，直到不能再敞开为止。写作也就是绝对的坦白，没有丝毫的隐瞒，也就是把整个心身都贯注在里面。"[①] 川梅具有较为良好的传统文化素养和敏锐的艺术直觉，她的散文，无论是对历史还是现实的解读都有一种诗性的意味。在中年川梅身上我们不难看出一些传统知识分子的志趣，她读了许多书，这在同龄人中显得少有。作为一名作家，川梅的人生经历显然是丰富的，她当过教师、报纸编辑、记者、宣传人员、企业纪检监察干部，这些经历使川梅在感受生活时不自觉地将人生与诗性相结合，诗意的情怀在她的散文中弥漫开来。受现代主义和后现代主义影响的作家，常常陷入这样的困境：在悲观与绝望中消损甚至沉沦。但川梅在对人的存在和现实万象进行现代主义思考时，却一点也不黑暗、阴冷，而是充满阳光，有着从心灵折射出来的诗意光芒。川梅善于捕捉天地、自然、人生和人性中的爱与美这些具有火焰般壮美的诗情画意。因此，一草一木、一人一物都沐浴在神圣的阳光之下，享受着雨露的滋润以及丝绸般和风的吹拂。

川梅对日常生活的叙述情有独钟，那些对周围物态的絮絮叨叨具有不可抵挡的独特魅力，让人百读不厌。文字只是对日常生活琐事的记录，而所有的情趣、意境、哲理、韵味、生活态度、人生评价，全都蕴藏在字里

[①] 伍蠡甫，胡经之. 西方文艺理论名著选编（下卷）[M]. 北京：北京大学出版社，1988：298.

行间，有一种不着一字尽得风流之美。川梅的散文是将一条朴素的路铺向自己情感的历史和心灵的眺望。

  人与人是不能比的，因此人必须要活得真实，不要有太多的奢望，不要去想官必做到哪级，钱必赚上几位数，名誉必须多个。贪欲太多，不仅加重生命的负荷，更重要的是让人虚伪，为了获得而不惜一切代价去得到，他能活得真实吗？平平淡淡，从从容容，顺其自然是生活的最好状态。人也只有在这样的状态下，才可能真实地活着。踩着别人肩膀显示自己高度的人，迟早会变成不折不扣的矮人。因此，踏踏实实做自己的矮人，最稳当，也最省心。

——《希望活得真实》

  这是一篇思想性较深的散文，写得平和随意、自由潇洒、温馨亲切，在纯正、仁爱的基础上增添了对人性的洞察，对人类、人生有着广泛而深切的悲悯与怜惜，是涵盖了历史容量和心理底蕴的散文精品。从这篇文章中我们可以看到，对人生万状的思考并没有成为遮天蔽日的阴霾，作家在文章中不遗余力地寻找突破人生大限的各种途径。当川梅的笔锋有意无意地触及性灵或心灵层面，并且自觉或不自觉地减弱了外化的倾向时，这些文字就显示出了非凡动人的美学力量。

  川梅不是一个为时代的场景变更所侵扰的作家，她努力使自己沉静、保持优雅的内省姿势，思悟作为人的价值，寻索并烛照人类的精神家园。对于人内在的丰富性与复杂性之关注使川梅的散文创作具有极强的内省特点。个体的生存状态和精神体验则是川梅长期的创作主题，其创作素材源自主体的自我反省和对生存的个体审视，而最为真切和深入的又势必来自作家自己，个人化体察则经由文字而升华为人类的普遍处境。

  感情是对等的，不是要求我投之以李报之以桃的绝对平等，而是双方必须多少有些尊重。你的傲慢来自于轻视蔑视，在你的眼中，没有人是人了，都是奴才，谁受得了啊。只有尊重他人，你才能有完整的人格……因此，像这样的人，我看最好远离，哪怕她是五百年一结果的千古精品，也都不能去找。人最重要的，除了生命就是尊严。

——《活得要有尊严》

这篇文章表达的是作家的真实性灵和真诚心志，不着丝毫理性论道的痕迹，释放了散文的真品格，显示了作家真实的内心世界和一位智者对外部世界、历史和现实的文化思考及理性省察。

《女人不能没有梦》一文洗尽铅华，笔锋平直犀利，直指要害。

女人面对的是现实，活生生的，挤也要把女人挤醒。女人每走一步，都在经历着生理与心理的痛。得承受，得付出。不谈历史，不谈典故，女人本身就是历史，就是典故。两难是女人。美了人说你红颜祸水，但偏有人跳水招祸；丑了，人躲着你，看你一眼也皱眉。盼着能长出个中庸之道，省事，可又身不由己。解放妇女的同时，把女性推到一个更广阔的天地。外有事业内有家，也就把女人练得照壁似的，护内挡外……女人本身就包含着证据确凿的伟大与牺牲，柔弱得可贵。女人的了不起，只不过是平凡。女人的平凡，就是了不起。只是大家视而不见，或熟视无睹罢了。

在不少人眼中，女人的人生观念过于精致，她们清高、不近人情，常常自己与自己作战，她们的精神需求要表述出来十分不易。但川梅表达了完全相反的意向：许多女性面对荒谬的态度是奋起反击，而非随波逐流，她们在精神匮乏物欲充斥的世界中逆流而上，知其难为而为之，不断做一轮又一轮的精神跋涉。她们对世俗的反抗永不罢休，不灭的追求与渴望使她们永远承受着痛苦的煎熬，心灵的苦痛虽然使她们满怀沧桑，但痛苦的磨砺也使她们不断成熟，执着地反抗世俗的玷污，寻求自由本真的生存状态，以惊人的尊严守护心灵的那方圣土。

外面的世界太复杂，常常令人瞠目结舌，心力交瘁，精神恍惚，黯然神伤；里面的世界又太脆弱，禁不住风也受不住雨。于是，每当生命处于低潮之时，人们就会感到有一根什么东西吊在眼前，在恍惚迷离之间、在生与死之间摇来摆去。不肯服输的个性在与焦躁不宁的情绪较量中始终占着上风，使川梅近些年的散文创作进入了自觉的情思运作的理想循环之中。这种状态，也使川梅具备了推出有着更高艺术水准的作品的条件，有机会在后继的作品中实现整体性的艺术突破。事实上，突破的契机已然隐藏在川梅的一部分散文作品中，更自觉、更机智地发掘其内心深处，更凝练、更集中地表现其心态的流变，更大胆、更彻底地拒斥散文本不必担负的实用性任务。这种令人欣喜的创作倾向在川梅的散文中不断被强化。《风景外的女人》便是这种文化意识的代表。

> 其实想成为风景外的女人，在我看来是一种心境和处事的态度。而要具有这样的心境和态度，我想最最重要的是戒除浮躁，耐得住寂寞……因此，我主张做内心有风景的女人……有成为风景外的女人的心境，我想会更大气、更从容、更自信。

对女性性别的宿命认知，使太多女性（包括知识女性）丧失斗志，无法从本不该有的悲观意识中脱离出来，走向乐观的实际，使自己能够在与俗世的自然关系中找到行为的意义，进而获得自由并因此变得深刻、丰富和宁静。这篇散文将"我"顽桀的生命意志、不靖的个性表现得既迂回重叠又气势磅礴，显现了川梅在考辨女性庞杂的心野灵渊方面的独树一帜。同样是描写女性生命的造化，当芸芸散文家或怨天尤人地低诉身为女性的悲凉，或沉湎于柴米油盐的喋喋不休，或埋首于尘封往事的悲凉伤感时，川梅却以其超越境遇的内心力量，一扫女性认知的千年颓唐，在写作中端立起自己玉树临风般的身影。川梅散文中所表现出来的直面真实和抵抗陈习的个性风采，体现了其敢于与世俗生活短兵相接的特色。川梅的散文充分表达了对女性生命的热爱与尊重，以及她对女性幸福与生存的另一种关怀，加上质朴细致的关于人生、人情的吟味，盘诘价值和呵护生命相交织，有着一种庄重的古意。

常态书写与文化超越

川梅是一个情感极为丰富和细腻的作家，她的散文浸淫着丰盈的生命体验和真切的情感印记，是她长期以来情感积累和升华的结果。从创作而论，川梅是一个"内向型"的作家。她认为，有觉悟的写作者都主张呼唤心灵，用心灵写作。知识分子的道德感、使命感和理想主义的精神追求使川梅的很多散文格外引人注目，她想通过散文的方式表达她及同代作家的生存良知。生于20世纪60年代的川梅，经历了革命时代和后革命时代，曾一度没有实在的精神温存，成年后选择创作散文，完全凭着兴趣，独立地搜寻世界异样的精神，又在自我精神成长的过程中接受文学的滋养，使其天性中原本存在的丰沛的女性激情和与生俱来的生命关爱得到发展，形成了与艰涩、生硬、极端物质化的文化环境难以相容的气质、心性和价值观。她以女性作家的人道主义情怀，覆盖了无数在不同时代和环境中遭受创伤的不幸者，又以自己少见的高洁情怀，表达着对人类生存诸多状态的隐约诘问。川梅是一位左手写小说右手写散文的"两栖"作家，一定程度上，这种兼容使她得以吸收两种文类的营养，二者兼修带给她的不仅是表达形式的多样和自由，在笔者看来，更重要的是，这种在不同文类间的自由穿梭，使川梅获得了轻灵又不失严肃的文化立场，这是一个优秀作家所必备的。在物欲日益强化而信仰又日渐缺乏的当代社会，川梅的文字中透露出来的却是与世无争的镇定与宽怀，因为她从天地万物之间获得的启示便是享受诗意与悠闲的人生。这是一种超越凡俗的文化领悟。《妄评幸福》《温柔是种气质》《欲望的烦恼》《女人不能没有梦》《走西藏》《华服并非皆名媛》等作品，都非常理想地表达了川梅的上述思索。

经历人生种种历练之后，将情感沉淀下来，给生命和精神留下许多值得咀嚼、回味的空间，审视内心，反求诸己，内心平静地获取快乐和幸福，这是川梅散文给人的启示。她的很多散文有己见、有个性、有闲情、有境界，宁静而超脱，凸显了作家的慧心灵眼。她也正是以这样的气度与法则保持了一份自由的心境，并且凭借这样的心境和态度，保持自己对生活和散文精神的敏感且深邃的发现。

　　川梅不断刷新自身记录的散文实践，不仅走出了女性写作惯有的单薄与狭窄之境，更显示了散文描写场域的可创性，冲击了散文写作的流行方式——拘囿一己的对日常琐事的个人自传式写作。多重的思索向度，使她的激情和才情永不枯竭！虽然有的文章形式还比较松散，缺少凝聚力，或落入流俗、浅薄之境地，或语焉不详、故作深奥；虽然她对某些重要问题用力不够，没有进一步探索下去（如对天地之神秘与大道，作者虽有涉及却未深入探讨）。然而，不断变化、寻求突破的自觉，无疑是川梅作为散文家最具意义的特质，也是最契合散文文体品格的方式。此外，诚恳庄重的散文话语，恰恰是散文家川梅的价值所在。笔者固执地认为，优秀的散文如同优雅的散步，亦如夤夜妙谈，其间徐现见解与思虑；优秀的散文充满浪漫与想象，包含现实与超越，善待苦难与艰辛。这些，川梅都极其精彩地做到了，实在值得敬佩！

商业"硝烟"中的精神傲立

嘈杂时代的智性书写

　　如果仅就表达当下经验的坚持和成绩而论，周瑄璞在同辈作家中是比较有代表性的。她的中短篇小说写作以多样的艺术形态巧妙地展示着自己的不同侧面，用令人感动的朴实文字机智地展现着一种孤独的才华。周瑄璞是一位勤奋而细心的作家：她的作品不仅有着比较可观的数量，而且几乎不重复自己的书写经验；她以"70后"女性作家的特定身份表达对现实人生的拳拳之心，对生活真相的严肃追究和适度揭露，使她赢得了读者的尊重；对俗世生活一贯的庄严书写令同行心生敬意。这么多年来，她的小说写作总是匍匐于地，试图寻找平淡生活中有湿度、有温度、有温情的精神突围，并以极为细腻的文字将其表达出来，这逐渐成为她的创作风格。她的中短篇小说创作实践清晰地再现了她从青涩渐渐走向成熟的职业生涯轨迹。早年的稚拙被现实、审美、精神诉求与哲学思辨等多维图式完全取代。她如今的创作既能快速精准地找到叙述对象的敏感区域，亦能从中挖出丰饶的社会生存信息。

而今，人心世道似江河横流、大漠朔风，作家需坚持自持自励，方能实现精神与行为的自在自如。面对俗世"厉鬼"的张牙舞爪，周瑄璞表现出了少有的平静、自信与儒雅，没有半点犹豫与惶悚。这是一个作家成熟的重要标志，也是一种非常重要的叙事能力——它能在真假莫辨的复杂环境中揭开日常生活的真实状态，展示被人们的生存经验忽略的骇人现实，实现叙事与作品人物精神层面的交流。这是许多女性作家不愿过多触及的话题，因为它毕竟显得沉重了些。但周瑄璞常以优雅克制和古典浪漫的独立叙述表达自己对现实的丰富认知。

实际的阅读使笔者确信，完全可以从上述层面对周瑄璞的创作进行主题学意义的划分与表述，它们几乎构成了周瑄璞中短篇小说写作的全部内涵，并且可以进行并不算大胆的推论：这些作品产生的文化效应对当前和今后作家的写作都将产生相当大的影响，将支撑并影响一些作家的文学精神和写作伦理。

缠绕于俗世的男女歌谣

周瑄璞于 21 世纪之初开始写作，起步并不算早。她引起文学界关注大致是在 2011 年前后，准确地说应该是从那篇被读者反复提及的《与爱情无关》开始。这篇小说奠定了周瑄璞的叙事风格和经验处理技法：放眼当下，回旋揉捏，收放自如，专注灵魂精神。笔者对周瑄璞的认识，也是从《与爱情无关》开始的。

周瑄璞的创作生涯尽管不是很长，但关心陕西文学的读者大多认为她是一位非常有实力的作家。与某些疯狂追求作品数量的作家相比，她或许没有很大的优势。仅有的十多篇用心之作，在"不高产，毋宁死"的当下文坛，应该也算是一个"文学意外"。周瑄璞吸引读者的究竟是什么？笔者以为，她努力写出了现实生活的无限丰富性，特别是物质世界中脆弱不堪、变化莫测的情感形态。在尖厉呼啸的商业语境下，温润的东西越来越少，感动的机会变得稀有。恰恰，周瑄璞围绕普通人的日常情感所进行的还原性书写，让读者触摸到了感情细部的波动，绘就了属于自己独特的当然也是曲折的文学之路。

《与爱情无关》对人们司空见惯的俗世男女之恋进行了诗意浪漫却也凄美感伤的描写。主人公温水阳是一个前途渺茫的地方戏演员：得奖无望，不上进，总在家里等好运敲门。青春年华转瞬即逝，岁月的"鞭打"使温水阳变得暮气沉沉。与妻子离异后，他与一个心比天高的有家室的地产商展开了一场虎头蛇尾的婚外恋，企图通过新恋情让受伤的内心得以安抚，未承想却更加受伤。现代生活的繁荣让各种欲望此消彼长，情绪的躁动和心态的恶化变本加厉。《与爱情无关》表面写的是一个离异男性的故事，实际上是通过真实生存状态的叙述揭示出一种活法，它们互相映衬、警策，构成一幕现代城市情感剧。

张炜曾说："极度的浮躁，泥沙俱下，空前的媚俗，这一切都是激活思想和创造的条件。一旦失去了这种条件，苍白的季节就会到来。真正的创造也许需要互相刺激，包括彼此欣赏和厌恶、拒绝，甚至是极大的痛苦和藐视，还有众人皆醉我独醒的孤傲和精神的流放感——这些都不怕，这些都是催生的酵母。"① 读周瑄璞的小说，让笔者产生了一种很强烈的感觉：她写得比现实更逼真。这种印象长时间地萦绕在我的脑海。在千疮百孔的精神世界中，她怀拥一腔洁雅之情，粉碎虚构和想象对文学真实的"围剿"，极为有效地利用停留于某个时段的生存记忆和经验，最大限度地丰富了文学表达的景观和视野。

《骊歌》是周瑄璞很优秀的中篇小说，写得颇有韵味。女诗人田金枝是一个尖酸刻薄、诡计多端的可怜人，总认为自己的男人没文化没出息，毅然离婚，本以为攀上了周处长这个"高枝"，胜券在握，岂料周处长到她的单位暗访，而好事者又添油加醋，使她这一场燃烧了两周的爱情之火黯然熄灭。特别有趣也更为雪上加霜的是，之前像苍蝇一样环绕在周围的男人都在她离婚后躲避瘟疫似地逃散了，她骂他们是虚伪的胆小鬼。她与单位负责人王先觉暗度陈仓、时断时续地保持了十来年的联系，但后者有家室，不可能娶她，对她的最大支持就是悄悄给她五千元装修款和在退居

---

① 林建法. 中国当代作家面面观［M］. 上海：复旦大学出版社，2010：20.

二线前给她升了职。王先觉退休后，周围的人不再怕她，更不再巴结她。更糟糕的是，随着华年成为历史，美貌沦为明日黄花，来到她身边的男性的质量也越来越差。她经常生病住院，看她的人越来越少，连一无所有的男网友都悄悄溜了。她像怨妇一样怒视周围比她快乐的人，也终于发现了婚姻生活的优点，以及男性情感世界的不定与可怕。她无奈地把自己关在家中，与"不公"的生活誓不两立，结果像堂吉诃德那样把自己搞得遍体鳞伤。

这是一种对欲望的反讽，作家用一种温馨的诗意将欲望的面纱轻轻撩开，场面令人恐惧不安。令人潸然泪下的故事有了意外的结局，这是作品具备优雅温婉含蓄情调的前提条件。我们理解，田金枝是一个现代生活的弃儿，她的忧愁与苦涩实际上充满古典主义色彩，造成其生活悲剧的主要原因其实是她自己。但温润仁爱的作者依然在一种不露痕迹、非同寻常的怜惜之中给予她最大的安慰。

周瑄璞笔下温婉伤感的爱情故事生活化色彩浓重，摒弃了隐约不定。读者或许会对这些充斥着寂寞孤独情调的爱情经历感慨万分、深感遗憾，或许会对这些发生在现代生活中的千奇百怪、形形色色的情感图式进行反省与反拨。类似的作品还有《须眉》《隐藏的力量》《来访者》等。情感世界的"主角"是欲望，周瑄璞作品中女性主人公情感的产生大都是为了对自己失败婚姻或情感经历进行心理补偿，在人生下半场寻找一丝安慰。作家对这些饱尝艰辛的女人的生存方式表示理解和原谅，因为她们追求幸福之路是如此不易、漫长，并且充满悲伤，她们的欲念又是如此乏力和虚弱，她们大多在最后关头功亏一篑，未能逃脱情感欲望的捉弄。笔者很佩服周瑄璞的叙述意识，包括作家当下的生活经验以及文学变形、人物生成与周遭背景的关系、个人自我意识的探索与觉醒等。

朴素而"泼烦"的平民世界

"作家的忧患意识首先强烈表现在对社会普通民众尤其是弱势群体的

情感关怀上。"① 纵观周瑄璞的中短篇小说，可以发现，她通过文字构筑起了一个恢宏的文学世界——平民的世界。她十数年来一直不间断地进行这方面的努力，并得到了丰硕的回报。

很长时间以来，笔者始终满怀一种期待：20世纪六七十年代出生的作家能够理想地表达他们的感受和经验。因为那个年代是中国当代史中极其特殊又特别重要的时期，对人们生存经验的影响较大。近年来，随着上述作家群体受到的关注和宠爱越来越多，笔者的这种期待也更为强烈。事实上，这一时期的很多比较优秀的作家在反映当下生存主体的时候也真正做到了得心应手，尤其是女性作家，她们在表达这种平民话题时具有先天的优势。

周瑄璞很多中短篇小说表现出对平民生活的深沉惦念，流露出无限爱悯的人间忧思。这是作家对一个时代的责任与态度。谢有顺曾这样描述我们这个时代和这个时代的文学："这是一个大时代，也是一个灵魂受苦的时代……是说众人的生命多闷在欲望里面，超拔不出来，心思散乱，文笔浮华……在我们身边站立起来的就不过是一堆物质……更没有心灵的方向感，看上去虽然热闹，精神根底上其实还是一片迷茫。"② 周瑄璞既有深刻的平民化经历，见过那么多人不易的生活，又有深刻的情感寄托，这让她在创作中再三眷顾此主题，倾情于那些泪眼婆娑的屈辱与卑微，对处于生存困境的心灵困顿者的烦恼人生表现出清晰的人文知识分子立场。这种应该被珍视的文学经验与当代社会的精神向度无比吻合。

贾平凹在评价《秦腔》的时候说自己写的是"是一堆鸡零狗碎的泼烦日子"。周瑄璞《曼琴的四月》写的也恰恰是"琐碎泼烦"的日常生活。这部小说还原和营造了一个活生生的下层世界。这是一部沉重之作，它逼近生活，贴近现实，庄严地表达了作家对当下我国平民社会的热情和关怀，透射出一种沉重和苍凉之景。曼琴是一位自尊心较强、心性纯洁的姑娘，从小生活在一个失和的重组家庭，父亲冷漠，母亲虚荣。曼琴在十一

---

① 贺绍俊. 小说家的"居安思危"[J]. 小说评论, 2005 (2): 13—20.
② 谢有顺. 中国当代文学的有与无[J]. 当代作家评论, 2008 (6): 23—26.

岁的时候撞见父亲与一个陌生女人亲密接触，其对人性的认识从此改变。她甚至因此脱离了正常生活，行为举止与同龄人颇为不同。比如，处于青春期的她不爱打扮，她穿的服装没有性别特征，不爱穿"花里胡哨"的衣服；与哥哥的交流越来越少；觉得这个世界是恐怖而下流的：大人都是流氓，春天是罪孽的，春天也是恐惧而下作的。正是这种对丑陋行径的刻骨仇视和极端不齿，使她表现出了与水性杨花的曼莉、淫荡放任的母亲、见色忘义的父亲、势利卑劣的百战、无能混世的百胜等都不同的价值信念。她希望用自己的努力改变生活，甚至改变周围的人：她把业余时间全部用来陪伴自己饱受羞辱然而已沉疴在身的垂暮的母亲；她对爱情不抱任何信心，对稼娃气十足的小王毅然拒绝，直到31岁才与城里人小张结婚。曼琴付出了太多，得随时准备为这个不争气的家庭解决疑难问题。她借了一万块钱给贪婪自私、风流成性的曼莉，结果人财两空；不得不带着莫大耻辱替其他家人不管的父亲交嫖娼罚款；善意地瞒着丈夫暗中摆平小光结果却被骗；替父亲办好拆迁房过户手续，却要忍受家人的埋怨⋯⋯周瑄璞以平和、平等、尊重的眼光切入故事，带动了与之相关的"羞耻""尊严""良知""人性""欲望"等众多关键词。尽管，幼年的屈辱经历给曼琴造成了无法愈合的心理创伤，艰辛的底层生活使她饱受磨难，骨肉相煎常常令她心力交瘁，但她心里依然保有许多人缺少的款款深情，颠覆了人们对生活在那样一个特殊家庭中的成员主体可能产生的最直观的认知。

曼琴的故事让我们领略到了真实生活下难以启齿的疼痛，正如凡·高在《亲爱的提奥》中所说，"我们的生活是一种骇人的现实"。这部小说表现出的温度不禁让人想起当年张爱玲笔下的孤岛。曼琴寻求的是一种平凡的生活，基本是"现实安稳，岁月静好"的典范，她身上凝聚了周瑄璞对多种女性品质的认可。曼琴以一个善良女性具有的整洁、无私、细心、勤劳等特质，帮助着那些有恩甚至有愧于她的人，代替懦弱退缩、无责任感的男人们在社会上"冲锋陷阵"。她的付出是全方位的。作家以欣赏和肯定的态度写出了这个独特的人物形象，她的意义超越了这部小说的范畴。有心的读者通过细品或可意识到，哪怕将其放在当代文学史中去考察，曼琴都是颇具经典意义的。特别应该指出，周瑄璞对她的描述极其冷静客观：她有生活的不得已，有爱也有愁，有委屈、无奈也有伤痛、苦楚，但她仍旧成长为既有独立人格又有珍贵人品的端方女性。尽管遭遇了粗粝、残酷的青春，她身上仍旧没有回不到过去看不到未来的颓废之感，也没有对现实生活虚以逶迤之意。她识破丑陋之后积淀出的诸多美好品质，感动着读者。这部小说在深刻赞扬曼琴优雅不凡的丰盈内质的同时触及疏离、隔膜、孤独、异化等现代话题，只是，由于篇幅的限制，这些东西未能在作品中尽情展开，颇为遗憾。

最近，笔者认真阅读了周瑄璞几乎所有的中短篇小说，最深刻的印象就是她对底层民众日常持久而深入的关怀与表达。周瑄璞的写作有一种很温暖的品质，她的眼光始终没有游离当代社会的最底层，日常生活是她忠诚仁义的叙事对象。老实说，这也是作家整个创作中最具芳华的部分。对底层民众的关怀与描写，作家所完成的绝不仅仅是对文学品质和德性的感慨和缅怀，更是对当代文学大背景的思索和反拨。周瑄璞对当今社会存在的某种妖魔化语境表现出一种具有古典女性主义色彩的温情与柔和，这与现今很多作家淡出文坛，挣扎在生存线上的生活相比，是那么的可贵。

当代作家体察底层民众生活能力的缺失和放弃现实思辨的行为，制约和影响着其作品的整体文学品质。正如薛毅所说，"在我们九十年代的词典中，人们把在写作中呼吁社会公共领域中的公共、正义，关注和揭示社会政治压迫，关注弱小群体的命运，追求社会理想、社会解放的行为，等等……都称为'宏大叙事'，都是不真实的、虚伪的"[①]。21世纪以来，许多作家在强烈关注自我世界的同时却忽略了更为宏大的国计民生，对底层民众的生活缺乏烛照的热情和耐心，辜负了这样一个伟大而艰难的时代。在他们描写严酷生活的文字中，读者感觉不到切肤之痛，在他们形容近在咫尺的苦难的语句里，也感受不到悲悯精神。简言之，许多作家没有做好与底层民众同悲喜、共命运的文学准备。然而，周瑄璞的很多作品，如《在一起》《雇用》《病了》等，在对平民世界的关注中，渗入了鲜明融合的立体精神。我们发现，周瑄璞近两年对平民生活的关注点又有了重要变

---

① 张艳梅. 新世纪中短篇小说观察 [M]. 太原：北岳文艺出版社，2014：34.

化：由早些年的更多关注具体事件本身，书写形而下的生活真相，考察当代经济对底层民众的影响，转为侧重对这一庞大群体精神层面的探寻和思考，尽管切入点没有变，但美学的意义和文学的质量显然不可等观。

《在一起》主要描写了进城务工人员刘雪城的故事，但在精神价值向度显然做了调整。自行车修理工刘雪城的妻子爱莉不幸在一场车祸中去世，留下他带着三个孩子。这部小说围绕爱莉的后事展开叙述，揭露了众人畸形而生动的嘴脸，试图借此让读者发现人性的丑陋。一生节俭、吃苦耐劳、忠厚善良的爱莉"走"了，深陷于痛苦之中的刘雪城决定"厚葬"妻子：让人给亡妻买最好的内衣裤，因为她生前从没享受过。悲剧已发生，头等大事便是让亡灵入土为安，然而爱莉娘家兄嫂的介入使原本简单的事情复杂化。爱莉本可获得12万赔偿金，但娘家大哥要求刘雪城与肇事者打官司，以期得到更多，没承想最后连7万都拿不全。在"帮忙"料理后事的过程中，爱莉娘家人除了姐姐爱荣外，个个贪婪自私，一心想的是捞死人财、享死人福：嫌招待所没空调，要求换房间；以谈判赔偿需要为理由要求刘雪城买录音笔、U盘；大嫂、二嫂要刘雪城买换洗衣服；大嫂借爱莉之名要金戒指；等等。赔偿金尚未到账，刘雪城就花出去了一大笔。这些钱都是小两口平时从牙缝里"抠"出来的。不到7万元的赔偿款，连丧葬费都抹不平，心狠的大哥居然还盘算着独占这笔钱。爱莉死后，爱莉的姐姐爱荣对妹夫刘雪城和三个孩子照顾有加，刘雪城也遇到了人生的"第二春"——曾经南下闯荡的倩倩。尽管爱荣不希望雪城和倩倩成家，但在雪城重病住院、倩倩流产大出血的关键时刻，这个善良柔弱的女子还是毫不犹豫对他们伸出援手。在这部小说中，作家将善和恶尖锐对立，表达了她守护、构建理想道德的强烈愿望。

别扭人生的精神梦游

商业重拳之下的现代社会，催生了太多精神隔膜的困境，生活节奏的杂乱让沟通与交流成为奢望。君不见，在朋友、同学、亲人、同事、合伙人、上下级等相聚的场合，多的是嘻嘻哈哈的应景话，有限的接触与戒备之心使人们心灵的交融变得困难。周瑄璞在写作中表达了对现代人精神状态的强烈关注。她敏锐地注意到，人们在基本摆脱了物质生活的困扰之后，在精神领域表现出当代都市文化所特有的孤独和忧郁。她也看到了那些心理上和精神上都出了严重问题的当代人在现实中是怎样头破血流、慌不择路的。这类作品一改她惯有的温情甜柔，显得有些冷峻甚至尖利，透过其中不动声色的情绪传表，撕开生活的华服，让读者明白其中有很多我们根本不知道的真相。在不少男性作家都缺少精神定力、因精神的矮小和虚弱忘记了终极使命的文字语境下，周瑄璞却以女性的不屈和可敬，毅然将时代的浮躁、盲目、空虚、龌龊揭开。在谎言和欺骗"狼狈为奸"、无处不在甚至成为一种生存时尚的商业背景下，人们不得不选择小心保护个体利益，放弃道德与责任，这在客观上加剧了当代社会的精神危机。不难想象，在说谎和提防成为人们普遍接受的沟通策略的情况下，冠冕堂皇的生存智慧无非是一种心照不宣的集体阴谋，这才是一种真正巨大而可怕的精神与道德欺骗。

《失踪的秘书》是一部极有韵味和寓意的作品。制药厂办公室的刘秘书突然失踪，在单位引起不小的风波。刘秘书是一个具有小资情调和心态的人，最大的爱好就是读书，但这在单位属于不务正业，因为秘书工作千头万绪，最重要的工作是做所有领导的听差（为九个正副厂长和三个办公室主任服务）。他做过文学梦，却因懒散和才华不足而破灭，又过了提拔的黄金年龄（事实上领导从未考虑提拔他），因此，他对于工作已无激情可言，只图清闲度日，认为人生就该享受，但这种享受只是没有任何实际意义的虚张声势：妻子下岗，孩子多病，自己低薪又混得不敞亮，双方家庭更是无力相助。虽然艰辛的生活没有使他丢掉一些小情调——妇女节给妻子买枝玫瑰、凑点钱强迫妻子买件早该买的衣服（细心而勤俭的妻子却宁肯买假货都要将钱寄给姐姐，因为她自认为抢了姐姐的饭碗，永远欠着一个沉重的人情）——但这些小情调终归抵挡不住冷酷的现实生活（妻子、外甥考学时一再落榜，而自己当年没看上的相亲对象如今却握有招生"重权"，自己想要约其吃饭却遭到礼貌拒绝）。短短一年的秘书工作就让领导尤其是办公室主任对他失望，因为他不迎合领导，不为领导提包端水让座，见事能躲则躲，吃饭喝酒也不敬领导。他认为自己还不如养的那只鸟自由，患病后更是性情大变，绅士之风荡然无存，变得爱唠叨，甚至当众听斥女同事。他感觉自己被别人视为另类，便对很多事都提不起兴致，不愿与人交流，躲在了日常生活的背后。终于有一天他失踪了，之后传言倾巢而出——私奔、祸事、绑架、勒索，当然也有人认为一穷二白的他根本就没有出走的理由和资格。七天后，刘秘书平静地出现在单位，没有人问起这七天究竟发生了什么，一切平静如常。他依然写着不咸不淡的公文。

这部作品充满了知识分子的浪漫，周瑄璞希望主人公在远离中心文明的地方找到宁静、可供短暂休憩之所，找回人性。作品中主人公历经沧桑后的内心安详，乃是一种对现代生活的大彻大悟。这个关于"游走"或"出走"的故事，使我们从整体上感受和理解了作家作为顽强守望的知识分子的精神立场和对恒久的精神家园的一种认可。作家没有丝毫的优越感，对主人公刘秘书的不幸和难堪报以朴素、激烈、深沉的爱。作品的主旨是揭示现代生活带给人们生命情感的无归宿与精神飘游。周瑄璞对现代社会这个风情万种的陷阱作了冷艳苍凉的文字处理。特别令人敬佩的是作家对"孤独"和"自由"的哲学处理。按照本雅明的说法，小说诞生于孤独的个人，但周瑄璞却表达了更有深意的"孤独"和"自由"——生存层面上的孤独和自由。美国美学家阿米斯说："对于那些准备寻求新的境界，寻求更高层次的觉醒人生的人来说，文学更大的价值就是一种复活。"[①]《失踪的秘书》正是作者通过对主体行为的价值解析和赋予其展示生存的精神意义，在俗世生活中追求自己写作的庄严的代表作。小说平静地触及甚至接受了现代生活的"冷漠"和"鄙夷"，刘秘书只是希望保持一种廉价的生活状态，但现实不仅刻薄地拒绝了他的这一愿望，还不动声色让他病得变形，强大的世俗眼光果断而无情地"击败"了他生活中可怜的小得意，刘秘书是弱小、孤独、迷茫的。逃离显示的是他的一种内心期待，也是他必然选择的人生之路，但这种逃离又是短暂而无望的。价值的错位造

---

① 万·梅特尔·阿米斯. 小说美学 [M]，北京：燕山出版社，1987：32.

成意义的缺席，使主人公长年的人生梦想被一笔勾销，对自由的渴望与对生存的潜在畏惧尖锐对峙，梦游再度被强化。这种对世俗羁绊的对抗，让文本叙事重归"孤独的个人"，无疑显示了作者向经典致敬的努力和可贵。

类似的作品还有《流芳》《隐藏的力量》等。它们都真实再现了现代社会中常见的精神氛围或情绪，譬如快乐、失望、疼痛、懊悔、孤独、怅惘等。作家用理性的目光打量现实，毫不隐晦地表达自己对种种扭曲情绪的痛惜和无奈，宽容地面对人们精神世界的异化和危机，在张扬的同时退守自己的精神家园，获取一分宁静。

周瑄璞无疑是陕西文坛一位独特且重要的作家，她的作品让我们快乐并沉思、痛楚并欣悦。在喧嚣、浮躁、欲望丛生的世纪"病灶"中，她却以一颗平常心，淡化物事。她归真返璞的朴素向度，既是对文学对象选择的审美制衡，亦是对写作与生活关系的深层思考。她提供了一种新话语背景下的写作样本，其作品本身具有的纯粹意义、自然风范以及高贵气度，更是当下难得的品质。

周瑄璞是一位极度追求优美的作家，也是一位有理性、节制能力强的女性，这既是她的优势，也是她的不足。她作品中的一些议论思维发散而缺乏收敛，铺陈稍显过度，有损叙述的完整性与连贯性，显得过犹不及。但周瑄璞是一位心仪传统又善于与世界协商的人，不失主体性，兼顾世纪文明的仁义和美的叙事信念，那种源自远古的风雅文脉，相信会消弭上述之遗憾。

无趣世界的智慧承担
——一种有关真相的理解

中国文学界比较一致地认为，自20世纪90年代中期开始，散文便告别了为时颇久的边缘化情境，甚至业已成为文坛主流，堪与小说分庭抗礼，几乎同时，散文的文体试验拉开帷幕。

然而，一个不争的事实是，从此以后，散文创作中出现的种种稀奇古怪的求新求变呈现出空前放浪和无序的状态。许多作家的散文创作沦为杂耍艺术，缺乏真诚的心灵倾诉，也未曾真正获得宽阔恢宏的审美理想和凌空翱翔的精神气质，进而生成遒劲的思想冲力和深厚的文化内涵。其实，物质主义、消费主义不断解构文学的原创性及个性化，各种文化思潮对散文启蒙精神各个击破，一个缺乏深度群众化的散文时代终于来临。散文中闲适情调的盛行，正是对特定的社会文化语境的投射。本来，关心社会，捡拾温情，体现人性，是散文创作的题中应有之义，但不得不承认，当今部分散文作家在创作观念更新、技巧更趋精细的同时，的确出现了精神上的退步、良知的缺席以及道义的匮乏，洋洋自得地以温软酸甜的文字为时代"按摩"。尽管如此，散文总体而言还是温润的，至少没有像小说那样对消费主义时代人们心灵的扭曲、社会风气的混乱，对当下社会道德伦理、人的精神退化现象保持相对连贯的批判与反拨。散文界目前存在的一个共性问题是作品数量惊人地增长，但质量却大不如前。具体而言，部分散文作品思想深度不够，未能直面历史、反思历史，给人带来的震撼也不够。帮忙与帮闲、调情与撒娇在散文创作中比较常见，白领趣味、小资情调、市侩嘴脸、庸俗精神充斥在文本中，闲情、矫情、煽情、滥情抱团出现，对人本的特点、人性的回归、人的精神向度等的关注大为弱化。当然，文化学养积淀不够也是一个显著的事实。许多散文作家有很厚实的生活底子，但知识的积累明显滞后，文化观照、通世思考、哲学意味、宗教情绪等储备不足。正是思想深度和学养的欠缺，使绝大多数散文作家难以创作出关注人类生存、精神文化、社会事件的大气磅礴之作，而多书写行走游记、生活琐事、个人哀乐、邻里亲情等流水账一样的东西。凡此种种，不一而足！

世纪穿越的文学景象

本文将范小青、叶兆言这两位具有较多一致性或相似性的作家放在一起讨论，希望从中找到一些具有启示价值的东西。或许，本节文字的意义不只是引导作者开展对两位作家的文学判断。

范小青和叶兆言都是当代著名作家，两人都先以小说成名，继而开始写散文。就散文创作来说，无论是在数量还是质量上，他们都取得了较大成就，而绝不只是参与似的客串。他们的散文不论记人写事还是状物摹景，从不追求气势上的"咋呼"，而是用坦诚深情、平和素朴的文字精准表达自己的情绪或感悟，慧达而细腻，亲切而凝重，平易而精辟，形象而省人，达到了含关怀于幽默、寄智慧于从容、拥凡俗于雅洁的上乘效果。

进入 21 世纪以来，作为文学大省的江苏，其散文创作呈现出较为理想健康的发展态势，产生了一批具有重要影响和一流水准的作家，这在全国并不多见。江苏散文千姿百态的言说与书写尝试，为当代散文的发展打开了新的广阔空间，公众直接表达的需求和散文实践所引起的文体和语言的示范效应，对散文写作势必产生深远影响。这对于这个有着丰厚人文历史、情感积累和浓郁地理风情、独特社会构成的省份而言，也是相符的。江苏之所以出现这种良好的文学景观，笔者个人以为有如下几个原因：其一，江苏长期以来都是文学大省之一，该地作家对各式文体的认识较为客观，不存在诸如"重小说，轻诗歌、散文"的心理"隐患"；其二，江苏作家向来有一种往外看的习惯，以及与大家比肩的大气和勇气；其三，江苏作家普遍具备比较高远的文化胆识和自觉的文体创新意识，很多地方经常出现的"重写作成果而轻思考"的现象在江苏基本不存在，江苏作家倾向于自觉清除重复作品，避免了才华和写作资源的浪费；其四，江苏作家普遍凝聚力较强，这也比较少见而可喜，不像一些地方作家彼此缺乏交流（根本不想或不愿交流）和激励，更缺乏"推贤举能"、扶植新人的胸襟与勇气，甚至相互"死掐"。范小青、叶兆言两位作家均属于江苏作家群，自然也得其所哉！

如前所言，在20世纪90年代的一段时间里，作家们如众星捧月般重视散文，使其颇出了些风头。那段时间的散文作品产出颇多，如商品般琳琅满目。但与其他各体文学相仿，在商业社会的高度"挤兑"和某些文化裂变之下，散文自身也并不争气。表面的繁荣终究掩饰不住内里的虚脱，所谓文化大散文的衰颓便是显证。作为谨慎勤勉的作家，范小青、叶兆言对某些格式化的散文趋势保持了本能的警惕，有段时间他们似乎站在散文常态之外而存在，反拨日常成了他们的一种使命。由批判而生独特，既是两位作家的散文理念，也成为其自觉的衡量水准。他们对取悦集体的趣味抱有长期的不满，只对倾心的表达坚持心照不宣的投靠。从两位作家的创作实践我们可以看到，强调个人发现、个人见地，力争提供独特的思考角度、被忽略的经验，乃至新的文字处理办法，是他们极其珍惜与呵护的。实话说，这与那些戴着文化面具只重宏大不屑细小的野心勃勃的散文家有着根本的区别。范小青、叶兆言的散文写作回归社会，回归大众，回归真实，其目的不是"清理门户"，而是开门揖友，不是孤芳自赏，而是抒发平民情怀。他们重视行动者的生活、底层人民的生活、弱势群体的生活，其作品中流贯着平民精神、平等精神、人道精神、文化精神和社会实践精神。两位作家的散文向人们展示了极其丰富绚丽的主体感觉世界，以自信的姿态捍卫着一种精神价值原则，又用独立的方式表达着他们的精神文化哲学。他们兼揉多种文体形态编织美文，在人性迷蒙、唯利是图、混浊与失去方向感的时代，用干净纯粹、充满迷人色彩的文本世界，传表其对与人生有关的常识的关怀，写出了自己的气度与风范，确立了散文坐标——明朗独立、抱朴守真、元气满满、不虚妄、无戾气，他们的文学活动迥异于截然无趣的病态书写者之流。

现实细节的文学惦念

过去一段时间内，散文遭到不少诟病：依附性强；独立状态缺失；无视众生当下生存情境，只顾风花雪月……目之所及，不外乎这些内容与格式，散文在许多作家笔下所表现出的依然是一幅老态龙钟、做作的洒脱与风雅。

长期以来，我们不断呼喊文学贴近生活。笔者认为，散文理应比其他虚拟性的文体更贴近生活，因为它是更富有生活意味的文体。有意思的是，现实性的缺失正好是当下散文的最大问题。当人生经历和风雨如晦的现实之间构筑起一种内在呼应的时候，那些孤独的生命个体一下子就会由单薄变得丰盈、充实。马克·吐温的《密西西比河上的生活》、高尔基的《俄罗斯浪游散记》、梭罗的《瓦尔登湖》等，莫不如是。同样的情景，我们在范小青和叶兆言的散文中也比较集中地见到了。

范小青的《从母校门口走过》《妇姑人人巧习针》《77级的日记》《看得见屋顶的房子》《怎么过年》《女工》等作品中，既没有娇态的风雅，也没有道听途说的奇闻轶事，全是作家基于亲身经历所构建的平实无华、毫无悬念的生活现场。例如：

我曾经和几个作家朋友聊天，谈到很想到郊县的民工子弟小学去上一堂语文课，结果大家都非常赞同，这让我看到，在大家的心底里，都有这样的一种向往和渴求，这一方面可以说是作家在关注农民工这个群体，但其实是作家内心的一种需求，这种需求是和文学紧密相连的，也和作家们年少时的语文学习分不开。

——《感悟语文》

散文是关注民生的，也是底层的、平视的，甚至是向下的，它所展开的是人们生活状态的一个剖面：或许是某些感受，抑或是可以想象的底层生活的种种情境，对社会中个体的生存真相有着较强的洞察力，试图反映现实，展现人生的冷峻意味，关怀生命中那些时刻涌现、不可忽略的瞬间，并把它颇具匠心地传递出来。

在这个时代，作家应该奉献自己与之匹配的精神主张。视点下沉不仅是政治家的视角选择，也是文学家的视角选择。范小青的散文便是一个很好的切面，其取事基本是疏离所谓恢宏叙事的关于生命主体的具体而微的言说。普通市民、进城务工者等"凡人"的俗事成为她写作的基本义项。

世俗的生活在这里弥漫着，走着的时候，很有心情一家一家地朝他们的家里看一看……他们是在过着平淡的日子，在旧的房子里，他们在烧饭，在看报纸，也有老人在下棋，小孩子在做作业……里边的人家，就要走进长长的黑黑的备弄，在一侧有一丝光亮的地方，摸索着推开那扇木门来，就在里边，是又一处杂乱却不失精致的小天地……一个妇女提着菜篮子，另一个妇女拖着小孩，你考试考得怎么样，她问道。不知道，小孩答。妇女就生气了，你只知道吃，她说。小孩正在吃烤得糊糊的肉串，是在小学门口的摊点上买的，大人说那个锅里的油是阴沟洞里捞出来的，但是小孩不怕的。

——《到平江路去》

日常生活已经沉淀为范小青的个体经验，成为她的内心世界的一种自然色调。这种姿态和视角，是她获取成功的第一要素；第二要素是她许多散文所饱含着的一个有良知的作家对现实世界的基本感受：纤细、隐忍。这种从感觉到感受，再到心灵实践的写作正是当代散文现实性的根脉所在。《到平江路去》的意象符码，与其说是一个古老而现代的城市的精神内蕴，不如说是个体生命和类群的精神情怀。范小青不把散文视为灵魂的独语，而是竭力从众生烂熟的生活图景或语境提取物件，把对生活的诠释更明畅地引向更深入的层次。她立足于母语和文化背景，有着敏锐的直觉和判断力。她谦和雅正、温声细语，笔下的文字天然流泻着厚朴可爱之个性；她对当下生活及时做出准确的判断、定位与记录，舒缓而执着，对美与不美的东西都表示了考量的热情与勇气。她立足于现实、自然和人生，发现复杂的常常是富于智慧的意义勾连。在她的散文中我们看不到极端的社会脸谱：庙堂的冷漠、无测，金钱的高傲、蔑视，无赖的尖薄、促狭，虚假的玩弄、自私，生活的疲惫、绝望。她故意放弃了对一些细节的刨根问底，甚至"装聋作哑"，但实际却表现了更为催人泪下、珍贵的人性尊重，灵魂毕现地对渐行渐远的善良和温情表达了可泣的苍凉惦念。那些总让人感动的寻常的俗世生活，让读者能完美地看到范小青对外在世界和内心世界所保持着的习惯性打量。

十余年来，作为小说家的叶兆言对非虚构文本表现出了极大的热情。特别是近两三年来，他像李国文一样，已基本放弃了小说创作，出版了十数本散文集。叶兆言创造了当代散文的一个新高度。当下流行的散文很少有像叶兆言的作品一样具有现代意识、后现代意蕴和精神的。其散文所蕴含的思想极度饱满，这是他的长处和高度所在。从他许多书写现实生活意向的作品中我们看到，他淡定从容、善良宽容，以中和为美，带有伟大的悲悯情怀。他抓住了生活中太多难忘的琐碎，把生命记忆的细节由点及面地压缩为一种坚硬的事实存在。这种事实存在具有生活性与历史性，又绝不回避大量的生存病相。如果说其小说创作的历程是从逐渐摆脱外在精神控制力量的影响到与现实保持一种审美距离的境界的话，那么他的散文写作同样经历了从外在生活体验到内在生命体验的艺术视界变换，达到了生活体验、生命体验和艺术体验的完美统一，写出了叶兆言最真切最牢靠的关于生命和艺术的体验，构成了其另一部心灵史。叶兆言关注当下，致力于挖掘人物的内在情思，在作品中宣泄个人情感。在这个大众形式化、表演化越发受关注的时代，其行为本身就令人感动。《纸质书的命运》《梦回考大学》《退稿曾像鸽子一样飞回家》《又绿江南》《杂花生树》等文集中的很多文章，都很好地体现了叶兆言富有现场感的散文写作风格。

叶兆言是心怀仁慈之人，其文字展现出神圣的书写和思考姿态。在这样一个时代，怎样更有效地守住文化和传统、信仰和精神，是一项伟大而艰巨的事业。而文学对当下的关注，会使这些努力（当然可能失败）显得更加真切和生动，甚至更加有效。笔者读叶兆言的散文作品，觉得他是一个站在长江边仰望、寻找的人，是一个疾风穿胸、心怀忧伤的行者。在这些文字面前，笔者始终保持真诚和尊敬。

当今散文界，精神遗漏、灵魂缺乏之风日盛，没有多少作家把准了时代走向、窥探到了生活的秘密、体验到了人性的痛楚或欢悦，准确理解了自己的生存状态及生命价值。许多作家把集体模仿和娱乐当作一种团体表演，心安理得甚至理直气壮。叶兆言不把散文写作视为一种个人事件，他明白所谓的诗意其实只是一种生活态度，也明白丧失了生活期待就丧失了表达的内容。

> 歌德批评雨果很重要的一点，是因为"除美的事物之外，他还描绘了一些可恶不堪的事物"……我并不赞成歌德的观点，事实上，他所说的那些缺点，在我看来都不是什么问题……写作是一种燃烧，不同的人不同的创作方式，发出的热能也不尽相同……二十一世纪的文学前景看不出有任何好转的迹象，社会在进步……技术越来越发达，离文学的本性也越来越远。有些困难，就算是雨果重新活过来，恐怕还是解决不了。
>
> ——《雨果难忘》

长期以来，叶兆言都觉得散文不应该简单地沦为所谓的寄托情感之作，它曾经是而且仍将是作家考察现实的一种直接方式。不管是出于个人还是集体层面的考虑，散文都应该指向真实生活，面对那些虚假的完美和羞于启齿的欲望。笔者读叶兆言一些现实指涉意味浓厚的散文，产生了这样一种感觉：作为一位小说家，他把小说中用不着的边角料写成了极有意味的散文，就这个举动而言，他不写散文简直是一种浪费和损失。他的过人之处还在于能把握变化及隐藏在变化中的社会现实之本质。他把对小说的内在体悟转嫁到散文之中，拒绝商业文化与消费文化的侵扰，他的优雅与谋略成就了其经典的写作范式，其书卷气中透露出一种义无反顾的感伤品质，在商业浊浪中忐忑不安地唠叨着人性的异化和一代人的信仰缺失。这种现实写作是对某些散文的无情指控和挑战，对那些把写作台当作练歌坊、集体调戏文字的现象无疑是一种痛击。他坚持一种对现实生命关注的内在书写，又不知比那些只知沽名钓誉、悍然宣称自己除了散文一无所有的男女亲切多少！

历史视界与文化意蕴

笔者始终认为，江苏是个非常奇特的地方，它仿若一个驿站，用它光芒万丈的历史遗留和惠泽世代的膏腴田园，为南来北往的人提供了一个不让心灵孤独的休憩之所。江苏的作家基本保持着一种沉静而淡泊的风气，不喜张扬，更不抢占山头。他们抱着一种开放而包容的心态，去接纳来自不同地区的同行，在全国文学界保持着良好的口碑。这样宽松祥和的文学氛围也促使江苏作家群体之作品内涵深刻、引人深思。在这个时代，作家的任务之一应该是抒顺和传达一种人生期待，在为读者提供鲜活的现实图景和语体空间的同时，表达人性光亮、道德守望、良心抚摸、文化关怀等日常审美。在范小青、叶兆言两位作家的散文作品中我们读到了人生尊严、生存智慧、风云吐纳、春秋评说，既有漫山遍野的屈艳班香，又有刚柔兼济的文气文势，更有应接不暇的错彩镂金。回归自然、回归博爱、回归朴素的人情世故，回归自由灵动的心性，回归一个知识者应该坚守的独立精神，这是联通人心的当代散文的书写本根。与沉湎于欲望和泛公共化经验的写作相比，这两位作家的散文确实是向天地之道的人生大境界趋附的，特别可贵的是他们都抛却了居高临下的虚假作态，还原人心世界，以自己的视角和智慧打望常识世界，描绘丰盈的人生图景，记录那些引起无限感动的人和事。

当散文写作作为一种谋生手段几成笑柄时，不能靠它混饭的人自绝于散文，于是，散文写作就有可能重归纯净。人们知道，范小青的散文多以江南名城（主要是苏州）和人世生存为题材，她作品的最大特点是强烈的民族文化标识和地域背景。她质朴的江南思考，情感真挚，朴素而诗意。那些充满江南水乡气息的淳朴而灵性的文字，恰似清风拂面，不仅抚平了人们的浮躁，还开启了读者的心智，令人迷失其间，流连忘返，难以自拔；好似来到久违的古老城市，沐浴和感悟其风土民情；那些顺着指间流淌的文字与细节的捕捉，全是美与韵的精美展现——范小青笔下颇具灵性的景象百态，用心用情，真实贴切，令人过目难忘。《两座老宅》《感悟江南》《苏州小巷》《苏州园林》《阳澄湖边是我家》《苏州手艺的民间价值》《到平江路去》《又走运河》等，堪称典范。

文学实践中，几乎每一个风格成熟的作家都在用一生寻找个人"领地"，很多作家的作品也是以地域性而立于不败之地的。江南给予范小青的那种天地交汇、心生万象、游目寸土、神驰八方的写作灵气和惊人的创造力，使其创作从一开始就具备了一种浓郁、深厚的地域个性和个体特色。

> 在一个阴天，将雨未雨的时候，带上雨伞，就出门去了……走到哪里去呢？是走到自己愿意去的地方，喜欢的地方，比如说，平江路，就是我经常会一个人去走一走的古老的街区……这就是平江路了。平江路已经是古城中最后的保存着原样的街区，也已经是最后的仅存的能够印证我们关于古城记忆的街区了……不是在平江路出生和长大，但是走一走平江路，就好像走进了自己的童年，亲切的温馨的感觉就生了出来，记忆也回来了，似曾相识的，上辈子就认识的，从前一直在这里住的，世世代代就是在这里生活的，就是这样的一种感觉。
>
> ——《到平江路去》

《到平江路去》以极其自然化的心态描绘了江南的小城生活，这种生活简朴而纯粹。让人陶醉其中的，是作家冷静安详的笔调及这种笔调所泼洒的万般风情。她闪射着睿智之光的语言包蕴了深沉的思索、高扬的灵性、无悔的追寻、诚恳的倾诉、平实的心态。

范小青的故园文字所反映的不是那种大开大合的历史人文，而是真切的生命记忆，乃至个人对于一座城市具体事物和生活经验的平实而富有诗意的展露。例如：

> 从前，有一个人在路上走着走着，他就走到了苏州小巷这里来了。他站在小巷的这一头，朝着小巷的那一头张望着……他就跟着这种很深的感觉走了。有一辆人力车过来了，他要让它经过，他的身体就已经靠在路边的墙上了，等人力车过去，他可以正常走路，就看见他身体的一侧，左边或右边的肩膀那里，已经擦着了白色的墙灰，他是用平静的眼光看了看身上的墙灰，用轻轻的手势拍一拍，就继续往前走了。
>
> ——《苏州小巷》

优秀的故园文字让人产生渴望。随着小城日渐现代化，其原始的味道逐渐消散甚至消失，令人回味的东西亦日益疏淡，范小青充满美妙理想和浪漫色彩的书写就显得弥足珍贵。

范小青笔下美不胜收的民间生活责备着现实生活的空虚不堪。她在让我们感受到美丽的同时不断提示我们，现实生活中那些美景和记忆早已远离。这是一种叙述层面和暗示层面的潜性错位。对范小青而言，这种错位是她处于特定的个体与社会现象之间的节点，对内心世界和外部世界运行的感知以及两个世界互为印证的文本表达。

长期以来，范小青依旧任性而优雅地编织着她的江南故事，她的写作姿态是卓尔不群的，她对江南的历史考究是精到的，也是细微灵秀和开阔的。那些关于内在生命与个人精神的忧伤而温存的记忆是直面大地、直面人生、直面日常、直面底层的生存真相，它们共同建构了范小青散文的文

立体多元的经验世界
——消费时代的文学书写

学意义!

十多年来,叶兆言散文由于题材广大、取景深远、含量沉实而广受好评。散文是叶兆言作为一个知识分子的言说,其散文创作历程清晰地显示了世纪之交我国文化界的一种思想轨迹,表达了一个知识分子对现代文明进程的思考、对当下现实的关注。他以独有的文学话语表述了中国不同历史阶段给予他的触动;他用一种朝圣的态度,于苍茫时空中寻找民族诞生、流徙和生存发展的蛛丝马迹,书写民族的生存发展史和心灵史。这是一种了不起的文化和精神行为,是自觉的文化继承和发现。叶兆言这些年在民族历史文化和精神传统方面所做的工作本身就具备一种拯救意义。他对于自然、社会和历史题材的把握十分缜密,行文大气,令人肃然动容。潜移默化的力量和强烈的认知共鸣,让他不断发现和证明了那些存在于时间之中、迷雾之下的真相,构成了叶兆言散文在思想、民族认同和精神传统上的不可僭越性和不可复制性。

历史事件本身在这里已变得不再重要,重要的是事件留下的深沉凝重的思考及国民的意识逻辑。我们被作品中那来自心灵深处的苍凉文字所感动。其实它并没有表现为悲壮或张牙舞爪,而是一些以极平静甚至很低调的心态写出的一些极平实的文字,然而这些文字却让人震惊不已。这种情况在《旧影秦淮》《烟雨秦淮》《午后的岁月》《录音电话》《南京人》《道德文章》等散文集中反复出现。叶兆言是当代哲学素养极高的作家,堪称代表,他大量的散文体现出强烈的哲理倾向和形而上的意味。他的散文在他灵魂和情感扎根于地、行马于天的过程中,形成了诚挚坦然、蕴涵丰富的个性话语,体现了当代经典散文自然、智慧的人文特征。

叶兆言独立的写作姿态,心怀民族精神和心灵秘史的行为,实际是一种有着英雄品格的苍天之下孤独的精神之旅,荒凉中透着神圣,孤单而内心浩繁。对于作家而言,这是一种最好的漫游和书写状态。叶兆言许多散文都反映了一种向上的、大区域的解读和与历史相融的内心体验,以一种博大、悠长、深厚、悲怆的历史文化背景为支撑,呈现出多维的审美观照。

一段时间以来，对民国时期前尘旧事的书写，即从散文的角度重写民国文人史，成为叶兆言散文中特别耀眼的内容。他的这部分散文表现了浓厚的"文人"情调，显现了其渊博的学识和坦诚的态度。叶兆言闲说文化名人的十余篇散文全是从新的视野解读旧情故事，表现了恬淡儒雅的大家风范。叶兆言希望通过这种对于民国知识分子精神生命、学术世界和社会生活的书写，来为今天的知识分子乃至当代中国文化灌注一种隔代的养分。这种历史书写与记忆至少具有两重启蒙意义：既是对民国知识分子历史的重新发掘，也是对现状的启示。叶兆言的文字是平稳舒缓的，但在这种平稳舒缓的背后却隐藏着深厚的思想文化功底和个人风格，巨大的感性魅力和催人深思的理性力量。我不敢说他是最卓越的，但却是唯一的。他从故纸堆中淘出那么多学人的倜傥风采和多舛命运，然后信笔于书。朱自清、吴宓、章太炎、周氏兄弟、蒋百里、陈寅恪、李叔同等都被他素描，他们的伟大与卑微都跃然纸上。

> 吴宓不是一个豪爽的人，而且毫无幽默感，他的成名与挨骂有关……《学衡》是一个笑柄，一帮自恃很高的书呆子，刚从国外回来，觉得喝过洋墨水……想一招制敌于死命，事实却证明根本不是对手，刚一出招，就被新文学阵营打得鼻青脸肿……这一派的好战，善于胡搅蛮缠，作为《学衡》总编辑的吴宓心里不会不明白。
>
> ——《阅读吴宓》

叶兆言希望比较全面地展现传主的整体性或个体性的人格气象与真实面相，使这些民国知识分子的形象更加丰满。他用一种普适的精神与民国最优秀的那批知识分子进行对话，既有一以贯之的精神志趣，又有扎实的史料采掘与分析功底，还有一种激情荡漾其间。其写作的速度之惊人，令许多同行难以望其项背。叶兆言对民国知识分子的探寻虽然是散文，但对当代读书界产生了重大影响，是理解民国知识分子的极佳入口。

范小青、叶兆言在中国当代散文界处于独特的优势地位。其文学成就，笔者想至少可以总结为以下三个方面：其一，两位作家都有天容地载之情怀，且心存天地大道，这决定了他们作品的思想境界和哲学高度；其二，他们的作品紧贴现实，密切感应着时代，及时发出自己的深沉忧思；其三，他们坚持以更随意的方式进行更自由、更个性化的书写，获得了具有示范意义的散文趣味。

飘曳苦魂的精神疑难

红柯的作品引起文坛的广泛关注，距今只有十来年。事实上，从1985年发表第一篇小说算起，红柯的写作生涯已近40年！或许是早年写诗、写散文的文学经历和在陕西和新疆之间的来回穿梭，让当年的文坛留下了此人是一个流浪歌者的印象。这种看法上的扭转之所以发生，主要是因为红柯这数十年来一贯以恰当的距离保持着纯粹的个人经验，以丰富的阅历、独特的美学精神和艺术追求，为世纪之交的中国文坛注入了一股难得的清风，也形成了自己独特的文学面貌。当年，他以一部名为《西去的骑手》的长篇小说给人以极大的震撼。其后多年的特殊历练，使他的写作又有了不少变化，这种变化可以从《乌尔禾》所呈现的那种情调、那种氛围、那种坚韧而流畅的诗化叙述中得窥一二。随后，《阿斗》《好人难寻》等显示了红柯对人性、自我经验，以及一些玄妙的形而上观念的出色表达。

红柯曾无限神往地说道："西北的大戈壁、大沙漠、大草原，必然产

立体多元的经验世界
——消费时代的文学书写

生生命的大气象。绝域产生大美。在这块偏远荒凉而又富饶瑰丽的世界里，所有的故事和人物都让人有遏制不住的写作冲动。"新疆10年对红柯的生活、思想、文学情怀产生了深刻影响。在那里，他着迷的不仅是苍鹰骏马、大漠雄风，更有弥漫其间的古老的中亚文明，戈壁、草原文化的冲击对他何啻是一次心灵洗礼。20世纪90年中期，他重回关中大地，就开始为读者讲述他刻骨铭心的充满诗意的遥远的西域世界——新疆。在一种明确的文化价值立场的支撑下，红柯这时期的小说保持着一种罕见的单纯性和一致性，他以雄浑的生命力量介入现实和历史，为人性存在而战，用一以贯之的抒情态度书写大漠的无限风情。对于新疆，他满含深情："汉人在那里的生活是超出人的想象的，过得很不容易……那里的自然条件与社会条件把人都整得变形了。他们的劳动强度是我们内地人所不可想象的……在我进入新疆的那一段时间，八四、八五、八六，去了很多大学生。这些大学生，没有想到新疆那么苦，于是就有点居高临下了，吃了一点苦就叫苦连天。写文章说自己在新疆卧冰雪吃炒面，我怎么怎么地苦。这很容易引起当地人的反感。新疆人吃过多少苦？你吃的那些苦算什么？我在奎屯那地方，我那单位就只有我一家人是内地来的。想喊想叫也没有人听你的，再说，我对生活的要求非常低"[1]。对于神奇的新疆，红柯在很长一段时间内深深迷恋，陷入了激情写作之中。他以自己强烈的创作势头和无可争议的创作质量博得了几乎所有有幸阅读其作品的读者和评论家的青睐！作为一种重要的创作现象的实践者和当代颇有影响力的作家，他和他的作品得到了文学评论界多方面的分析和阐释。

尽管早已回到陕西，但红柯仍不时走进新疆，以至于不自觉地将富饶美丽的关中平原看成"绿洲"大地。天山—祁连山—秦岭，恰好构成红柯的文学"西域"。以往，"草原""戈壁""荒漠"常常成为红柯小说的关键词，红柯以此叙述一种宏阔而健康的生命观与自然观，它泯灭了时空界限，长存于天地间，最后化入自然。近几年，红柯的小说在宏阔硬朗之中悄然发生着变化，尽管同样描写西域风情，但美学品相变得更为丰厚，人

---

[1] 红柯，姜广平. 在"嘉峪关"之外等着红柯的到来 [J]. 西湖，2012 (6)：93-103.

与世界的多元关系表达更为圆润,把日常生活演绎得更令人心醉又心碎。

21世纪以来,红柯不停地订正着自己对西域对大漠的诸多思考,这是其创作《百鸟朝凤》的一个诱因。红柯生于陕西岐山,这部小说就是描写他老家风土人情的。20世纪90年代前后,红柯认识到了少数民族的文化的魅力,"我于是心有不甘,写下了这部书。我觉得我们的文化应该比他们高。这是一个磨合期。后来,我才心悦诚服地认为,人家的文化好多地方比我们好"。[①]于是他着手写作《百鸟朝凤》。

"百鸟朝凤""凤鸣岐山"的传说,最初都源于红柯的故乡,相传周人颠沛流离落脚岐山,在这里建设美丽家园。后来一些半人半神的古旧人物据传都在岐山留有痕迹。1990年冬天的一个早上,已在天山脚下落脚五年的红柯遥想故乡,泪流满面,曾经因太过熟稔而麻木混沌的故乡印象一下子清晰起来,便写下了"百鸟朝凤"这个小说题目。小说初稿完成于当年冬天,在1997年和2012年分别进行修订,并于2013年公开出版。作者耗时22年写就这部小说,为构建这部小说所需要的话语谱系倾注了太多心力,更对其寄寓了超出以往的哲学期待:探寻具有神性价值却无可寄托的人间性。

小说设置了两条时间跨度足够大的线索:一条线索是现实生活中磕磕绊绊的普通人生,这是人们司空见惯的叙述经验;另一条线索则借助丰富的历史记忆,讲述着宋、明、清三个朝代(尤其是明代)的君臣故事。红柯曾这样评价自己:"喜欢一个古词,混沌。我所有的小说写完后才找题目,好多散文也是这样。我不喜欢对一件事,有太明确的洞见,太清楚意味着功利,我喜欢康定斯基对美的谈判,美就是心灵的内在需要。内在的东西都比较模糊,就是中国古老的'混沌'与'气',可感不可言。"[②]读完这本小说,笔者仔细一想,最初的感受的确是混沌一片,什么都想不明白,眼前只有一大片白茫茫的文字,连带着一串影子——人的影子、佛的

---

① 李勇,红柯. 完美生活,不完美的写作——红柯访谈录[J]. 小说评论,2009(6):27—30.

② 李勇,红柯. 完美生活,不完美的写作——红柯访谈录[J]. 小说评论,2009(6):27—30.

影子、寺庙的影子、皇宫的影子，连同让一颗颗人头落地的刀光剑影。这些影子全都粘在了一起，好像一块血肉模糊的纱布。最初笔者以为是小说的线索太芜杂，故事太跳跃，太多头绪缠在一起，才使得整个故事好像一团乱麻，然而，仔细一想，这或许才是对历史文化底蕴无限深厚的三秦大地更为准确的书写，因为三秦大地本来就应该是这样的。后一主线无限延展了作者一向倾心的历史叙事。他虽然有所侧重，但依然在竭力保障两条主线的基本平衡。只是，面对如何让两条主线呈现由隔膜到冲突再到交融这个叙事难题，红柯设计了全能教师姜永年的辉煌与受难、忍辱负重的周长元的淡泊与尴尬、投机取巧的姜发梁的挣扎与被逐、道貌岸然的杜秘书的歹毒险恶、历史人物姜天正兄弟的盖世智慧及彼此完全相反的性格与人生，其间还穿插了孔子、赵构、袁崇焕、岳飞、秦桧、铁木真、宣统、袁世凯等众多历史人物的叙事，特别是姜天正母亲与小长工（和尚）私奔的缠绵，让作为线索的故事错落自然，飘来荡去，不受人力牵引。比如孔子的来历、曹员外的衰败家庭、南宋选妃的经历等，看似枝蔓斜生，实则与整体互为肌理。事实上，这些民间叙述的背后，一直伫立着《百鸟朝凤》中民间血脉的丰富魂灵——雄踞于世的三秦文化。英雄人杰的内涵在这里发生了变化，在那片神奇的土地上和作者的文本中，以一己之身在人世逗留片刻的都应该算雄杰。人与自然的关系依然成为红柯的关注点，征服与敬畏、善行与横暴等悖论学理暗含了对人与社会、人与人之间的睦邻策略的追问。

　　了解红柯的朋友大多知道，长期以来，他对中原文化都是持批判态度的，而对西域尤其是"胡裔"文化却推崇备至。尽管他异常清楚这种文化意识眼下是颇不合时宜的，但一如既往地乐此不疲，依凭切身的生命感受和才华做出了非常可贵和感人的贡献，这不仅是一种文学表现，更是一种文化自觉！一切和文学相关的西域元素都成为红柯西部生活感遇之下的真情倾诉，对现代文明带来的人情美、人性美、生命美的退化，他倍感焦虑、困惑，对闲适野趣和玩世不恭的鄙夷态度异常强硬！虽然他有时显得锋芒毕露，缺少含蓄深蕴的文化功力，看似非常情绪化，但必须承认，在他那里，没有对唯美主义的困袭，恰恰是一种对历史传统和现实生活的某种辨析与反拨态度，不附会正统传说，不走轻浮的人生之路，这是红柯的人生信条和性格光点。文学不是欺骗，不是书斋自慰，而是真实的剖露、负责任的拷问和无情的揭露！红柯呼应了文学先贤的文化传统，用古旧朴拙的景致、真实的人生经历、充满民间智慧与灵性的西部环境，使其作品超越了具体年代的历史具象。他以时代交叉的氤氲之气，在作品中升腾着一种令人敬佩、绵延不绝的民族精神与气质，以及一种流淌于华府高堂和民间草莽的生命令律。人们为之耗尽心力，苦守一生。那既是俗世的幸福，也是来世之命定！

《百鸟朝凤》诉说的人物与故事，大部分与现代生活无关，对许多人而言，遥远而陌生。那恍如隔世的淡淡衷诉，赋予作家更具现代性的文学思想和文学表达。作品引导读者从古朴的人生之旅中体悟现代人渴求的某些精神层面的欠缺，让人回忆起一些早已存在却往往被忽略的话题。这种文化思维形态，不拘泥于生活演进的时序，甚至有意进行了模糊化的回避，之所以如此，并非是因为红柯想要巧设迷幻，而是因为他想使其思维挣脱生活时序和生活真实的羁绊，进入一种既俯瞰又高蹈的自由状态。因此，呈现在读者面前的几个主要人物多带有一时难辨真伪的神秘色彩，以至让人在阅读中随时可能发出类似"这到底是谁，难道真是这样吗？"的疑问。同时，作品中人物的言行和他们身上发生的重大生活事件又都是可感可知的，具有符合历史逻辑的真实性，所以，那些时代背景又让人觉得有种近切的熟悉。

在同时代的作家中，红柯是少有的有自觉的苦难意识的人。他在岐县乡下长大，考入学校找到"铁饭碗"是他和众多农家学子的共同心愿，但能实现这种愿望者寥寥。在那个年代，西北乡村似乎天然与贫困、闭塞、艰辛、苦难纠结在一起。红柯的苦难意识，不仅体现在持之以恒的观察与描述上，还体现在反思和探索上。在以往的很多作品中，他描写的创痛、忧伤、孤独，是凌厉而尖锐的，不惮将故事的残酷展现到极致。他总是以朔方大地特有的厚重与犀利，聚焦人物的庸常生活，将对形而下的生存背景的悲悯、抚慰与对形而上的精神之痛的考量和质疑无隙地铸合在一起，呈现出凝重又不失轻灵的奇特叙事风貌。

《百鸟朝凤》中，姜天正五岁入学念书，二十一岁当八府巡按，二十四岁官拜布政使。在他幼年的记忆中，他没有父亲，和母亲艰难生活在一眼破窑里。渭阳洞寒窗苦读十五年，他为脱离尘世付出了巨大的努力。二十岁那年，他相信他已永远告别尘世并与自己的前世重逢：

  那时，他吃糠咽菜，读圣贤之书，隐隐中他感觉到圣贤的经典才是最好的粮食，而咽入腹内的食物全是尘世的苦难。圣贤的经典可以使他一步一步离开荒凉贫困的村堡，离开这民间音乐……那时他就感觉到渭阳洞是他的暂居之地，他不会久居人下的，圣贤的经典总有一天会给他插上翅膀，让他一跃而起，飞离这沉闷空旷的土原。《百鸟朝凤》是土原与他最后的一丝联系。那曲子里有母亲全部的温情，他难以割舍，他放不开手脚。他已经看清了自己的未来，当母亲和这乐曲从生命中消失的时候，他就会成功，成为合乎经典的真正的贵人。

  这段话笔者以为是解读整部小说的关键所在，不禁让人想起莫言和他的《丰乳肥臀》。姜天正成为八府巡按后所做的第一件事不是探望寡母，而是发兵血洗渭阳洞，绝了它五百年的香火。为此，姜母"决心"改嫁肥和尚，并放话将再生一个能超过姜天正的儿子。其实，姜天正本就是当年的曹家小姐（姜母）与长工肥和尚所生，姜母改嫁与否，都不会发生任何实质性的变化。在我看来，姜天正之所以血洗渭阳洞，一是为雪当年亲见母亲与肥和尚交欢而被肥和尚追砍吓唬之仇，二是参悟到了皇帝对自己出身的态度，急于否认现实。

  通过这本小说我们不难发现，红柯肯定人的自然欲望，肯定人世俗生活的种种乐趣，但绝不向人性的无耻妥协，而是对其展开强烈的批判。不难发现，在一个个惊心动魄的故事的包裹下，小说蕴含着深刻而极富社会意义的主题。这种具有高度概括力和极端典型性的人物关系处置不仅为故事的走向提供了较为灵活的指引，也为意义的生成提供了极大的承载空间，洞察着人性和历史骇人的一面。正因如此，小说中的生与死、善与恶、爱和恨、忠诚与背叛等主题，不仅超越了时代、地域、民族、文化，而且具有很高的历史价值。

笔者发现，红柯对历史尤其是宋史、明史特别感兴趣，其中最能吸引他注意力的，便是一个王朝由盛转衰的过程。他认为，从王朝分崩离析的过程中，从崩塌皇宫的碎片中，或许可以窥见历史的真相。如宋朝曾经亦是外表光鲜、富庶繁华的王朝，但这个王朝繁华的背后早就酝酿了破败分裂的因素：赵匡胤死得不明不白；靠武力夺取江山的大宋居然偏文治而轻武功；宋高宗赵构根本不具备收复河山的气势与韬略。《百鸟朝凤》正是抓住了这些历史片段，围绕杨淑妃这个时常被史书忽略的女性展开故事情节构造，赋予其人生经历不同寻常的意义。

优秀作家总是倾向于古典主义的，并且总与当代批评保持着一段距离。他们习惯安慰并告诫自己：不计一时之成败。当今社会，作家这种古典主义情怀受到了威胁和破坏，商品经济的发展使很多作家对历史失去了清晰的认识，对历史的认同逐渐蜕化为对历史的怀疑。更有甚者，改变了自己的文学信念，只为追逐商业文学的走向。现实性的无上法则，使作家无暇在古典主义的遥想中保持心平气和，形成完整、自由的文学品格的愿望因而显得十分奢侈和虚妄。在当代小说作坊式书写的大潮中，红柯以一颗诚挚之心，用典雅的文笔、儒雅的格调，以及尚古的情怀，书写珍藏在他生命里的那些难忘的记忆。这些记忆是一种少有的带着血丝的记忆，表达着红柯深沉的人文情怀。

《百鸟朝凤》中姜天正的母亲原来是家有良田万顷的曹员外府上的千金，聪颖能干、机敏过人，很早便开始协助其父料理家政，后与勤劳朴实懂礼数的长工（即后来的胖和尚）陷入爱河。但长工与小姐的爱情故事被周遭讨论得沸沸扬扬，甚至影响了长工的"饭碗"。长工虽然是种庄稼的好把式，周围农户却因怕他"勾引"自家女人而不敢雇他。后来，小姐放弃舒适安定的生活与长工私奔。小说叙事的表层是一个类似《西厢记》的颇为古典甚至浪漫的爱情故事，小姐和长工从生活之爱、精神之爱走向了肉体依偎，走向了被人视为丢人现眼的生命的欢愉。在这里，生命呈现出了它最真实和纯粹的面目。一种人本主义的观念与佛教生命本真的意念达成了一致。曾经能干的种田汉成了渭阳洞里最勤快的和尚。他们住在破窑中，过着异常贫苦的日子，随着小姐怀孕、生产，他们开始产生沉重的精神负担，这种精神负担甚至影响了他们一生："娃娃长大后会不会恨我们？我们没干伤风败俗的事情，可那些故事娃娃会知道的，你听过那些故事吗？""故事都是我敢想不敢做的事，娃娃容不下一个长工和和尚做他的生父。""你万万不能这样想，我教他读书写字教他读圣贤的大典，他不会成为野人。""他读的书越多，越难以容忍这种事情。"

一部小说要在艺术上有较大突破，首先应该注意塑造有较高审美价值的人物性格。因此，小说不能单纯地讲故事，满足表现人物表层单一的性格特征，而应开掘人物性格结构中的矛盾与复杂之处。《百鸟朝凤》最令人黯然神伤的莫过于布政使之母曹家小姐的人生叙述。红柯以描写英雄人物的方式对其展开叙述：她由一个衣食无虞的富家少女，渐次成为明事能干的闺中小姐，再到重情尚义的少妇，最后成为风雨不惊的母亲。她与长工离家出走，把爱全部放在这个男人身上。姜天正出生后，她又把这种爱转移到儿子身上。虽然儿子的暴戾恣睢令她几近绝望，以至做出再生一个儿子赎罪的艰难决定，但事实上，只要姜天正回去看她一眼，她依然会选择把心放在他身上。出于母爱，她最牵挂的是两个儿子的成长和安危，她教他们勤文熟武、远色轻财、善待兄弟，但她一切的努力最后都失败了。尽管她来不及亲见儿子们的人生结局，但她内心的隐忧是明显的。女人为凤，百鸟觐圣，凤之泣血，岂不悲哉！小说中，两个儿子分别为她立的牌坊令人唏嘘，从中我们提取到了丰富的历史信息，读之令人荡气回肠，引人深思：历史为什么总是如此惨烈，一个弱女子为什么必须承担那么多强加给她的苦难，人类彼此为什么总有那么多残忍的屠戮与险恶的算计，历史对于今人的思量空间是什么？历史给我们制造了太多琐碎而复杂的感慨，《百鸟朝凤》放弃了惯见的对软玉温香、风花雪月的浅表庸常叙述，留下的是历史中奇峰异彩的块垒与沟壑。

《百鸟朝凤》叙述的现世故事显然是为讲述历史故事做伴的，不管是正人君子还是小丑无赖，无论是庙堂之音还是莺莺细语，都在向读者告白。那些不断变异的、转折的甚至扭曲的东西（如那个为抱得美人归而不择手段对友朋痛下狠手的阴险可怕的杜秘书），充斥在我们周围，成为引人注目的生活表象，甚至拼命想要影响我们的意志与行为，给人们提出了新的生活考验。

如前所言，红柯是一位有着强烈古典主义情怀的书写者，安详淡泊使他成为这个时代难得的沉得住气且耐心的作家。红柯的西部书写曾让一些评论家感到疲倦，有人指出他过多地重复相同的故事、相同的意念、相同的情结，但红柯的作品毕竟太精彩了，《百鸟朝凤》显出了他新的小说写作姿态，是令人惊喜的。关中大地的历史气息、丰富的传闻、生活的形态、人物的性格、多种的话语，都是红柯所熟悉的，但他并不以此为足，而是反复潜入生活，钻进各类史料的信息与线索中，负责任地搜寻和发现。知识的考古、生活的智慧与文学的技巧高度契合。在这一取向下，红柯把许多看来基本不搭的东西打通了，把看似矛盾的东西统一了，这种倜傥不羁、胜似闲庭的写作姿态，证明了一个作家的日臻成熟和完善。《百鸟朝凤》为读者展现了一幅流水般的画卷，人间冷暖、人生悲喜，均凝聚在此画卷之中；在挽歌般的一唱三叹中，原上岐山成了一段凄美的历史寓言。红柯是深刻的，他的深刻不在于崇高，而是对崇高的发现，在于对一种古老民族文化的当代发掘。他以西部书写的另一种极致，所煽起的风尘，绝不会短暂消逝。红柯追求纯粹的精神意义，使《百鸟朝凤》这部经过殚精竭虑的修订后终于被推出的作品，成为一部厚积厚发、具有史诗品质的佳作，把他具有的得天独厚的创作优势展示得淋漓尽致，成功地让读者与作家共享了某种对历史的复杂体验与思考！

日常生活的意义生成

缺陷世界的精神意义

著名作家红柯虽然是地道的关中子弟,但他的心灵却长期行走在辽阔的西部。大漠风情在红柯近 50 年的人生经历中留下了无法磨灭的印痕,融入了他的血液,成为其生命的一部分,"达到了心灵与情感的深度"(李敬泽语)。千里戈壁和西部风情是红柯魂牵梦绕的记忆,让他的精神饱满,让他有述说不尽的喜悦,那里的人事感动着他。西部给予红柯的养分更像是一种生存哲学,抑或说,红柯在小说文本中表现的故事背景态的生存哲学已然成为他创作的诗学。对于西部文化的文学意义,红柯见解独到:"西北的大戈壁、大沙漠、大草原,必然产生生命的大气象。绝域产生大美。在这块偏远荒凉而又富饶瑰丽的世界里,所有的故事和人物都让人有遏制不住的写作冲动。"遥远的西部成为他刻骨铭心的充满诗意的世界,那些西部风情作品、西部军垦作品、西部历史作品,其共同特点就是感觉细腻新鲜、想象瑰丽灵动、生命元气充沛和男儿血性强悍刚烈,表现出了难能可贵的浪漫主义。"红柯早期的生命叙事崇尚人物的力与美,身体性的生机、活力和精神上的欢愉构成了早期小说人物的特点"①。伴随作家对生活理解的不断深化，他在作品中所展露的已不单是生命的传奇与浪漫，更多表现为生活的日常性一面，人物与客观世界的多元化关系得到修复。他把日常生活演绎得令人心醉又心碎，故事与情感生发自然入微，当激情被现实活活扼杀时，浓浓的悲剧感不期而至。红柯用冷静的叙述，描绘生活中一个个真实的画面，使读者钻进庸常生活的底层，看到那些部落的精彩。当然，这里所谓的精彩，不是指他们为摆脱人生的落魄和无奈而采取的一些有违规则的行径，而是指这些人物面对生存实况赤裸裸的道白。

红柯近来的很多小说侧重关注人与外部环境的关系，表达人在社会结构中的尴尬处境，向读者诉说环境结构对人的驱使与捉弄。他以冷峻的叙述风格揭穿强力社会对人性的歪曲和灵魂的磨蚀，以平凡的字句和无奇的情节刻画复杂难解的心理，用自己的独特视角和新的认知方式对社会人生进行书写。本文将以红柯《好人难做》为例进行分析。

红柯生于关中腹地，但他似乎有意把故乡忽略了。这在作家中是不多见的。在众多作家那里，故乡与童年往往成为他们反复咏叹的对象。如，阿拉卡塔卡之于马尔克斯，沪上之于张爱玲，芦清河之于张炜，藏地之于阿来……在《好人难做》问世以前，红柯最优秀的作品应该是表现新疆之美的。曾有人问他以后是否会从书写异域转向书写故乡，他的回答是：故乡对一个男人来说并不重要，重要的是他的再生之地。这种认识是极其独异的。一些评论家把红柯的创作归于西部文学，但其实西部文学是一个含混的概念，因为广义的西部所包含的文化生态是具有多样性的，倘若要从诸多不同因素中精准地对作家进行归队站位，往往显得勉强。一些论者之所以常常将红柯的创作视为某种特定的地域风情作品，笔者以为，这是因为误入了他在小说中设下的阅读圈套。其实，红柯的作品内含较深的人性考量和生命认知，透露着他对人类生命存在的某种独特感悟，也是他对神圣书写态度的崇尚与向往。他用艺术想象构建起的充满英雄情怀的精神乌

---

① 李勇．论红柯小说创作新变［J］．小说评论，2009（6）：33－39．

托邦，表达了他对生命和人性极致的企盼。

《好人难做》是红柯第一部书写陕西平民生活的重要作品。这部小说不像他之前的《西去的骑手》《大河》等那么剑拔弩张，那么野性放纵，而是描写渭河两岸平民的普通生活，以及由此升华出的对生存的敬畏和悲悯，书写中国社会现代化及城市化进程中所发生的种种变化。这种改变既是物质环境上的，也是主体精神上的。红柯对当下形势的把握和表现显示出相当强的洞察力。

《好人难做》中，小说主人公马奋棋是县文化馆的普通职员，老馆长在退休前有意栽培他，不料却"空降"了一个王馆长，他只能成为副馆长。王馆长心胸开阔，让马奋棋参加一个市上的会议，并借机看望读书的儿子，就是这次机会改变了他的一切。马奋棋在儿子所在的大学听了一场京城著名学术大师的讲座，这是他活了大半辈子头一回享受精神大餐，让他收获巨大，深受启发，继而决定致力于民间文化研究。后来，马奋棋躲到乡下老屋潜心创作，不长时间后便整理出《渭北民间故事集》第五、六辑，引发轰动，受到隆重表彰，由此产生了一连串"高附加值"的结果：他的住房问题解决了，文化馆的经费陡增，大家的医药费报了一大半，王馆长的捣蛋儿子被安排了工作。由于专家的介入，《渭北民间故事集》第六辑被更名为《凉女婿》并且再掀波澜，马奋棋带去的"热闹"仍在继续：他被聘为渭北大学特邀教授；文化馆的办公条件大大改善；馆长居然被"恩准"可以在县政府宾馆待客若干次；在县领导的"过问"下，马奋棋的宝贝女儿马萌萌的工作落实了，并找到了令人艳羡的理想婆家……俗话说：好事不会被一个人都占全了。正在马奋棋春风得意之时，马萌萌却在完婚前跟县城闻名的"流氓"张万明私奔，一桩美满的婚事化为泡影，突然的打击，令风光一时的马奋棋难堪至极，家门不幸给刚刚获得人生快意的他迎头一棒；王岐生把《凉女婿》弄成折子戏，眼看即将在国内打响名气，却在全国巡演即将落下帷幕，且该剧即将荣获大奖的关键时刻，因为不满专家的意见而罢演；原定在渭北大学召开的以《凉女婿》为重点研讨对象的国际会议被取消……马奋棋陷入一连串的困境之中。

马奋棋靠不可思议的突发兴趣单枪匹马获得的研究成果，使他声名远扬，捞到了借水还油的实惠。作为核心主人公，他担当了继承传统民间文化及传统道德的责任，然而，他的女儿却不识时务地扮演了一个违忤者的角色，令人绝望地做出让人瞠目结舌的腌臜事。结束私奔的马萌萌找了"凉女婿"周怀彬，却继续与张万明藕断丝连，这些都让马奋棋直不起腰，加之年轻时与女广播员的一次放情造成瘸子一家巨大的不幸，他背着沉重的心理包袱。小说以一种沉于芸芸众生的眼光阅世识人，以俗世生活日常琐细的描摹，完成对众生常态的原始记录，对他们的生存本相作冷静的揭发和剖析。

小说通过对马奋棋颇有戏剧意味的俗世生活的书写，表现了普通人生存意义上的自寻苦恼与矛盾。马奋棋从平静的日子中跳出来，在笑纳生活之赠品的同时，也身不由己地承受着生活反馈给他的纷乱和尴尬，眼睁睁地看着自己被卷入各种不幸的事件，疲于招架，却又不得不竭力面对。这个中年才稍稍得志的才俊，无论身心都写满疲惫。马萌萌私奔数月后遍体鳞伤地回来了，马奋棋看到女儿一改以前的形象，成为一个徒具形骸、空洞陌生的可怕女人，他的直觉告诉他，必须尽快将她嫁掉。尽管女儿选定的结婚对象周怀彬使他气急败坏，但绝望之余他仍感到幸运，因为他尽快把女儿嫁出去的计划就要实现了。他甚至因为担心周怀彬变卦，要求他们尽快完婚。生活容不得他保有丝毫不切实际的幻想。现实给了马奋棋多重的角色定位，让他背负了许多不可推卸的责任。尽管小说并没有更多的相关描写，甚或给人以一种假象：这个人似乎没有更多的作为，除了弄个"凉女婿"把自己圈进去外，在生活的其他方面他几乎就是一个低能儿；但不可否认，马奋棋总是卖力地出演诸种生活角色，善良地负起应尽的责任，却又往往顾此失彼，在两难的处境下，全力面对现实的拷问和打击。世俗的喧嚣与浮躁、颓废与萎靡，使人难以轻松幽默地找到属于自己的生活乐趣。但这种难得的乐趣，《好人难做》却能找到。令人惊讶的是，小说在幽默之后，给读者的感觉不是不知其味，而是引导读者形成更深层次的文化景观，使其对幽默背后蕴藏的社会人生内涵做出符合身份的客观思索。红柯把生活中很多见怪不怪的故事讲得声情并茂，并做到了故事情节的环环相扣，甚至能把一个十分简单的故事编织成复杂框架，把现实人性的复杂幽微书写得传神生动，含蓄蕴藉地给读者宣示一种艰辛苦涩的现实感知。红柯这种幽默来源于他对转型期市民生存现实和精神状态的精确把握和呈现，其作品在令人忍俊不禁的同时，扬厉出对浅表性、粗鄙化的世俗生活的反讽，乔装的喜剧情境却又往往掩饰不住力透纸背的深刻理性反拨。笔者希望红柯不要放弃已然拥有的迷人的机智与幽默，这太令人难以忘怀。

《好人难做》对普通民众生态的真切扫描蕴含着红柯对平民存在哲学的肯定与褒扬。《凉女婿》很好地对应着马奋棋的命运走势。编者给作品所加的点评：江湖规矩，人生真谛，出来混，总是要还的——恰如一出恶谶。青春骚动的马奋棋的一段懵懂情事，毁掉了女广播员的一生，尽管通过好友王医生这张纸把火包了十数年，但他依然不敢掉以轻心，尤其是见到瘸子父子和疯掉的女人之后。虽然周怀彬这个"凉女婿"替他偿还了那段孽债，但红柯似乎更看重某种报应观念对马奋棋的惩戒，让他女儿也历经类似的情劫并不断续演丧尽他颜面的闹剧，更为马奋棋左挑右选地定制了一个真正的"凉女婿"。现实是无情的，常常给人一种翻脸不认人的冲击感，只要你稍开小差或闭目塞听，一朝一夕的命运转换便随着你的苏醒来叩门。马奋棋与女儿之间因生活观念不同等因素渐行渐远，待他发现时已无力回天。马奋棋虽也曾经年少风流，但渐长的年岁控制了他的野心，这种克制在女儿马萌萌看来却是没劲儿没味儿的，因为女儿根本不了解他的过去。当女儿选择葬送公认的绝佳婚姻，主动向张万明投怀送抱，而后又与周怀彬"速配"成功并继续与张万明暗度陈仓之时，马奋棋只是感到无可奈何，他的心中产生了深深的隐忧与不安，以及正常而又真实的预感：人生的报应和家庭的黄昏已经来临。

马奋棋的人生历程犹如一段寓言，简单而又意义深厚。小说既可能面临简单化、主观化甚至苍白化的风险，也可能从这简单主观苍白的暮色中蹚出一条路来，从而被赋予一种蕴藉深广的意味，而非简单易懂的哲理。难言的感觉，难解的谶迷，难以诉说的梦景，这是《好人难做》非比寻常寓事的真谛所在。它是一种意义更深广的文化寓言。小说关注人物生存在场的惶乱失落，但作家没有下结论，他只看到并表现这种状态：一种令人沮丧甚至悲惧的循环。马奋棋人生中唯一的安慰便是《凉女婿》，而这个令他骄傲的成果却成为他不忍也不敢向外人道的难言之隐，使他蒙羞的恰恰是自己那个只添乱不帮忙的丧门星。现代场景把他搞得头昏目眩，但是，糊涂与清醒是如此奇妙地共存在他的头脑之中：文化的怠惰与生存真相矛盾而又和谐地厮守于一处，低迷的马奋棋常常也以十足的激情击落那些漂浮在自己头顶上的不祥云彩。小说围绕马奋棋设计的一系列人事之谜，不仅是红柯留给读者的回味与思索，同时也留下了他自己的困惑。纷纭人事绝非知性分析所能穷尽，人类生活乃至人自身均有诸多令人束手无策与莫解之处，越想参透世界的人，越易深刻体验到这种困扰。小说向读者展示了一个严峻的场面：真实世界与人们对它的把握之间的难以化释的对抗。这种对抗意味着难以透析那乱麻般的人类世界、猜破那可能存在的谜底；意味着生活背景与人生走势向来不听命于个人的指手画脚，却又与无数已知和未知的因素纠结缠绕；意味着无从透析纷纭人事的尴尬正是缘于人们自身的局限。那么，对无限可能性或者竭力完美的期待难道不是乌托邦吗？所以，红柯在小说中竭力还原的不再是外部世界，而是主体的体验与感悟。

红柯行走在故乡的精神气场，将个体记忆组合为孤独的心灵长跑，力争达到完成自我心灵补偿与生命献祭的佳境。马奋棋在现实重创之下退守心灵，小说专门设计了他的人生往事回顾展，把这块展板搞得有模有样，甚至到了混淆视听、以假乱真的程度。小说植入了作家三个短篇旧作，以另一种文本式样对马奋棋有意味地做人生画像。它构成小说的互文本空间。细心的读者当可发现，这些集装箱式的人生记忆，在很大程度上对应了马萌萌的夸张履历，显隐之间悲喜暗合。尤其是第三个短篇直接套用作家旧题，亦幻亦真中直击作家的价值向度。但红柯并不过多纠缠于此，而是点到为止，避免给人留下耍小聪明调戏读者的印象，也没有把这三个画面无限放大或延伸，仅仅恰如其分旁敲侧击地稍稍示意内中较为复杂的意蕴。

作为一位"60后"作家，红柯的当代性是公认的。他对当下生活进行还原与超越时，清楚地知道，他提供给读者的，并不是一个曲折引人的故事，而是一种生活现实、一种生存状态；他也无意对所描述的生活作社会政治道德层面的评判与说教，他关注的乃是更具普遍意义的、有关人的生活状态和生命意识的东西。比起某些虚妄的观念，人的生活状态和生命意识，自然要丰富得多、生动得多。红柯在文学上是有野心的，这是为了让自己在特殊的岁月生活得更有激情、动力和温度。人生不过是从摇篮到坟墓的旅行，红柯希望众生在这个旅行过程中找到一份真实的内省、温暖和自由。他喜欢观察现实、感受现实，希望作品有现实感和新鲜感，对过往的经验主义写作抱有警惕。他是一位让自己尽可能彻底的虚构现实主义作家。

　　红柯从自己对生命自然的素朴经验出发，去捕捉被当下文明遗忘和败坏的生命景象，捕捉被现实排除的生命价值。小说中的灵幻化情景激情地张开对现实的怀抱，表达的却是对现实颓败的哀伤和对生命之源的念想。《好人难做》对当代人类生存中许多暗藏的危险信号提供了想象世界的出路，作家对此有自己独立而自信的感受，希望借小说规避人性败坏的进一步扬升，把戾气太重的背景弱化，将对生存情怀的尊崇与历史的风尘仆仆融构为独特的个人叙事魅力，闪烁出质朴无华的诗性光芒，唤起人们对现实功利化的思考。这部小说写的是小县城里几个人物的故事，人物彼此勾连，荣辱与共。折子戏《凉女婿》的编剧王岐生与马奋棋的命运紧紧交织；一生都在为女人奔忙的"流氓"张万明揭露了人模狗样的老淫棍梁局长（老梁）的狐狸嘴脸，被几个高智商的情妇搞得精疲力竭，最后竟与平凡的环卫女工产生了真感情；学问高深的薛道成教授，以《文心雕龙》破译城市人性的虚伪卑琐，颇具神秘色彩，但"难得糊涂"的化境却怎么也化解不了现实给他的麻烦；积善行德的"好人"王医生出于人道主义考虑而做出的妥协，却导致了至交马奋棋情人的悲惨结局；长了一副"猪相"却心头明亮的"凉女婿"周怀彬最初根本不被马奋棋接纳，而最后马奋棋却不得不叹服女婿的高深道行，他表面老是在模仿老婆的情夫，却无时无刻不给这对野鸳鸯滚烫的后背甩去冰凉的毛刺，令人惊悚而寒迫，他明知马、张二人的情事，却视而不见，把一顶"绿帽子"戴得心安理得。可正是他的所作所为构成了马、张二人极其巨大的心理悲剧，周怀彬带着诙谐

· 119 ·

甚至欣赏的意趣观照这对与自己有密切关系的男女，具有戏谑的意味。综上，小说利用生活中的一幕幕场景，将一个个人物展现在读者面前，任读者评说。小说中没有绝对纯洁的人物，每个人物都在现实这个大染缸里淘洗过，形象饱满且真实。

《好人难做》在故事谜底的设置中完成了作家对现实的隐喻性理解，从因果对应中跳脱出来，把叙事热情延伸到人物的内心深处。它可能包含了一些直露和夹生的痕迹，但却寓示了红柯的某种转型：从摹写生活史的神秘现象到探察人类精神深处的窘迫及其出路。我们知道，写作对人类精神异乎寻常的关怀是亘古不变的，红柯将他所领悟到的存在尴尬和无奈植入文本内部，从而揭示人物心理深层的隐秘欲望。红柯对某些正在衍生精神梦魇的地域表露了极高的热情和足够的耐心，写出了人物意识深处的黑暗记忆，把缺乏希望和信心的现实场景展现在读者面前，其暗示意义是明显的。如在小说中，对男女情爱的叙写深入表达了作家的这种意识。作家没有通过什么惊天地泣鬼神的事件去诠释爱情，而是通过日常生活琐事、平常的语言叙述，逐渐将读者引入小城男女的普通情感中，虽平淡却迷人。小说反映了作者从现实中寻找幸福的渴望，那些没有希望的时代场景不断被强化，纯洁被毁坏，表达着红柯一贯的忧虑和伤感，梁局长、张万明、马萌萌等人物便是在此背景下塑造出来的。小说体现了作者饱满到极致的情绪张力，以及无法把握未来的恐惧。小说并没有详细描写梁局长与情妇们的交往，也没有写张万明与情人的床头夜话，一切都是如此轻飏。但这仅仅是假象。在红柯看来，小说中男人是可笑甚至是不堪的，他们的人生以玩笑开始，以悲剧收场，这是其始料不及的。在梁局长权谋韬略的背后，我们看到了一个官场多面人的形象，他的结局令人感叹。通过小说中女性人物的视角，我们得以窥见一个灰色的生活圈。道貌岸然的贪官的卑劣与龌龊，高知女性的堕落，权钱在生活中的神秘作用。透过这群在灰色生活圈里打拼的女性的生活，我们看到了现实世界的阴暗面。小说以轻松有趣的书写，使真实自然、生动曲折的情节和行色鲜明的人物跃然纸上，描绘了一幅现实画卷。

凡·高说过："我们的生活是一种骇人的现实"。当今文坛，各种人生不幸与尴尬的场景，几乎被一一写尽，而这些场景在现实生活中依然存在；反思与忏悔常常被提及，但人们依然我行我素；年复一年的启蒙与劝导，抵不上权钱的瞬然一击。这往往让人深感无可奈何与无能为力，感到身心疲惫，陷入重重迷雾而难以自拔。然而，红柯并未因此感到麻木或绝望，尽管他的作品常以孤独、暗伤、徒劳、拯救等作为关键词，但他本质上还是一位积极向上的作家，他把日常生活诗意化，让读者看到生存的可爱和可贵，凭借这种稀缺的浪漫为当今世界开辟了一寸思考的空间。

灵魂故乡的文学盖头

21世纪以来，小说再度成为文学主流。但小说并不等于讲故事，对于小说而言，比趣味更重要的是精神。这也是评价小说家的标准之一。小说家作为灵魂的探究者，必须透过故事抵达人心，发掘世间万千的明亮与幽暗，创建令人感动的灵魂维度，这是其开展写作的终极意义。当下许多小说少了来自灵魂深处的认知，有的仅是嘈杂陆离生活中的一些小小喟叹；消解了作家深厚的文化背景，有的仅是一些浅薄而懒散的感觉。现存的小说作品多揭示通俗且大众化的庸常哲理或进行泛泛的生活提醒，缺乏作家深沉的体悟与高华的认知境界。这是笔者多年来一直思索与困惑的问题：当下小说看似繁荣，却缺失一种气度或者说境界。尤其是长篇小说，它应当是对生命的告白，是对人类精神家园的拳拳忧心，理当满怀对人类真实生命的关爱，成为维护人类灵性的翅膀，揭露生命的痛苦，呼唤这个华而不实的世界中应该有却并没有的东西。这是长篇小说应该有的坚守，其浩然之气，是文学高贵气质的自然陈露，是作家超凡脱俗的处世情怀和尊严的张扬与挥洒。然而，许多作家拘泥于个人的宠辱得失、甘苦恩怨、风花雪月，公然放弃坚守小说家的使命与担当，无时无刻不在证明着自己人生的卑微。正如哈金所言："目前中国文化中缺少的'伟大的中国小说'的概念。没有宏大的意识，就不会有宏大的作品。这就是为什么在现当代中国文学中长篇小说一直是个薄弱环节。伟大的中国小说应该是：一部关于中国人经验的长篇小说，其中对人物和生活的描述如此深刻、丰富、真确并富有同情心，使得每一个有感情、有文化的中国人都能在故事中找到认同感。"①

赵敏是出生于20世纪70年代的新生代作家，他的长篇小说《康定情人》（四川文艺出版社，2005年版）是一部致力于灵魂书写的作品。小说用诗一样的语言叙述康巴藏族土司制度崩溃前人们的生活场景，喧嚣、绚丽、丑恶、欲望纷至沓来，黎明前的黑暗随处可见。马帮云集的锅庄、情歌缠绵的火塘、悍匪出没的草原、暧昧月光下的情侣、交易神秘的商家、汉藏百姓的交流、时代更替的暗涌、官方与民间的共谋……种种情节共同陈设于传奇的茶马古道要津康定。小说以20世纪三四十年代的康定为背景，讲述银匠儿子尼玛、商家少爷扎西多吉和美丽少女格桑麦朵的传奇爱情。一段感人肺腑令人叫绝的恩怨情仇充斥在溜溜康定的情歌岁月中，为小说增添了更为迷人而梦幻的色彩，诗性的历史传达使这段凄绝的浪漫可歌可泣且意味深长。

康定，不仅因一曲《康定情歌》而名闻中外，它的魅力更在于独特的康巴风情和自然风光，它那原始、古朴与神秘的面纱，时至今日，世人或许也只撩开了小小的一角。对于大多数读者而言，康定是遥远而陌生的。《康定情人》则为读者找到一个通口，帮助其连贯某种共有的现实认知，还原真实的民族生存历史。赵敏为其民族历史叙事精心选择了一个时间节点，可谓用心良苦、意蕴深刻，暗含了无限的苍凉和历史情怀。几千年的沧桑，在这样质朴、美妙绝伦的爱情故事中如白驹过隙，雪山晶莹、经幡飘舞、酥油流香的自然人文特征描写再现了当地人民的生活场景。

---

① 哈金. 呼唤"伟大的中国小说"[J]. 青年文学，2008（11）：1.

笔者认为，少数民族文学创作不应局限于常见的神话传说、异域风光、奇风异俗、宗教仪式等方面，更应该突显或指向深层隐蔽的民族生活与少数民族极其独特的心灵表现。就此而言，《康定情人》把我们领进了一个神秘浪漫而又迷蒙奇幻的世界，在那里，天、地、人、物融为一体，感应神奇，生命的密码不断编织历史，矫正着读者想象中失真的现实，并为其提供一种别样的文化精神考量与期待。就此，赵敏表明了并非单向的文化态度和自己独特的文化立场。

甘孜藏族自治州是茶马古道的必经之地，也是康巴文化的发祥地、格萨尔王的家乡。作为康巴作家，赵敏以自己特有的文化身份，写出《康定情人》这部以藏族人物为中心的爱情故事，他笔下的爱情故事带有令人惊叹的区别于俗世男女纠缠的神秘和圣洁。其实，赵敏的文学行为本身就是一种民族担当。赵敏深受阿来《尘埃落定》的影响，产生了强烈的创作冲动，力图为康定创作一个品牌化的故事。《康定情歌》、康定城和浪漫凄美的《康定情人》构成了一种极其有趣而深刻的意义关联。从这个角度来说，《康定情人》的民族性书写是具有史诗倾向的，并显然有着成功的意义。

一段时间以来，许多作家的创作具有史诗性冲动，但其作品不管是艺术手法还是思想内涵，都与史诗具备的历史理性和鲜明的批判精神相左，甚至形成对史诗自身客观规律的瓦解。具有文化史诗品格的作品，应该从各个方面对民族历史文化精神进行探索和总结。正如黑格尔所说："史诗以叙事为职责，就须用一件动作（情节）的过程为对象，而这一动作在它的情境和广泛的联系上，须使人认识到它是一件与一个民族和一个时代的本身完整的世界密切相关的意义深远的事迹。所以一种民族精神的全部世界观和客观存在，经过由它本身所对象化成的具体形象，即实际发生的事迹，就形成了正式史诗的内容和形式"[1]。笔者说《康定情人》具有史诗气质，是指它用民间故事表达了民族历史，又具备了史诗超越现实时空界限和包含历史两个关键要素，站在人性化的立场，对一个民族生存的特定

---

[1] 黑格尔. 美学（第三卷下册）[M]. 朱光潜，译. 北京：商务印书馆，1981：107.

时空进行深情考察，充满依恋地对曾经的生活进行考辨、补遗、描彩、定型，表现出对民族历史的尊重与信任，叙事的重新历史化及其与社会生活空间的联系巧妙融合，在促进人性化、个人化史诗的同时，构成了真实厚重的历史面貌。从而展现出一幅独特的藏地生存图景，丰富了藏族经验的小说写作视野。

罗兰·巴尔特曾说："经验不仅是话语的一种叙事模式，它根植在作者的生存之中。经验和写作往往不能同时在场，而经验无疑影响了写作。这是因为，经验关涉人的具体生活状态，这种状态既具有普遍性又具有个体性。说他是个体的，因为每个人都有着不同的禀赋和对生活的理解能力"①。赵敏是地道的甘孜人，对那里的人情风俗有着深刻而独到的理解，因此，在调动经验方面，他便有着特殊的优势。他把自身的经验加以整合，完成了从经验到小说话语的转化，渗透着自己对所写生活的全面认知。同时，这种精神处理的经验书写，体现在对甘孜藏族自治州人情风物和生活状态的描绘之中，使《康定情人》具有一种独特的生动感。

《康定情人》写的是藏族男女令人动容的生死之恋，但笔者认为它不仅是一部纯虚构的小说，也不仅是康定人的生活史、情爱史，还是心灵史和文化史。小说完成了对以下几组故事的描述：尼玛与青梅竹马格桑麦朵的婚恋故事，格桑麦朵、扎西多吉、尼玛的故事，尼玛的情杀故事和尼玛的精神忏悔故事。小说的叙事构架并不复杂，甚至略显单薄，但它通过上述故事，写出了一个民族的发展过程，围绕众多特殊的民族生活情景进行生动直接的刻画，从历史、文化、心理等视角挖掘探究了一个民族的生存历史，给读者揭示出某些陌生有趣甚至是沉重迷离的生活真实，有着一种破迹指路的文学意义。

康定是美丽神奇的地方，那里雪山莹洁、草甸坦阔、天空明丽、景致迷人，那里产生的许多悠远浪漫、凄绝动人的爱情故事吸引力十足。《康定情人》塑造的世界既是一个充满消逝和变化的世界，又是一个与当今社会血脉相连的世界。那里曾是一个落后、充满艰辛和悲苦的地方，也是一

---

① 罗兰·巴尔特. 写作的零度 [M]. 李幼燕译. 北京：中国人民大学出版社，2007：65.

个古朴、美丽、神秘、奇异之所。小说全方位地对它予以观照，其中有对人们纯朴、闭锁、自得其乐的生活方式的展现，亦有对藏族淳厚、绮丽、特异风情习俗的描绘，还有对举世罕见的康巴文化的传神描述。特别精彩的是，它对当地人丰富、深邃、鲜活的情感世界展开了发掘与呈现。

尼玛和格桑麦朵是《康定情人》中着墨较多的人物，他们从小生活在李家锅庄，成为最好的伙伴，长大后彼此倾心，银匠和意西曲珍也有意帮助二人结为秦晋之好。尽管格桑麦朵的美貌聪慧吸引着众多锅庄男子和来往的商人，但尼玛与格桑麦朵的婚姻还是毫无悬念地在众人的羡慕或嫉妒中如期举行。这是一桩非常般配的亲事，尼玛在意西曲珍的关照下走进军营，成为一名出色的军人；美丽的格桑麦朵则帮助母亲经营锅庄，虽无爆棚的买卖，却也足以养家。一大家人都感到满足。故事的戏剧性体现在旧贵族加绒家的锅庄着火之后。一场大火烧毁了加绒家名声在外、数一数二的大锅庄，其后，李家锅庄经营状况有了一些起色。此时，小说中出现了一个改变了很多人物生活状态的人物——年轻的商人扎西多吉。他来到李家锅庄，不仅给意西曲珍母女带去了丰厚的收入，还给锅庄带去了电灯，彻底改变了人们一贯的生活方式。他给李家锅庄带去了欢乐，自己也体会到了做生意的快乐，更重要的是，在与格桑麦朵的接触中，他发现了对方眼神里那会心的温存。他甚至认为，尼玛根本没本事（没资格）和格桑麦朵在一起，甚至有了将格桑追到手的想法。再次住进李家锅庄的扎西多吉像一个凯旋的英雄，贪婪的意西曲珍将他照顾得无微不至，格桑麦朵更向其传递着亲密与暧昧，这些都刺激着他那颗不安分的心。他认为自己如此有本事，格桑麦朵早晚会投入自己的怀抱。为把面子做足，他极力劝说意西曲珍扩大锅庄生意，不惜垫巨资购得加绒家的废地以促成此事。古灵精怪的花花公子扎西多吉来到锅庄后的所有行为令格桑麦朵这个多情的少妇有种飞起来的感觉。当扎西多吉向已婚的格桑麦朵表白爱意的时候，她不置可否，态度含糊，这种行为无形地鼓励着扎西多吉将心中的恨变本加厉地发泄在尼玛身上。知道内情的尼玛与扎西多吉针锋相对，当两人为格桑麦朵燃起的"战火"被众人熄灭的时候，受到惊吓的格桑麦朵退缩了，这暂时宣告了扎西多吉的失败，他只有离开李家锅庄。此后一段时间，格桑麦朵和尼玛和好如初，尼玛更是因为在草原剿匪的突出表现受到嘉奖，李家锅庄为之沸腾！平时生活中没什么起色、蔫了吧唧的尼玛又成了银匠争气的大儿、意西曲珍聪明的女婿、格桑麦朵值得夸耀的丈夫、二十四军一位作战英勇的连长，他从未如此得意畅快过。女儿央金麦朵的出生使尼玛的这种人生得意之感达到峰值。然而，福兮祸所伏，这种幸福被意外毁灭：多事的银匠带央金麦朵到云顶寺看神舞表演，央金麦朵却被人贩子骗走，这一突发的悲剧使一向和睦的两家反目，意西曲珍无法原谅银匠，格桑麦朵更是对他恨之入骨。为此她与尼玛再一次生分，除却争吵，两人无话可说。屋漏偏逢连夜雨，沉迷于赌博的素月被色鬼边巴勾引奸污，罪行败露的边巴放火烧掉了大半李家锅庄，使本已灰不溜丢乌烟瘴气的锅庄雪上加霜。多事之秋，谣言四起，格桑母女因害怕自己的财产被抢夺，又觉得根本指望不上已经日落西山的尼玛，于是便分外思念扎西多吉。一如这对母女所愿，并不甘心落败的扎西适时地找借口来到康定，与相隔辽远的情人相会。格桑在母亲无言的怂恿下放飞生命，投入了扎西多吉早已迫不及待张开的怀抱。从成都结束公干返回康定的尼玛知道了一切，匪首彭措朗杰替他找扎西多吉算账，割下扎西多吉的双耳，恐惧和羞辱逼得扎西多吉自杀，一切归于死一般的平静。

情感因人因时因事的不同而变化流荡，或清或浊、或忠或奸、或善或恶，生发出难以穷尽的人生形式。《康定情人》那漫溢而出的悠长似水的柔情、狂潮般奔涌的激情、缱绻缠绵浪漫迷人的爱情、被伤害凌辱者的哀哀怨情，无不以其真切形象的表达，牵动读者波澜复杂的情思。佛斯特说："小说中强烈充沛的人性特质是无可避免的；小说浸渍于人性之中，是喜是忧都躲不开，文学批评也不可避而不论。我们可以对人性不喜欢，但如果我们把它从小说中祛除或涤净，小说立刻枯萎而死；剩下的只是一堆废字。"[①] 在《康定情人》几个主要人物的书写中，赵敏将重点放在人性上。在他笔下，这些人都是肉身凡胎，在享受生存快乐的同时，面对人世的复杂倍感无奈，对于血缘的纠缠、情感的纠葛，以及万千社会中自然

---

① 佛斯特. 小说面面观 [M]. 广州：花城出版社，1981：18.

与人为的制衡策略，感到无限的困惑与无力。

尼玛和格桑麦朵的爱情可以说是圆满的，至于其在无奈中落幕的婚姻，则是两人始料未及的。赵敏相信朴实的爱情故事可以打动人。他尽力向读者展示一段藏族青年男女令人神往的爱情故事和充满辛酸的婚姻生活，力求还原生活的本来面貌，不刻意求新出奇。此外，赵敏在还原生活真实面貌的同时也极力希望披露人性的善良与美好，这种努力是积极的。

赵敏依凭自己敏锐的存在意识，对民族文化的熟稔及充满诗意的想像，以优美的人性之书表达自己对于精神世界的诸多感悟，其中流布的令人感动的脉脉温情，提示着人们的心灵珍视。当然，我们不难看出，赵敏是一个有故事的作家，但也正是这些故事让他放不开手脚，沉浸在对冷雨凄风的过往的抚摸中。小说对历史的过度纠缠使其精神向度令人遗憾地打了一些折扣，游刃有余的大气凝练与沉着稍显不足。这些困境可以理解为理想本身隐藏的危险，正因为理想如此完美，实现理想的困难才会如此大。笔者愿意把它看作赵敏的另一种努力。

文学乡村的时代书写

众所周知,"三农"问题不仅是当前中国特别突出的一个社会问题,而且是影响现代化发展的重要问题之一,关乎整个国家的命运。从"三农"问题的提出到"新农村建设"的开展,人们已经意识到了这一战略目标的实现是漫长而艰难的。在这样的背景下审视当下的乡村小说,笔者认为,当下尽管有很多非常不错的乡村小说,但一些作品的确显现出软弱无力甚至僵化落后的面貌。一些乡村小说缺乏历史视野,没有从历史、现状、文化乃至与乡村视域之外的浩大世界比照与交隔中切入问题,没有站在城市与乡村的大视野的审美层面上,大多数写的依然不过是地域特色、民情风俗覆盖下的农村和农民。许多乡村小说虽然表现的是乡村生活,但与严峻复杂的现实却相差甚远,没有表现出农村生活的典型状态;同时,很多作家缺乏对乡村现状宏观、理性的把握,其文学表现的精准度是值得怀疑的。他们要么过度美化乡村的传统道德,笔下的乡民成为勤劳善良、仁义节俭、宽厚慈爱与无私奉献等美德的完美化身;要么对乡村实施妖魔化扫荡,将乡村社会描述成充满苦难、一塌糊涂的泥沼之地,那里似乎除了灾难,再无他物;要么把乡村情绪充分欲望化,读者看到的乡村道德已消失殆尽,欲望(尤其是物质欲念)已攫取了每一个乡民的心灵……因此乡村书写存在着严重表面化的倾向,往往是一些视觉经验。作品只能停留在对表层生活的复制上,从而未能提供一个认识乡村内在本质的文化通道。其实,乡村的经验并不能简单归结为物质与实用,它有着自己的独特精神向度。重要的不是现代乡村文明是否继续着我们世代的传统价值观,而是作家们如何去思考和表达一种乡村文明对生命存在的潜在影响。应当说,在理性认知层面,许多作家已经认识到了乡村文明对整个人类文明发展的影响,但事实上感性层面的转变却要艰难得多。对此,山东著名作家张洪兴的作品《绿逝》(中国文史出版社,2008年版)无疑为我们提供了一种新的创作视野。

  从某种意义而言,乡村叙事的传统虽然博大而深厚,但随时有陷入模式化泥淖的危险。文坛需要新的经验、语言、感觉以冲破习见的模式。《绿逝》之所以引起广泛关注,笔者认为是因为它的陌生化效果。张洪兴以极富控制力的笔调和近乎原生态的语言,为我们展现了桃花村原有的文化生态在工业化的步步逼近中快速消解的事实。商业化浪潮浩浩荡荡,谁也无法阻挡,但是,作家顽强地抵抗着这一浪潮并刻意进行一种新的文学式样之探索——乡村视野下的环境生态文学。这是非常可喜的事情。在之前的一段时间里,与《绿逝》相关的话题中,众多论者几乎异口同声地说《绿逝》是平常意义上乡村经验的崭新表达,而笔者更愿意把这部小说看作当代乡村环境生态文学的代表之作。

  张洪兴的多重身份容易让人忽略其著名作家的背景。其实,他除了已出版的几部社科专著外,还出版了长篇小说4部、散文诗歌集8部,其中长篇小说《花开花落》荣获山东省第八届精品工程奖。作家得靠作品说话,从这些数字我们可以看到张洪兴在文坛和学界活跃的背影。《绿逝》是当下中国乡村环境生态文学书写的崭新代表,成为张洪兴文学生涯的一个里程碑,其故事背景虽然在大家熟悉的乡村,但书写经验是全新的。

  《绿逝》用奇幻荒诞和寓言式的言说讲述了一个曾经美丽的乡村的命

运变化。桃花村原来是一个典型的贫穷的北方村落，经过时代的洗礼和群众的共同努力，桃花村的物质状况发生了根本改变，村民的收入有了天翻地覆的变化。但是，由于盲目发展和疯狂掠夺自然资源，那里从生活丰裕、绿树幽幽、桃花烂漫、天人合一的富丽之地走向山林消逝、污染遍地、怪病横行并最终遭受灭顶之灾的地步。小说用寓言的写法、饱含忧患之情，表现了张洪兴异乎寻常的强烈忧患意识和对新农村建设时期有关发展与保护等问题的深沉思索，时代关注的意义特别明确。这部小说是当下文学界并不多见的乡村题材的原创作品，其视点下的生态环境问题反映了深刻的社会问题。作品对当代乡村生活以及农民精神世界有独到的感知、把握和体察，没有停留在对外部现实的表现上。

应该说，当下农村的确存在着一些颇为敏感而又触目惊心的问题，农民的温饱问题虽然在全国范围内基本得以解决，但自足甚至自满背后隐藏的问题与危机却非常严峻。在建设新农村、追求城乡协调发展的大的时代进程中，乡村作为现实和精神的重镇，确实有许多值得我们发掘、传承、重构的东西。张洪兴敏感地发现了这些问题，将笔锋对准当下，在悠长的乡村历史背景下推动着故事情节的发展，从而使小说有了历史厚度。他以忧郁的心灵凸显了当下农村常见的两个难题：追求农村社会经济总量增长与维护生态环境之间的矛盾如何调节，精神失落与生存困惑如何缓解。

昔日宁静朴素的桃花村的土地、村落、山林逐渐被商业化征收，转眼之间便消失了，农民进了村办的化工企业，手里有了钱，但他们的生活从此乱了套。作家以敏锐的视觉，书写乡村畸形经济发展对千百年形成的自然生态的无情戕害。在大自然中，秋虫地上吟，大雁空中鸣，夏蝉树上歌，青蛙田中唱，万物都在发出不同的声音，没有一种声音会被另一种声音覆盖。这是大自然多样性的表现，它使人类听到、感受到天籁的神奇与伟大。而在桃花村，人们对美丽自然的感觉只停留在记忆中。小说书写了乡民虽物质富裕却精神无依的苦闷，对农民的精神失落与生存困惑提出了尖锐的疑问，写出了农民面对自然发出的种种不祥警告所流露的惊惧与不安，力所能及地表现人性的扭曲、道德的失范、心灵的迷惘。笔者认为，从这个角度而言，《绿逝》是近年来罕有的乡村题材特别是环境题材的优秀文学作品，特别值得推崇和研究。

把中国当代文学作为一个整体与其他国家文学进行比较，可以清楚地发现中国当代文学中环境生态文学的严重失语，尚未形成环境生态文学的体系与文学类别。人们习惯性地认为环境生态文学属于社会行业文学或社会问题文学，它可以揭示自己的行业或社会存在的一些问题并讨论其价值与意义，却很难进入普遍意义的文学层次，以其精神的高蹈和人性的深刻而具有持久的艺术生命力。而《绿逝》却取得了突破性的文学成就，进入了纯文学的层次。小说取材于桃花村因发展村办工业而滥伐树木、排放污水、人畜病害、地面沉陷等重大事件，以环保为切口和主线，写出了在各种力量的博弈中，当今中国农村多方面的风貌，探讨和揭示了当下社会和人心存在的问题。该小说现实性突出，既是一部具有突破性意义的乡村环保题材的长篇小说，又是一部从环保问题切入当代中国现实、具有精神感召力的作品。

阅读告诉我们，《绿逝》兼具文学性和社会性，既反映主旋律，又以描写生存状态的严峻真实见长。首先，作家用历史和现实的双重眼光，诠释了农民与土地盘根错节的关系，深刻揭示了土地对中国农民潜移默化的影响，艺术地表现了经济转型对中国农民的心灵触动和精神影响；其次，作家意识到，对创作而言，必须要远离临时地、直接地为某种现实任务服务的功利主义写作方式，必须坚持大胆真实深刻地看待人生，不惮于对生存困境和社会问题的揭示。《绿逝》没有哀伤明净的怀旧式倾诉，作家的审美情感被一种冷峻、客观、少主观意趣和理想色彩的描绘所代替。

《绿逝》创设了一组令人印象极深的乡村人物群像——老书记樊东方、新书记黎向民、村会计赵洪涌、小半仙、猎户李孟然等，他们代表着桃花村的过去和未来。

黎向民创立向阳化工厂之初，势头很好，每年给桃花村带来可观的收入，与桃花村、杏花村关系融洽。但由于技术不达标，向阳化工厂排放的污水使村民玉米绝收，虽有李孟然造谣说是黄鼬放屁呲死了玉米，但事实终归会被查明。于是他不得不"走麦城"：村里的欠款没着落，ASH项目国家明令叫停，村子里重要角色合伙算计他，他的厂子被村领导游戏样拱猪给拱掉了。为了多卖些钱，妻子李玉环向书记樊东方求情却被强奸。尽管如此，他们也没有得到太多折款，真是赔了夫人又折兵。他后来成为被樊东方主宰的东方化工有限公司副总，虽然表面尽力服从领导安排，却自始至终都在与樊暗中较劲。比如，他力邀张继德、胡晓露入股新公司，与樊东方、赵洪涌分庭抗礼，私下与李孟然合谋撮合樊立信与鲍妹，不仅使二人丢脸，也使他们不得不成婚。尽管他是受樊东方之托去为樊立信和鲍妹牵线的，但事情却变了味。

　　黎向民听了樊东方的介绍，心中窃喜，一来樊立信是厂里的技术大拿，厂子的发展是离不开他的，他要把这件事撮合成功了，对自己是有利的。二来可以给樊东方培养一个对手，这就是刘恒忠！因为他知道刘恒忠和鲍妹一向要好，这在村中已是公开的秘密。真是一箭双雕！想到这里，黎向民轻轻一笑。

　　黎向民与刘恒忠、张继德联手对付樊东方，让这两位销售商拿走了公司90%的销售量，然后下调产品价格。几乎与此同时，公司不少人得了皮肤病，无法工作，但临时招工又非常困难。他不停地调查当初向阳化工厂气体泄漏和白桦林被毁一事，搞得樊东方焦头烂额。后来，事件谋划人的樊东方和执行者赵洪涌都被抓了起来。在樊东方被抓后第三天，桃花村支部换届工作开始，黎向民高票当选书记，同时接替樊东方担任东方化工有限公司董事长。为野蛮扩张，他也费尽心机毁坏了大片松林，将木材卖给胡晓露，扩建厂区。恰如当初樊东方所言，"承担责任？哈哈，你放心，什么时候开始承担责任，你的难堪就开始了""也许你将来和我一样惨"，他的日子也不好过。小说在刻画黎向民这一人物形象的过程中形成了一种有趣的张力，小说情节的内核是狩猎、防守、反击、失败，洋溢着狂热的生命激情，而小说情节的外延，则是卑微的生存、苟且的隐忍、精心的算计、名利场中的功利。张扬生命意识的小说并不少，拿生命意识和凡俗生存对照，触动读者在二者之间进行选择的小说也不少。然而，在我们充满了功利盘算的生活中，这样的生命意识、生命价值，其真实位置又究竟怎样呢？《绿逝》以其特殊的情节表现给了我们一个残酷的回答：生命意识和生命价值已不再是对抗功利生存的另一种力量，它们被功利生存同化了，成为后者的工具，被后者支配和利用。它们表现得越出色，对自己的反讽就越强。黎向民用尽心机把樊东方搞垮，送进监狱，而自己也被亲手埋下的灾难炸弹送入报应似的生命劫难。

　　当作家将自己放到较低的位置上，用贴近大地的姿态同生命进行对话和碰撞时，他的体验必定是更为真诚和切切的；他对现实人生的苦痛、历史真相的沉重所做出的种种体察和理解，也必定是更为质朴和深刻的。张洪兴和当下乡村生活有极其深刻的血脉联系，对农村地区自改革开放以来的千变万化，更有切肤的理解与感同身受的情绪反应。他在《绿逝》中延续了自己比较一贯的底层关怀的文化立场，既写出了乡村世界发出的刻骨变化之音，也写出了乡村人在情感、道义上的挣扎以及为谋求某种片面发展所付出的永远无法弥补的沉重代价，由此把对底层的关注深入精神层面。在叙事上，将人物内在世界的探索同日常生活的呈现交织在一起：外在生活不乏剑拔弩张，内心世界一样雷鸣电闪。桃花村显然是一个开放式的生存空间，作为乡村经济转型的缩影，作为生存淹没理想的隐喻，这个村落应是历史的阴影、时代的创伤和乡村的挽歌。桃花村老当家人樊东方是一个性格鲜明的人物，也是一个令人产生复杂情感的人物。在经济困窘的年代，他曾带领桃花村奋斗，改革开放打开了他的脑子，让他看到了希望。他虽然有进取心，但人品却不怎么光明，手段也不见得磊落。他算计黎向民，打着为全村人谋发展的幌子，把化工厂弄到村里，为了扩大生产规模，指使赵洪涌花了三个多月的时间，用开水一株一株地把大片白桦树浇死。东方化工有限公司是以牺牲自然生态为代价建成的。连他自己也承认："起初，光想着法子为村里多办点事，做得有些过！"从监狱出来，樊东方拒绝黎向民的邀请，参与亲家鲍向林的宏大发财计划，不料乐极生悲，当他听到老冤家黎向民和李玉环闹离婚的消息后，因兴奋过头而中风失语。

　　樊东方的经历促使我们思考这样一个问题：为什么像他一样可以激发出强大社会能量的人，在生活中却无法支配自己的命运？这当然不能简单归咎于社会与环境，说到底还是人物的灵魂扭曲了。在这点上，樊东方与黎向民的悲剧结局同样令人唏嘘。无情的现实给那些有血有肉的个体生命所造成的伤害刻骨铭心，并且永远无法愈合。遭受创痛的生命以绝望的姿态与畸形的方式宣泄痛苦，这当然难以博得知情者的理解和同情，反而会遭人不齿。真相大白之后，形成这种局面的背景更显得格外触目惊心。在樊东方这个人物的处理上，《绿逝》并没有把他简单化、漫画化；相反，小说一直在提示读者，这个"专制"的大家长，是在为本村的经济发展做出贡献之后走偏的。对于桃花村的发展、富裕、稳定，他是有功的，但是，在新的农村经济形势下，他不适应了，反而成为桃花村发展的阻力。利益观念的根深蒂固和粗暴的管理方式，使他一度锒铛入狱。

《绿逝》不是那种云淡风轻的作品，这与小说主题有关。作家总是处在一种紧张、凝重甚至惨烈的氛围中，带着我们不断逼近社会生活的真相。地陷即将发生时桃花村人民那种四面楚歌的无助与绝望，无疑具有更深刻的悲剧意味。张洪兴以一种冷静态度观察生活、描写人物、叙述故事，他的自信来自他对当代中国农村的全面认知，来自他对是非纷纭的丰富掌握。

显然，《绿逝》是一部尖锐的逼问之作。它逼问许多将生态保护挂在嘴边，喜欢通过远游自然、极限扩张自然显示自己"能量"的人：生存之根何在？它的外面是否包裹了一个更大的功利性空间？它真能从中将我们拯救出来吗，或者只是通过某种幻象强化了我们极度虚弱的现实感受？小说既有浓郁的生活情态又有厚沉的社会思忖，既有新颖现实感又有历史纵深感。张洪兴在飞速发展的当代农村迅速建立起新的审美经验，把农村新的经济模式和农民的生存状态、生命价值，演绎成为一卷艺术图画，让文学的社会担当和艺术价值水乳交融，成就一部可读性浓郁、耐读性持久、可感性强烈、可悟性隽永的优秀作品《绿逝》。它发出的启示意义，是深沉而悠远的。

挑战阐释的诗学价值

常态的性灵书写与非常态的诗歌意义

一种非理想的写作面貌

在极端物质化、世俗化的文学语境中，诗歌的消费变得越来越艰难，已是一种不争的事实。随之而来的是，诗人的美学和文化立场发生了根本性的变化：占数量优势的诗人不再是凡俗生活的代言人，甚至对类似话题特别警惕和敏感。他们放弃对商业文化哪怕是最柔性的批判，而醉心于对日常生活柔情蜜意的非对抗性的审美表达。在这个时代，诗歌怎样才能有效而及时地进入人们的生活，换句话说，诗歌究竟还能对我们的整体生活与人文精神产生多大程度的影响，久违而高贵的诗歌精神对草根阶层还能形成多大的冲击力，诸如此类的问题是当代学者开展诗歌写作与研究时普遍会产生的生态主义焦虑。本文在这样的背景下讨论娜夜的诗歌写作，相信会别有一番风味。

立体多元的经验世界
——消费时代的文学书写

笔者接触娜夜的诗歌始于2006年由《诗刊社》举办的"新世纪十佳青年女诗人"评选活动，因为笔者要为另一位诗人写点东西，便顺便读到了同在一本书上的娜夜的诗歌，感觉太美了。近十年来，笔者一直没有中断这种极有意味的阅读。若干年后的今天，当笔者在进行这篇迟到的文章落笔前的再次阅读时，笔者更惊讶于她的写作。这不仅是因为其作品数量之多，而且因为她在中国当代诗歌写作中占据的不容替代的独立地位。在人们都叫唤自己忙得很的今天，真正的大忙人娜夜却接连抛出了《回味爱情》《冰唇》《娜夜诗选》《起风了》《娜夜的诗》《睡前书》《大于诗》等十余部引动诗坛的集子，代表作《生活》《起风了》《在这苍茫的人世上》《酒吧之歌》《简历》等，更是经常勾起读者甜蜜的阅读记忆。娜夜曾获鲁迅文学奖、天问诗人奖、人民文学奖、中国报人散文奖、中国当代杰出民族诗人诗歌奖、新世纪十佳青年女诗人等荣誉，曾应邀出席第十四届青春诗会、中美文化论坛、保加利亚诗歌节、瑞典哥特兰岛国际诗歌节等文化交流活动。在诗人比读者多而诗歌几乎沦为最通俗文体的当下，娜夜的诗歌写作却独标高格，引起同行、评论家与读者的广泛关注，这是非常难得的事情。娜夜执拗地创造着宁静、纯朴的古典美，以此对抗现代性的浮躁与虚无。生命灵魂的温情抚慰跃现于诗人坦荡与纯朴、悲壮与凝重的诗行中，异常广袤的精神空间包孕着诗人深厚的文化意旨，体现出诗人恒定的文学信念和驾驭现实的良好能力。她以高贵典雅的诗歌精神和纯净柔美的诗歌情怀表达自己对尘世风物最敏感的判断，其中弥漫着的淡淡忧伤与静寂之美，恰恰是诗歌正在逐渐消逝的一种伟大人文传统。其冷静与自省，早已走出了性别的阈限，在20世纪80年代以降的女性诗歌写作中，可谓独树一帜。在商品经济时代，娜夜的诗歌竟然不染一丝浮艳与媚俗之态，始终与之保持着距离，以平静、悲悯之心慈爱温软地巡视着司空见惯的日常生活，尽显静水流深、雍容大气之本色。娜夜以自己持久而卓越的写作能力和日趋精致成熟的文本赢得好评如潮，奠定了自己在当代文坛的地位。

生命景象与灵魂声音

在中国当代诗坛，娜夜是为数不多的能够参透生活，醉心于自己值守的诗歌信念并竭力为这种信念寻找现实写作依据与资源而且善于将这种文学资源化为自己创作知识谱系的优秀诗人；也是一位谙熟时代精神脉象且又极具创造力的诗人，对现实生活保持着高度的警觉，具有强烈的悲悯情怀。娜夜长期保持着一种沉静如尘的生活状态，心若菩提，向善向美，尊贵典雅，不拘小格。娜夜的诗歌流淌着浓厚的哲学气息和生命神性，从理性、情感、欲望等方面阐释着生命的价值，这既是诗人形而上的思考，也是她内在的生命体验。娜夜的写作表达着一种消费时代理想精神跌落的凄美与忧郁，只是她随时在提醒自己不能过多地流露这种情绪上的挽歌痕迹。然而，也许正是这种独特而内蕴深厚的神圣意识，使她对理想精神和高贵人伦的追念激荡充盈、融混互和。当今社会，审美趣味世俗化、即时化，高贵、优雅的心灵观照越来越成为享乐主义狂魔任意调戏的对象，长期蒙羞。回望历史、品味人生、灵魂安抚已成为极少数人弥足珍贵的精神行为，心灵与现实、道德与功利等广阔领域内的博弈使诗歌对精神世界进行怀疑和追问变得艰难。娜夜为灵魂写作，她的诗歌重新找回了那些被人们过度悬置甚至极端怠慢的伦理信念，真情柔软地扫视着人生的边边角角，显示出强烈的灵魂揭露与怀疑自觉，也以一颗童心表达着建立一个独立自足的理想世界、温热一片苍凉的大地的渴望。娜夜丝毫不回避诗歌写作对于人性本真回归的雄心，这多少会让人们孤独无助的心灵得到一些温暖。她为众生默默祈祷，这种柔美、淡雅的人性之光，表达着一位冷峻达观的温情诗人的知识分子立场，既让人感慨，也令人感动。娜夜说过："我认为，在公共生活中做一个有精神光芒和道德底线高拔的人，比写一首诗更自由，诗人难以获得的是深度，宽度很容易。"①

---

① 娜夜. 美的短暂性会提高美的价值［N］. 文艺报，2013-11-11.

立体多元的经验世界
——消费时代的文学书写

面对生命现实的复杂与无限深刻，娜夜希望将那些灵魂疲惫、肉身自卑的众生的悲喜纳入自己的日常视野，构建一个隐形的精神空间。诗歌的情绪声音由此得到强化和放大，直指生存的苍凉和谎言的可笑，这使她很多作品在经验的丰富性和广度上获得了新的可能。她雍容大气，静水流深，既洗尽了浮华物质追求的精神脂粉，又实现了优雅从容的高品质人生体验。她体悟养性，率性生活，拥有和谐的生命、长久的快乐、真正的自由。她以绝对真实的身份和态度坦荡地发布自己关于人生意义的理解。娜夜的诗歌"创建了一种合适于个人哲理思考的文体形式……凭借生命印象点染人物，以平视的心态叙事，通过哲思意象的营造……来倾诉心魂、追问命运、展现哲思"。[①]

> 寒冷点燃什么/什么就是篝火/脆弱抓住什么/什么就是破碎/女人宽恕什么/什么就是孩子/孩子的错误可以原谅/孩子　可以再错/我爱什么——在这苍茫的人世啊/什么就是我的宝贝
>
> ——《在这苍茫的人世上》

阅读娜夜的诗歌往往会产生一种彻骨的悲壮感。作品表现出了非凡的艺术成就与迎接俗世给予她的所有精神挑衅的严正态度。在书写日常的沉重不堪和精神乌托邦的艰难方面，娜夜的坚韧和无畏是罕见的。她永无倦怠地揭秘人性与灵魂秘史，在许多诗人早已畏缩不前的话题领域，她却有着非常明确的方向感甚至是不合时宜的沉重感，这种勇毅已经因为珍稀变得异常可贵。娜夜的诗意情怀和纯净理想，始终呈现着傲人的古典之美：

> 真相并没有选择诗歌——形而上的空行/它拒绝了一个时代的诗人/真相同样没有选择小说——有过片刻的犹豫和迟疑/真相拒绝了报纸——也被报纸拒绝/如此坚定地/真相并不会因此消失/它在那儿/还

---

① 孙晓娉. 存在之澄明——史铁生散文中的形而上思考[J]. 山东师范大学学报（人文社科版），2009（4）：102-105.

是真相/并用它寂静的耳朵/倾听我们编织的童话

——《真相》

物质世界的混乱不堪使主体精神出现了严重的变形走样，表现为历史意识的日趋淡化乃至消弭，个体情绪转变成一种及时行乐的精神狂欢。问题在于，一旦人们具有狂欢和狂奔的空间与可能时，不可管控的恐惧也会油然而生。事实上，当下社会正在品尝失去理性的苦果。人们残留的理想碎片，顶多能够勉强招架现实的创痛袭扰。优秀诗人要做的不仅是保证自己不会在呼啸而过的沙尘暴中迷失，还得在精神世界被肉体快感占领、理想广场被价值暴徒蹂躏的现实中，坚守一种古老素朴的灵魂本质。

我们谈到了森林和溪水，一间可能的木屋/它的常青藤　三叶草　迷路的狐狸/和它眼里的露水/你和我/爱上爱情的同时/也爱上了它的阴影　冷战　危险/它的二十首情诗和一支绝望的歌/雨水　薄雾　蝴蝶与花香/红嘴雀的情歌/唱来了更小更缓慢的动物/脱离了肉体的翅膀它的飞翔是可能的/你和我/——一本可能的书/它的歧义　荒诞在时间的书桌上重新获得了意义

——《一本可能的书》

娜夜是一位努力向哲学和宗教靠拢的诗人，她将对灵魂精神的追问视为使命，这种美学自觉驱散了诗歌同质化写作形成的阴霾。她将自己的内部经验——在形色各异的现代社会中依靠云游四方所积淀的深厚的生活记忆诉诸笔下，变成一种长期、一贯的精神实践。娜夜清楚地知道自己已经很难从历史实在性的层面去表达那些正在流逝的令人痛心疾首的温暖记忆，只好无奈地在虚空之中给予不能完全表达的历史以缺席的自由，以其特有的抒情传达出温情脉脉的生命招魂和灵魂密码，无限惋惜地关注着那一抹正在黯淡下去的人性光辉。其中洋溢着责任、使命、关爱、悲悯、自我以及对现实、历史的廓清性思辨。娜夜希望在喧嚣而去的时尚中留下一些恒定的品格，尽管在众生喧哗的时刻这些努力或许难免显得有些冷清、

悲壮甚至是费力不讨好，但是，可以肯定，当大地重归平静之时，这些品质犹在，就注定还能给出意义。

人格关怀与文化忧患

在世纪之交的中国诗歌阵营中，不可否认，少数民族诗歌写作无疑是一个令人欣喜的存在，给有些沮丧的中国当代诗坛提供了一个值得庆幸的事实。少数民族诗歌写作呈现出的迷人精神气质和各有特色的民族性格，在当代诗坛开辟出了一方吉祥天地。

1985年开始诗歌写作的娜夜，算得上是一位年轻的"老诗人"。三十年的写作"工龄"，意义非凡。她为读者打开一个辽阔神奇的艺术世界，把读者引领到一个缀满甘露的晶莹剔透的心灵世界。三十年来，娜夜始终保持着一种仰望祈祷的姿态，由此获得了一份与这个沾满尘土的世界格格不入的沉思和宁静。很长一段时间以来，笔者一直在想，如果说娜夜是中国当代纯正诗歌不多的守护者之一，或许会被认为拉低了对娜夜的评价，也可能引起有些张狂诗人的暴走（他们随时准备着为名利而战，无关事实）。这种守护者眼下已与末路英雄相去无几，但笔者还是执意以此称呼来评价娜夜。在当前背景下讨论娜夜可能显得不时髦又落伍，但也许正因如此，才恰恰显得非常重要。试想，在诗性与挽歌同在、傲慢与不屑并行的当代诗坛，究竟有多少诗人对诗歌艺术真正心怀忠诚，有多少诗人能够抓准当代诗歌的精神灵魂？窃以为，娜夜就是这不多者之一。娜夜21世纪以来的诗歌因为将清丽孤绝的独立性和去商品化的高贵雅洁结合得严丝合缝，分寸的拿捏恰到好处，使当代诗歌写作显示了程度不同的饱满和充实，其抒情的沉思和沉思的抒情更是当代诗歌的一道特别的光芒。

作为少数民族诗人，娜夜的诗歌可能表现出很强的民族性，而作为长时间生活在北方的诗人，其诗歌又可能具有强烈的地域性。照说，她的诗歌表现出这两个特殊之处亦属正常，并且它们还有助于诗人形成自己的时代标志。当然，这种诗歌特性也会禁锢诗人的主体视野，使其眼光转内。娜夜的可贵在于，她成功规避了这种不足，并使自己具有在不同文化视野下审视时代的优势，特别是当她在表达自己对逐渐远行的人文理想的无限怅惘时，像拥有第三只眼般深邃、洞察与冷静。

  商品市场在影响现代社会政治文化经济秩序的同时也影响着人们的价值判断。娜夜的诗歌中融入了非常深厚的中华传统价值观——仁慈、宽宥、自律，她在感叹商业经济对传统价值观与独立人格的引诱和伤害时，深刻而独特地表现出鸟瞰生活的博大襟怀和对人的存在的独特思索，热极而冷凝，形成自己怀疑、质询生命和历史根本命题的强大内心。娜夜看到了部分人类在现实面前装模作样的戾气表演与悲戚本身的虚伪与丑态，果断指认这些人的卑鄙无聊。这种少见的清醒而及时的判断又令她心酸不已，表达出了深深的绝望与寒心：

  他在说谎/用缓慢深情的语调/他的语言湿了　眼镜湿了　衬衣和领带也湿了/他感动了自己/说谎者/在流泪/他手上的刀叉桌上的西餐地上的影子都湿了/谎言/在继续/女人的眼睛看着别处：/让一根鱼刺卡住他的喉咙吧

——《说谎者》

  在曾经迷人的东西与优美的品质逐渐淡化、扭曲甚至烟消云散之际，娜夜早早地发现了这种改变。其作品中透露出的文学蕴藉和人生感悟有着非常高明的哲学境界。

  我静静地坐着　来的人/静静地/坐着/抽烟/品茶/偶尔　望望窗外/望一望我的置身其中的生活——我们都没有把它过好/她是她弹断的那根琴弦/我是自己诗歌里不能发表的一句话/两个女人　静静地坐着……小姐/流行的道德宽恕着她/请继续——他像是从坟墓里回来/脸上有被悼词涂抹过的痕迹……来吧——/像酒到我的酒杯里来/来吧——像冰凉的影子到温暖的身体中来/来吧——像疯狂的火焰到灰烬中来/来吧——像鬼魅到《聊斋》里来/来吧——来/我们交换寂寞

——《酒吧之歌》

立体多元的经验世界
——消费时代的文学书写

娜夜的作品饱含对过往人情世故的怀恋，充满了对生命灵魂的召回意识。正如刘醒龙所说："在习惯里，灵魂是果实，是人的贡品；痕迹是枝蔓，能作为薪柴就不错了。其实，人是大可不必对灵魂如此充满敬畏，对灵魂的善待恰恰是对它的严酷拷问。惟有这些充满力量的拷问，才有可能确保生命意义与生命进程息息相关……问题的实质是，我们愿意对还是不愿意将拷问的鞭子对准自己的胸脯……有人认为过去是一堆包袱，有人认为过去是一笔财富，而我却认为，过去更应该是一根高悬着的鞭子。对于肉体，这样的鞭子毫无用处，它只能用于拷问后继者的灵魂。"[1] 娜夜用咯血的声音，虔诚地呼唤那些走失的关乎人类精神人格与灵魂意义的东西。

娜夜是当代诗歌运动活跃的在场者、参与者、见证者和表达者。历史玉成了娜夜，她以丰硕的诗歌成果回馈了社会，数量与成就同样显著的诗歌作品显示了她内心崇高的灵魂和朴素的诗美力量。在娜夜的写作中，她常常会在不经意间流露人性抚慰的款款深情，这种诗歌情绪和诗美力量既一往情深又充满智慧，忧郁之中显得沉浑凝重。曾有评论者说娜夜的诗歌不关注现实[2]，笔者认为这是一种误解。娜夜恰恰是在用一种相当隐蔽的方式表达自己心怀万物、敬仰生灵的仁爱之心，温馨轻柔，扬而不浮。生活辽阔无垠，欲望四处流淌，世界遍布遗憾，娜夜拨开日常生活的炫丽枝蔓，以超拔的天分和高尚的境界极富教养又极有节制地指证人性流失与文化沉沦的可怕状况。

——"我的身体已经明显变形了"/——"我也有许多白发"/——"你的情人都比我强"/——"也不能这么说"/——"她们年轻　漂亮　还会使用自己的身体"/——"但你是好女人"/——"我也有过自己的秘密"/——"我知道"/——"人的情感很复杂"/——"找个年龄偏大一点的吧"/——"我也这么想"/"不早

---

[1] 刘醒龙. 弥天[M]. 上海：上海文艺出版社，2002：序言2.
[2] 师力斌. 娜夜：那些危险而陡峭的分行[N]. 文艺报，2013-11-11.

· 146 ·

了　睡吧"/——"晚安"/"晚安"

——《离婚前夜的一场对话》

诗歌隐隐流露的轻浅叹惋与深情包容是缈缈不绝的对于现代婚姻凄美而浪漫的最后招魂。波澜不兴而危机四伏，也许是娜夜对于现代人生存状态最深刻的观察与最透彻的感悟。令人动容的生活悲悯，考量的是两性在失婚或无爱婚姻状况下的幽怨和压抑，感受人们遁入世俗而逐渐空泛，心有戚戚焉，其中在欲望、诱惑、情感等冲突中做出的无奈选择，无不显示着事态无法回避的苦恼。娜夜的高明和隐忍在于，她没有将现代人面临的凄惶难堪视为宿命，更没有将这种情形表达为生存的终极旨归。在她那些伤感而迷人的诗歌里，彰显着诗人凝重潇洒不绝如缕的人性暖意。这是一份给满目疮痍的现代人十分珍贵的尊重，娜夜希望多事不易的人们尽量地活得有尊严一点。在"无常"乃人生常态中镶嵌一缕温蔼柔情，这是一种饱蘸湿度的灵魂礼赞。娜夜忠实内心的热爱，其中透示的力度，既是一种难得的诗情存在，也是一种深刻的人文表达。

地方经验与诗意行走

笔者再三阅读手边的娜夜作品之后，发现了一个很有意思又颇为意外的现象：三十年来，地方性写作从来是她诗歌异常醒目的主题，这与她的出身、性别、经历等似乎都不怎么搭界，但这又的确是与娜夜的地理"迁徙"相伴随的成长主题。早先，由于她长时间在北方生活、工作，因此，地理意义上的"北方"成为笼罩此类诗歌的隐秘背景。最近几年，她来到了南方，于是，她的写作背景也转到了"南方"。她总给人一种隐约的印象：在东西南北间不断行走。这种本身鲜明的地方性经验又特别容易让人做出错误的判断，产生一种"到此一游"的误解。在娜夜众多地方性写作中，她精心处理的都是那些与心灵记忆和历史沉积有关的东西。那些广阔无边远离尘染的地方，是她对话灵魂的依据。从哲学文化学而言，这已经不是在当下背景中对个人经历进行一种情绪上的命名，在更深的意蕴中则表现着诗人与天地随行、物我合一的美学念想。因为，日常的回顾与追忆，往往只会产生"想当年"的奢侈和怅惘，徒添失落。这是一种感伤，甚至是一种羞耻，事实上，它已经成为当代地方性诗歌书写相沿不替的挽歌。娜夜一开始就拒绝这种惯行趋势，她拥有别人无法模仿的独门言语视角，在她的诗歌视野中，自然之景是一片充满灵魂神性和动人诗性的精神栖息地。

至今，娜夜已在好几个地方"临时性"地生活过。之所以说"临时性"，是因为指不定哪天她又会像候鸟样挪东挪西。这种迁徙，既可以理解为漫游四方，更可以看作寻求精神积淀的方式。在娜夜的很多充满地方经验的诗歌写作中，浸透着一种强烈逼人的宗教情绪，她用祈祷和沉思、仰望和吟唱同大地神秘对话，庄严肃穆，表达出一个真正诗人令人崇敬的庄正与高蹈。在当今诗坛，娜夜恰似雪峰独立，清俊而雅洁。

> 想兰州/边走边想/一起写诗的朋友/想我们年轻时的酒量　热血高原之上/那被时间之光擦亮的：庄严的欢乐/经久不息/痛苦是一只向天空解释着大地的鹰/保持一颗为美忧伤的心/想兰州/那颗让我写出了生活的黑糖球/入城的羊群/低矮的灯火/陪都　借你一段历史问候阳飏　人邻/重庆　借你一程风雨问候古马　叶舟/阿信　你在甘南还好吗？/谁在大雾中面朝故乡/谁就披着闪电越走越慢/老泪纵横
> ——《想兰州》

兰州，是诗人长期生活、工作的地方，也是其人生重要的驿站之一，那里有着太多令她魂牵梦绕的记忆。地处中国西北的兰州，现代商业文化并不因为路途遥远而放弃对它的造访，诗人对其深情的回望，是触目惊心的感伤与怀旧。现代生活很容易令人没有归属感；人际交流的泛滥和虚悬，让人缺乏真诚感。梦回故地，对娜夜而言是一种刻骨难忘的灵魂与身体经历的深情眷顾，流布着深深的无奈与忧戚。但这种美学所指向的是人类记忆中最纯善的表达，所呈现的是诗人心路历程贯穿始终的注脚——一位远离故土和亲人的早慧诗人，在洞悉了功利和世俗的各种嘴脸之后，以淡定的哲学方式接近诗的真理，厚重而舒达，显出抱朴守真的动人情怀，有种庄重的古意。

娜夜是一位低调而勤奋的天才，希望用自己的孜孜写作修补生活的某些不足，把一个个躁动不安的灵魂打捞上岸。这种意图使她的地方经验表达有着特殊的关于自然人生独具慧心的哲学意味，使其眼光可以从内心反观投向更宏阔的世界。正如里尔克所说，"这是我们的任务：以如此痛苦、如此热情的方式把这个脆弱而短暂的大地铭刻在我们心中，使得它的本质再次不可见地在我们身上升起。我们是那不可见物的蜜蜂，我们任性地收集不可见物的蜂蜜，把它储藏在那不可见物的金色的大蜂巢里"①。

沿着由陌生而熟悉的许多地方的本真记忆，娜夜低回徜徉，感悟沉思，为众多在她生活中留下痕迹的地方深情命名。这既是对中国地理意义的整体性记忆，也是个体生命价值形式的文学变通。娜夜创造了寻常事物的再生灵魂与审美奇观。天南地北的生活经历与对人生百态的临场观摩，合成了她内在雍容大气的生命格调。这是许多诗人根本无法具备的优势。人们会惊讶于娜夜的地方性书写对那些地方的读者、文人甚至文化官员的影响，她自己也能从中感受文字的冲击力和写作的生活意义，用另一种方式为那些她无法忘怀的地方作传，这种情感远远超越日常的地理文化学意义，留存有一种古典感伤的人道情怀。娜夜这类写作，不在于对幻象的营构，她的才秉和志趣，更多的在于对一种原始经验的本色表达。她写得非常出色的作品，如《云南》《黄昏》《青海　青海》《西夏王陵》《向西》《飞雪下的教堂》《坎布拉》《西藏回来的朋友》《青海》《草原》《在甘南草原》《甘南碎片》《移居重庆》《拉萨》《西藏：罗布林卡》《重庆生活》《哈尔滨滑雪》等，都具有上述特点。这些本原物象，具有令人震悚迷醉和更为真实的阅读效果。

大风过后/天　空荡/青海　留出了一片佛的净地/——塔尔寺在风中　酥油花开了/花非花/第一朵叫什么/最后一朵是佛光/这尘世之

---

① 里尔克. 里尔克诗选［M］. 石家庄：河北教育出版社，2002：3-4.

外的黄昏/——菩提树的可能　舍利子　羊皮书的预言/……夕光中/那只突然远去的鹰放弃了谁的忧伤/人的　还是神的？……思想的/下一刻/在诗与酒的舌尖上……肉体的这儿/与那儿/命运的但是　和然而/之前——在今生

——《青海》

娜夜把具体对象化为诗性精神，并将个体人格融注于自然静物的内部书写之中，有关"青海"的地方性经验升华到哲学层面，情感自然，引人遥想，吐纳自然气吞山河的雄魄与温婉丝丝的阴柔油然呈现。同时，娜夜的诗歌地理具有深沉的哲理观照特征，这无疑强化了某种现实密码的意蕴，使其更加鲜灵与激越，反映诗人气质上的旷达与幽娴。

结语：几句闲话

娜夜具有一种素朴的感伤和人文情怀，对灵魂精神的执着成为她写作的经典标志。这种朴素的美是深刻的大美，令人感动，过目不忘。历史的厚重和现实的敏锐在淡然纯善的话语中互为辉映，独特高远的价值求索与匍匐在地的慈祥烛照令人温馨与宽慰，娜夜的诗歌在质朴中充满了带有悲壮意味的理想意愿，在很多方面挑战了当下诗歌写作难度的极限，且经得住时间和读者的反复考量。娜夜对诗歌的重要贡献是，她用自己的写作成就了诗歌独特的民族气质和命运特征。因此，笔者认为，娜夜是中国当代美学意识最干净最纯粹的女诗人。如果一篇文章结束时非得要腐朽落套地提点建议或意见的话，那就是，希望娜夜以后的写作稍许轻松些。使命永恒，人生有限。

辽阔的精神背景与朝圣的诗人身份

一

关于剑峰（原名郝剑峰）的诗歌，笔者曾有过如下的叙述："剑峰的工作性质使他成为绵阳诗坛冷静的旁观者，但又是一位勤奋的耕耘者，作品不少。他将语言附着在情感的流程中，以情感的准确陈述来显示诗人的灵动之感……这些诗歌中，我触摸到的是一位历经世事的诗人看待生活、人生深邃而又简练的目光。剑峰诗里没有某些年轻诗人的矫饰、嚣张、漫无边际与把玩，有的都是坚硬的极富质感的对清寂生活的提取，他平和地表达有意味的生活和自己的精神状态，随意松弛的陈述中蕴含着大悲悯和感受的大深度。"① 二十多年的诗歌写作，剑峰已形成了自己圆润完整的

---

① 张德明. 重返价值融注与捍卫诗歌尊严——世纪之交绵阳诗歌创作的宏观扫描［J］. 剑南文学，2014（06）：61-67.

美学价值体系。他不是一个专门的写作者，而是一个在现实中行走的人。本职工作让他经常接触苦难与哀伤，感受灵魂的压迫与人性的杂乱，领略俗世的荒凉与苍白，考察众生的彷徨与紧张，验证新的现实关系下物质环境与精神背景的猖狂角逐，持续还原一种理性的诗歌精神。在严密而强大的现实情景中，诗歌写作既是他的一种精神延伸，也是他选择的一种高贵的情感表达方式。作为现代生活的参与者和见证人，剑峰以职业书写人之外少有的情怀认同和支持着诗歌对心灵的慰藉。

　　海德格尔曾认为弃神和技术泛滥是这个时代的主要特征，人们孜孜以求的基本上是以行动目的为核心的现实关系，但这又是一个个越来越无望的残酷陷阱，地位也罢，金钱也罢，色欲也罢，效率也罢。他坚持认为诗人的吟唱和诗意的栖息是人类本真的生存方式。换言之，他以为，人类的现实关系之所以必须有诗歌在场，说到底是因为生存与生命的延续和保证离不开诗的参与。"全媒体时代的诗歌写作空间如此开放，而每个人的写作格局和精神世界竟然如此狭仄，每个写作者都在关心自我却缺乏'关怀'，每个人都热衷于发言表态却罕见真正建设性的震撼人心的诗歌文本。"[①] 在这个自媒体风靡的时代，人们的生活主张是如此丰富多元，诗歌的意义和价值规则也随波逐流，变得灵巧奉迎。在这样的背景下，诗歌究竟给了时代和读者多少意义生成？在诗人身份和表达精神普遍遭到质疑的大数据时代，诗歌为何，诗人何为？这不单意味着一种反思与检讨，更是一种对张皇失意又故作老成的诗歌写作状态的善意提示。全新的诗歌环境不仅改变了诗人的写作主张和真实审美状态，也改变了诗人与读者的价值互动，考验着诗人的理性精神和价值标准，生硬具体的物质世界企图以精神与理性的双重夹击点化并吞咽诗歌写作的文学生态，诗人的奋争与抗击比任何时期都更为急迫。

[①] 霍俊明. 二维码时代：诗歌回暖了吗 [N]. 文艺报，2016-01-15.

二

　　由于写作的需要，笔者比较集中地阅读了剑峰的诗歌作品，有了一个总体感受：在这个时代，诗歌日渐边缘化，不少文人的诗歌创作依旧沉浸在自我堕落的深渊，而剑峰却在当代诗歌掩耳盗铃般的美学谎言中坚持行吟于心灵之间，用自己绝异于人的生命体验书写着现实形态，在对生存的无限尊重中发掘背景的美德与价值，以独立的姿态实施诗歌使命意义低音区的顽强突围，用素朴精洗之笔勾连当代诗歌与社会现实、文化记忆，用恰当节制的情绪与持续的势头表达自己独特而激越的声音，赋予现代生活一种庄重与肃穆的精神面貌。或许，作为诗人的剑峰不是一位成熟的思想家，但他的写作的确又延续着对诸如"文明的尴尬""价值的沉沦"等问题的关注。更为重要的是，他时刻牢记国家与民族，他诗歌中布点颇高的价值蕴含，无不体现着国家记忆与民族认同，清晰地传达着取向精准的民族寓言：对家园和梦境的寻找。这种实在的、来自生命深处的悲慨助力着诗歌生命的绽放，绵密着较长时间以来诗歌对时代、人心的疏离，在竭力维护诗歌写作尊严和价值的同时捍卫个体生存的高贵和神圣，温润款款地展现着世纪之交万花筒般的当代生活图式。

　　剑峰恰如一个孤独而倔强的歌者。在当代诗坛的风云变幻中，他始终坚守阵地，以业余爱好者的身份在鲜花掌声聚光灯之外默默而有趣味地从事着一份高贵的事业，拒绝华丽，没有炫示，实属难得；他在繁忙的工作之余，坐拥洁雅不朽的缪斯情怀，数十年不悔，值得嘉奖；他身处喧腾胜景却心怀平静之心，在不少人选择阿谀奉承的现实环境中坚持初心，实在难能可贵。

三

　　据笔者观察，由于工作繁忙，剑峰极少参加文学界组织的各类会议。即使参加，他也尽量坐在角落，专注地听，绝不虚与委蛇，热闹喧

立体多元的经验世界
——消费时代的文学书写

器似乎与他永不沾边。剑峰这么些年来一直不间断地用他略显寂寞的歌声抒发对自我、对民生、对幸福、对苦难、对国家、对时代的个体感受。

> 晌午时分/天空晴和而静谧/一只天鹅/扇摇雪花般飘散的羽翼/奋飞在金甲玉鳞闪烁的湖面/飞向遥远的海之梦那边……假如天鹅消遁于尘世呢/这片城市的风景中/将会失去什么……
> ——《天鹅》

这首诗在温婉、飘逸、灵动中展示着恒定的坚持,并流露了些许忧虑和怅惋。诗歌紧扣时代脉搏,俯身向下,摆脱了单纯个体经验的非理性介入,诗人以诚恳的态度与生活对话,真诚坦荡而有痛感。剑峰以诗歌的方式关注生存境遇和社会生态,表达了极其鲜明的历史观和现实观,提供了一种形而上的穿透力。这首诗给我们带来了一种十分美妙的阅读感受,提高了人们的阅读兴趣,并使阅读变得轻松,意义的生成也在不言之中。

剑峰生活、工作在一个文学氛围很浓的环境中,同事的鼓励和支持,不断刺激着他的情绪世界。长期从事的职业使他成为对自我抒情不会有任何怀疑的诗人,这既是一种现代诗人恒久梦想得以实现的巨大欣悦,也是诗歌写作虚无主义背景下一种难得的精神自信和自省。在诗歌文本呼唤经典、诗歌写作更趋泛化、俗世物语更加"猖獗"的宏阔状态下,剑峰的很多诗作表现出童话般迷人的人文关怀,纯粹而敏感,这是一种来自生命本源的写作状态,或者说是一种几近天成的诗歌禀赋。换言之,剑峰放弃了对一种纯智力意义上的主题品质的刻意留恋,回归一种情感意志的本真形态。

> 一片镜湖落于天外/皑皑湍流荡涤/蒙垢之心——大地铅封/道观迁址/谁蛰伏于夏日高阳/寒蝉凄切……在城市零落的边缘/我们收割仅存的树林/无奈苍鹰随老屋炊烟/黯然离去/儿时矫健的理想/蛋糕般

坍塌/酸涩的浪花不时拍打湖岸/像饥渴的马群的嘶鸣

——《湖畔遐思》

这首诗是作者刹那间的灵感捕捉，以及对特定时空、特定事件的深刻思虑与深层反省。剑峰希望将现实感悟推向哲学存在的高度，形成对日常生活的过滤与整合。在他的作品中，江南美丽风物的隽永记忆被内蕴凝重丰厚的文本空间所取代。

四

剑峰的诗歌有一种挥之不去的孤独味道，笔者认为这是他长期的工作所凝练出来的。独立的判断、自主的意识以及拒绝平庸的态度，使这种孤独似雪山苍鹰，傲然尊肃。但这种孤独显然不是忧闷和悲戚，而是一种早已常态化了的静观彻察。这种特立独行的书写行为与参与方式，传达的是一个用灵魂和信念行吟于天地间的诗人对精神高地的占领。在诗歌美学意义的自然与纯粹已成美妙记忆和奢念的文学背景下，在虚假的喧嚣和空前的沉寂已成常态运行之际，剑峰却不识时务"在诗坛"地用自己独特的话语形式给诗坛送去一束理想之火，表现出一种负责任的知识分子精神。这种美学体验鼓励着我们的阅读，并使这种行为变得轻松顺畅。剑峰说："我承认当代诗歌仍在多元发展，而当下诗坛有点像个失眠者，躁动不安，不知所向。由于我们很难或者没有，也许不愿诠释和界定诗歌的价值和标准，于是人们分不清诗歌的真伪和好坏，也分不清普通写作者和诗人，诗歌和诗人的名号满天飞，乱象丛生。于外诗歌和诗人又像平常的异类，人们对其十分淡然和麻木。但我以为真正的诗歌仍会避开时代的规则、喧嚣和功利，经受住时间的沉淀，独立地客观存在，即使它可能被一个时代湮灭难以留存……我无意诠释和界定诗歌的价值和标准，而我们有幸生活在这个伟大和开放的时代，诗人应该写出好诗，人民热爱诗歌，诗歌正在悄然引导文化前行，诗歌是通灵的圣物，诗人需要冷静，更应该对诗歌心存敬畏。"

正是这样对时代的敬畏，使剑峰成为一个醉心于文化精神的思索性诗人，在创作中对某种经典文化考察所达到的深度和那种自觉的态度，令很多诗人难望其项背。他的诗歌始终没有离开现实社会这个依托，也从来没有脱离过程化的作为经验事实的真实的社会图景。可以说，他的诗歌是以生活实感、文化品格和精神秉性的完美融合而引起阅读注意的。

很多年/一个遥远的记忆/飘落在风中/在杨花初谢的季节/我们重新将它拾起/很多次/是神的造访/牵引断线的风筝/生命的意志/静静地被爱的烈焰灼伤……眼前无数条沟壑纵横/被深冬的霜风冻结/我们如履薄冰/相聚和别离/如同大海上那盏/忽明忽暗的航灯/生活沉重而光明的目标/牵引我们的脚步/错过一次机会/也就错过很多年/我们重新拾起的/是梦的碎片/和思念的羽毛

——《梦的季节》

在这首诗中，剑峰用精美的童话"对抗"混乱不堪的精神世界，"爱""霜风""思念""相聚""别离"等语词，虽然表现了与现实博弈的态度，但诗人关注的却从来不是博弈的结果，而是诡谲的人生是如何被时光解除武装而丢盔卸甲的。诗人并没有在诗歌中明确任何主张，只表达一种擦肩而过的深刻意味，不阻拒也不抒情。这种回望不是来自俗世的惋叹，不仅让作品增添了几分亲切，更透露了一种超然的眼光和能力。这也从另一个层面勾勒了生命的不易。这种点化表明了诗人某种刻骨难忘的经验仍在起作用。诗人的思想是飘逸潇洒的，它时时拷问着阅读，使我们看到的是历时与共时的巨大反差和隐含的莫大讽刺，一种高洁的精神从诗人俗世的躯壳中穿过，平和而宁静。

五

剑峰是一个能够真正感悟生命意义的人，这使他的诗歌写作背景宏阔，情绪纯真而自由。获得诗意的栖息是人们的美好愿望，按照海德格尔的观点，诗是真正可以让人栖居的东西，只有出自生命本原的自由迸发方可抵达这种梦想的境地。评论家张学昕说："诗歌的抒情和言志，相对于我们表现的具体生活或精神存在而言，是可以用两个词来描述的，这就是'风花雪月和生死歌哭'"。[①] 虽然两者都会成为剑锋诗歌写作的重要话语标识，但他二十多年的写作经验似乎在告诉人们，他更倾心的还是那些对时代、现实、生存、社会、人性、责任、担当等关键词的思考，以表达对灵魂的留守。剑锋珍视自己作为诗人的灵魂尊严和人格价值，而用文学的努力给浮躁的世间唱着安眠曲。对于生活中难得的人、事、景物，他总是倾注情感。尘世喧嚣，入定极难。对于物质世界，他保持了一种平实质朴的眼光，超越了现实语境之下的艰难与沉重、留恋与艳羡。"他们直接以诗歌和生命体验对话，有痛感，真实、具体，是真正意义上的'命运之诗'。与'草根诗人'现象相应，诗歌写作的题材化、伦理化和道德感也被不断强化，底层、草根等社会身份和阶层属性得到空前倚重。"[②] 剑锋在温暖无边的人文情怀中找到自己辽阔的诗歌精神背景，并友好提示人们应该保有一种基本的生活警觉。"历史已远，其间的是是非非，似乎与今人的生活没有多少关联，没有必要在这上面较真。持这种态度的既包括普通百姓，也包括那些知识持有者。然而我想，这种集体'不当真'中潜藏着无尽的危机。"[③]

    风起了/雨的迷局漫延大地/此刻身体走失/在酒醒之前/城市仍泥泞/语言的规则/如脚踝难以自拔/血液试图挣脱皮肤……当玫瑰被滥用/郁金香的律动/暗示这座城池/垂死的美/这是一种界线/从雪地遗忘/用一盏盏孔明灯/我们麻醉生者/越过炊烟生起的/罪过……她们歌舞升平/是击碎偶像的利器……当劳动漫无目标/只剩下这空心的欲火

[①] 张学昕. 呼唤诗歌的野性——综合性文学刊物 [J]. 当代作家评论，2009（2）：109–112.
[②] 霍俊明. 二维码时代：诗歌回暖了吗 [N]. 文艺报，2016–01–15.
[③] 尤凤伟. 鱼在树上歌唱 [J]. 文艺争鸣，2007（6）：59–61.

/时间悬而未决……我们迷失在/通向彼此的河流，时间悬而未决……让我们无地自容/时间悬而未决……让我们痛失伊甸园/时间悬而未决……在城市夸张的面孔下/为什么不是/枫树和柠檬照亮/时间悬而未决……

——《时间悬而未决》

这首 200 余行的长诗暗示作者在现实杂乱无序的精神世界中找到了一种非常动人的东西。尽管，面对当下的现实语境，诗人的诘问是较为沉重而困难的，但温和的诗人却以苍凉的韵味抒写了现代社会的人生百态和精神面貌，十一个"时间悬而未决"回答着诗人的精神忧虑，赋予了辽阔的写作背景以沉重庄严与肃穆的精神品质，既有礼赞也有审视和警醒，保持了与对象的理想距离。笔者甚至认为，这首长诗可以被看作反映世纪之交中国社会人文变化的一篇日记，它刻录着一段二十来年的个人经历。剑峰用独特的话语方式言说精神生存的尊严和神圣，肉体与感觉、感情与理性的分裂与悲慨、堕落与挣扎，深情地展示了温婉深层的生存关怀。诗歌强化了剑锋的精神，让他保持敏感，不被固化，让他更具爱心和诚心，成为一个丰富而有趣的人。剑峰在热闹和沉寂中毅然表达着对精神世界的坚守，用思想和激情康复诗歌现实哲学意义的血脉和传承。

六

读剑峰的诗，我们能真切感受到他判断事物的朴素标准。"而朴素，其实是一种丧失得越来越厉害的东西，说不定这种东西终将失传。在这眼花缭乱的世界，朴素也许只能被用来怀念，而不敢奢望它改变现实，变成现实。"[①] 剑峰的朴素在他那种孤独倔强的写作态度上得到充分体现。他像一位"苦瓜诗人"，二十多年来凭坚定的意志实现自己对精神世界的竭力描述。当一些诗人使诗沦为轻浮品格的玩偶时，剑峰却在尽力挽救诗歌

---

① 张新颖. "不纯"的诗 [J]. 当代作家评论，2002（2）：109—112.

原有的雄浑而宏大的社会文化和情感背景，坚持个人操守，在创作中表达对生命、对生活、对现实、对人类最起码的尊重。这或许正是笔者倍加珍视这位身处热闹之外以宏大而感人的沉默对生命、对世界给予正直而温情关注的诗人的原因。在当今诗坛，这种真诚的行为本身就值得敬重。

　　你身体的模具/携来别人的身体/你总是说/她的血里有你的一半，你喂养她/打扮她，去菜市场为她买菜/把她送到工厂的流水线/去装配打磨，你完美地/呈现你创造和培养的艰辛/为的是你的权威和拥有她的未来/其实在这个模子里/一张无形的网中/她与生俱来就知道一切/她是胚胎时就能听到/你说的话和看到你们的秘密/她没有诞生前就会做梦/大大超越了你的禁忌和想象/正如你儿童时期的恶作剧/和各种冒险的事

——《分裂的孩子》

剑峰在诗作中展示了一种触目惊心的存在，其中的痛楚、烦闷、荒诞、欺骗、惆怅、疯狂与诗人的自洁发生着尖锐的对峙，审美经验的断裂使情感落差十分突出。诗人感悟的生活实况与内心情怀相互纠结，成为一种精神探访。在《秋雨》《意外之景》《在路上》《影子》《城市深处》《彼岸》《你和我》《盛年》《旅行》《城市病毒》等诗作中，都有类似的美学表达。这种慈祥的日常性书写，没有功利的焦虑和掣肘，真相的意义更加实在而具体。这些作品绝无投机取巧的圆滑，体现的是见血见肉的真诚。

七

"诗人们和全社会一道正在品尝失去理性的苦果，他们心中只有理想的残片。这些残片只够他们在静夜更深时感受到痛苦并能舔舐自己的伤

口。而优秀的诗人们所能做到的只是保存着自己不在喧嚣而过的尘土中丢失。"[1] 精神的残缺和心灵的疲惫使诗歌远离深邃和悠远,人们从海量的写作中看到的是拖沓、乏味、失意和情感的失控。二十多年来,剑峰靠着诗意和虔诚保持对现实的敏感,这是一种最纯粹最新鲜的状态,使他对生活、对时代持有崇敬之意和尊严信仰。他没有将诗歌创作视为一种工作,却倾注了巨大的心力,在温暖读者的心灵和拓展自己的精神向度的同时,竭力展现这个世界的美好,发出美妙和高尚的声音。

> 暮霭沉沉/老去的雪/指向你的四季/流沙随风起落/命运向西/剔骨刀般严密/走过你的1938/父亲,我们未曾谋面/我就成为你的必然/那一年,家国飘摇不定/祖父守着他的口粮/越过你的宁静/在没有天空的背景/同一坐标固定我/曲折表达的面具/当生活被渡鸦借用/你距时代渐远/唯有蹒跚的步伐/和整天的沉默/打动我
>
> ——《给父亲》

作为一位人生历练丰富的诗人,剑峰拥有许多诗人不具有的"刀尖上安眠、重轭下轻松"的豁达与宽怀,这使他具备洞悉世事的眼光与能力。在诗人对父亲的诉说中,我们看到了早已陌生的古典情怀,感受到一种久违了的文化情绪。"蹒跚""沉默""口粮""1938"等语词,再现着那段不堪回首的岁月,表达着对父亲的思念。这种记忆寓言掂量着生命存在的时间意义,是历尽艰难后的精神回归与冲淡,集温柔和丰厚、博大与透明于一身。这些"去浪漫化"的艺术结晶,不仅体现了一个诗人的成熟与优秀,更是其身份的充分表达。它们形成了剑峰的诗学品质,也成就了他的表达技艺。

---

[1] 丁宗皓. 理性的坚守者——华舒诗歌论 [J]. 当代作家评论,1998(2):84-88.

八

  作为一位优秀诗人,剑峰保留了对现实生活的最后一丝信赖。他虔敬于心,与大地对话,始终保持谦逊的姿态和圣徒般的诗人情怀,用悲悯和感恩之心看待世界,敬畏生活,在烟波浩渺的嘈杂生态中胸怀宁静。他目睹众生在焦躁的社会中沉浮,却时刻提醒自己为他们寻找栖息之所。这种有呼吸、有温度、有深度且睿智的诗歌是离人心最近的书写。

  阅读这样的诗歌是幸福的,诗人的存在因此获得意义。

温暖无边的古雅诗学

江苏诗人王学芯近几年的新诗写作让笔者眼前一亮。他温情而执着地在逼近自我的过程中铸造诗魂,坚守文学的庄严、神圣、高尚与优美。他是真正本着良知和坦荡向时代执言的诗人。在诗歌写作这场人生马拉松中,在功利和唯美之间,诘问和考量都在他的掌控之中。他在此基础上进行着不同凡响的新诗书写探索。他的作品是交织着悲悯吝惜与温情暖调的生命之歌,源自诗人敏锐深幽的世事观察。在这个时代,王学芯为我们提供了另一种文学标本,这是他三十多年诗歌写作经验给笔者带来的启示。

情感惦念与诗人立场

韩少功曾说:"我们的文学正在进入一个无深度、无高度、无核心及没有方向感的扁平时代,文化成了一地碎片和自由落体,并在一种空前的文化消费语境中,在获得前所未有的'文化自由选择权'的情况下,反而找不到自己真正信赖和需要的东西。"[1] 消费文化的盛行陡增了诗歌对人性世界发现和书写的难度与限度，从事件的生活到表达的生活逐渐走样，形成了俗世传奇与生命体验的内在大断裂。而王学芯是一位现代意识很强的诗人，他将眼光向内，怀抱严肃谦逊的精神态度，致力于书写那些"看不见"的事物。他以平等的视角和姿态，拨开隐秘世界纷繁莫测的迷雾，打捞这个时代众生的生存真相。他在作品中表达了深沉而忧伤的情怀，做到了抒情的柔仁之美和尖锐沉思的完美统一。一个诗人，只有具备了深刻的人文关怀，才算优秀；优秀的诗歌作品，唯有传表了浓郁的人文情怀，才有阅读的必要和传世的可能。王学芯具备一个优秀诗人所应有的整体情感素质：祈祷——对现实世界虔诚的瞩目和追问；仰望——对人生经验透彻领悟的虔敬态度；质朴——用自己真实的人生墨迹与大地对话；沉思——用绚烂生命灵魂之痛的练达通会获取作品的巨大宁静；吟唱——在谎言无处不在的时代话语中以诗的名义和形式谱写令人动容的纸上牧歌。这既是他诗歌创作中五个重要的关键词，也是昭示他审美世界的诗人立场，更是他永不改悔的诗歌宣言。

王学芯出道以来，在《人民文学》《诗刊》《星星》等重要刊物发表诗作500余首，先后出版《双唇》（1993年）、《这里那里》（1995年）、《偶然的美丽》（2003年）、《文字的舞蹈》（2004年）、《天上的草原》（2007年）等诗集。对于上述诗集笔者做过一个综评（见《当代文坛》2014年第2期），抒发自己的感受：王学芯的诗歌写作不是应景，不是为稻粱谋，更不是为别人梦寐以求的名利，而是他生命的自然流泻，是生命泉源的张弛有度的奔放与彰显。卡夫卡在致裴丽斯的信中曾主张："什么叫写作，写作就是把自己心中的一切都敞开，直到不能再敞开为止。写作也就是绝对的坦白，没有丝毫的隐瞒，也就是把整个心身都贯注在里面……但是，对写作来说，坦白和全神贯注却远远不够。这样写下来的只是表层的东西，如果仅止于此，不触及更深层的泉源，那么这些东西就毫无意义。"[2]

---

[1] 韩少功. 扁平时代的写作[J]. 新华文摘，2010(6)：87—88.
[2] 伍蠡甫，胡经之. 西方文艺理论名著选编（下卷）[M]. 北京：北京大学出版社，1988：298—299.

作为一个优秀的诗人，王学芯既不回避公众性话题，同时又能将公众性话题转化为个体话题，加以独创性的阐释，尤其是他能从人们熟视无睹的生活万象中发现并创造话题，唤起读者的注意。王学芯的社会身份是多样的，但笔者更愿意把他视为一位真正纯粹的诗人。他与许多诗人不同的是，他的写作是完全从自己血液的呼唤和真实的人格出发，甚至超越了社会为其规定的身份设置，从现实的人回归生命内在，发出自信而优雅的声音。能在文学上立足的诗人（也包括各体作家）一定是有能力提出并坚守一种精神哲学的人，古今中外，庶几如此。王学芯以独特的生命经验和个人话语，在当代诗坛占据了一席之地，实在可嘉。

王学芯的诗歌发散着一种快乐思索的人生智慧，体现了彻头彻尾的思辨意志和圆润的人文眼光。他像地质勘探者一样勤谨、踏实，自信而不争，时刻提醒自己保持现场者的精神主动性、警觉性，尽其所能地抵抗现实的限制，自然而自由地扩张书写的精神疆域。在并不太长的对经验和语言的深切烛照中，他找到了自己的诗歌生命之脉。他的诗歌质量稳定，想象奇异，辞采瑰丽，佳篇颇多，很多作品具有令人震惊和惊喜的美学效果。

当代诗坛中清醒而独立的诗人不在少数，但王学芯似乎走得更远、更孤独。在大数据时代的背景下，他竭力寻找自己的心灵依托，不断拷问灵魂，冥想未来，自省启悟，总结人类文化精神的核心价值和斑斓人生的时代意义。在和王学芯有限的几次接触中，笔者形成了如下短时间内很难被扭转的看法：面对形形色色的诱惑，王学芯始终保持心灵的端方，其作品并没有沉沦于念想，而是表现普度众生的慈善心肠和义无反顾的献身精神。当这些质朴与机智、真诚和迂曲等气质表现得顺风顺水、一气呵成的时候，王学芯之诗作势必成为这个时代别有意义的卓绝风景。

王学芯很多诗作表现的沉重价值内涵与诗情观照，始终投向大众故事中关乎人们生存的本质性的东西，将个体经验自觉内化为平民书写的亢奋。

为了寻找福地我们在地图上/进入皖南溪马小村　为了喉咙/为了

一滴干净的水分　我们/从蓝藻的水边　从空气悬挂颗粒的水边/坐在漫不经心的溪马河边/水看见我们　我们也看见/野鸭和跳水的绶带小鸟/看见黄昏的太阳　孤悬山岗/如空中围合的透气玻璃/我们像被保护在里面/……无法述说我们对明天的/忍耐　像昨天水边的突然惊呼/鱼翻开白色的肚皮停止游动/……

——《黄昏的溪马小村》

在这首诗中，王学芯希望通过对自然的深度描写，展示人类伤害自然的种种无情与残忍的行径，预报人类生存时空的岌岌可危。他也希望借助这样的一般性判断，警告人们更好地认识自己，善待自然。这样的世情意识，诚然属于个体经验，但同样属于民族经验，是对人类最普遍价值的细腻精妙的典型传达，没有半点高高在上的浅薄媚态。

张炜说过这样一段令人印象深刻的话："一个人只有被淳朴的劳动完全遮盖、完全溶解的时候；只有在劳动的间隙，在喘息的时刻，仰望外部世界，那极大的陌生和惊讶阵阵袭来的时刻，才可能捕捉到什么，才有深深的感悟，才有非凡的发现。这种状态能够支持和滋养他饱满的诗情，给予他真正的创造力和判断力。舍此，便没有任何大激动，人的激动。"① 笔者认为，这用在对王学芯诗歌写作状态的归纳上简直再合适不过了。对物质世界和精神经验的苦苦思索直接影响了王学芯对书写对象干净纯粹的判断，影响了他对简约、素朴诗美的喜好和追慕。要知道，这是一种古风的承受，有着平民主义美学的典型特征。文化的抽象精神自动向形而下的民间智慧转移，并将其生成为一种人文理想，一种纯然的美德和诗歌境界。它使诗歌写作对人类变幻复杂的精神记忆的忠实记录成为可能。

月在池塘的怀里　如同/深切问候　纪念不可陈述的过去/你久已消失　在渐远的路上/这个场景　忧伤的位置/你的身材如发飘逸　所有的柔软/由近变远/出现心底之上景象/这个肖像沉淀已久/间隔问题

---

① 张炜. 张炜文集（第六卷）[M]. 上海：上海文艺出版社，1997：311.

举止里的言语深入/树丛有真正的爱情/月在非常干净的池塘/天空有云的倒影 动情之处/已经没有一缕波纹/此刻月在静静站立在过去/无意义的涟漪从内心飘走

——《忽然，那肖像》

王学芯既是春天的代表，也是冬天的使者，他所叙述的不是无边的激情和挑衅意味十足的疯狂，而是非常古雅的理性。他用敛息屏气的方式将强烈的情绪感受聚合于内心深处，即便是描述那些浓厚的经典记忆，也将其升华为异常独特且明净淡远的诗歌境界。这是王学芯与现实毫不妥协的短兵相接，也是他投出的令人感佩的人道主义长剑，更是他面对苍穹写下的心灵自辩词。《梦》《涌浪》《黄昏看海》《悬挂一幅画》《一盏灯边的狂风》《最后的母亲》《擦玻璃的人》《零时偶感》《太阳雪》《阴影》《诗人看树》《梦语》《伫立山坡》《城市边上的一条河》《夜宿深山农家》等，都很好地体现了诗人所坚持的卑微而有尊严感、内敛但有道德力量的朴素而民间的诗美。他以诗歌的形式感动大众，和他的同仁们以诗歌的雍容肃穆捍卫着中国文化的精神高地。这种文化觉醒是王学芯对时代生命精神的深切惦念，他在文本之中潜藏着以人格范本应对时代变化并进行文化提示的诗人立场，温暖无边。

良知书写与精神故乡

诗歌源自生活，诗人理应将自己对现实的美学判断融入写作，继而瓦解这种判断，回归淡然，再还给生活。同时，诗歌遵从本色写作，着力找寻茫茫的人生未知和主体内在的隐秘世界，在世俗与诗意的尖锐对峙中坚持自己的梦想。在这个时代，诗歌写作应该成为一项令众人景仰的事业。遗憾的是，尼尔·波兹曼在《娱乐至死》中描绘的令人绝望的精神枯萎却在当下诗歌领域如宿命般不期而至。尽管有迹象表明，当代诗歌有望重现辉煌，但眼下暂未看出这种迹象。在王学芯诗歌里我们能感受到低沉而雄健的音色，能感受到自然、静穆的美学境界。笔者发现，王学芯是内心非常柔软之人，也是一位殷殷仰望宇宙宁静之人，他渴望众生皆能平安。这与他的审美哲学有着某种程度上的神秘暗合，越是激越的入世反而越能催生回归内心的渴望。在读了他天籁般的文字后，笔者才真正懂得了隐忍对诗人来说到底意味着什么。王学芯在诗作中表达了对人类精神故乡最后一份深情的留恋，可以说，这些是灵魂干净的诗歌，诗人以神圣的涅槃仪式般记录着历史。

  鸟在玻璃上飞　鸟在玻璃的森林中惊慌失措/光与影　鸟寻找失群的姐妹/它看见有鸟飞过/它追逐　撞上玻璃　摔倒在地/又急促地/拍翅而起……鸟在高楼的狭缝里无从穿越/玻璃合围　如入多棱花筒/眩晕中　它看见许多个自己/撞上又一堵玻璃/许多只鸟　一起纷纷坠地……可怜的玻璃之鸟

——《玻璃之鸟》

  诗人敏锐的判断力使作品充满了深深诘问和强烈嘲讽的意味，帮助人们从盲动的热情中警醒过来，恢复对被伤害的生命形态的记忆，表达了莫大的悲伤与愤懑。

  一滴水从远山或远方/几千米地下飘来　挂上嘴唇/在我的天空　在我的屋内/纯净地闪耀/我的心已坠落千山万壑的悬崖……在一只搁久的空杯子中/是茫茫无边的水域/天是灰色的　太阳/碎成雾一般的粉尘/涉水的脚　喉咙遥不可及……一滴水浸润他乡的泥土/原地呼吸的道路　仿佛/梦在改动我们的地名/我们在希望之外/在油污的时间里/一次再次　排放更多的语言泡沫

——《一滴水》

  在传统的诗歌里，"水"的意象往往与美、生命、成长有关，但在这里，王学芯把它当作现实污瘢的象征物，目之所及所有物件都遭到践踏，意味着人类生命本源的日趋干涸。这种诗歌意象恰好对应了现代文明中的某些病况。

> 如同搁久的手镯/我昨天见过的古村落/每条街/每垛墙/还有一直醒不过来的光线/都是黯淡的……黯淡的古村落/如同一段旧情/丢失在崇山峻岭的山坳里/山坳里的光是明亮的/而明亮的光/碰上旧情也抑制住了笑容……古村落蹲在黯淡里/望着青石板上很深的车辙/不再回忆/不再喘息/只是安静地/梳理黯淡的思绪

——《古村落》

在人与自然关系较为紧张的今天,王学芯坚持用优美的语言与坚定的态度抒写这个平凡的世界。与其说这是一种从容的智慧,不如说是滚涌的激烈情绪让诗人坚持自我。

> 徽人把一根长长的草绳/抛进山林/系在腰间/串起巨大的天目山脉/就像打开的山门/徽人变成了徽商……山里多雨/太阳闷湿/草绳历经岁月时断时续/徽商的视线/曲折几千年……徽商响遍大地/卸下的草绳/挂起锃亮的金匾和声誉/而西服或绒衣/腰间的褶皱/都留着草绳的痕迹

——《吴越古道》

实话说,这样的诗句虽然算不上什么箴言妙句,但至少读着清爽,有着原始古朴的镇静感、实在感。

> 因为仰视才有塔的存在/只有弥久不低的高度/塔是一种说不出来的话/是牵动内心向往的目光/多少人朝着自己的耸立/眼睛　为仰视而飞扬/为高度而虔诚……多少人堆垒起自己的塔/为一块砖的寻找/垫起岁月的代价

——《塔》

有人认为，回避崇高有助于人在反思中认识自己，把人对象化，还原世俗相。然而，这些东西在义正词严的正面价值面前，又因失去自信而显得委琐渺小。崇高的倾覆势必造成精神危机的猖獗，深怀良知的诗人必须用加倍的热情呵护那种强大的精神反拨。正如福克纳所说：作家的天职在于使人的心灵变得崇高，使他们的勇气、荣誉感、自尊心、同情心、怜悯心和自我牺牲精神——这些情操正是人类昔日的光荣——复活起来。以这样的标准来看，王学芯做得很好，独树一帜的才气和继往开来的气魄在他的作品中浑然合一，体现出一个优秀诗人的大气、朴实和情感旨趣。只有拥有这种渺小的伟大，诗人才是可敬的。这是迈向大诗人的必经之路。

王晓明曾说："今天的诗人能否创造出真正优秀的诗歌，关键是在他能否以自己独特的方式，深切体验到来自他今天生活中的诗意，他的整个心灵能否因此而猛烈燃烧，酝酿出表达这种体验的充沛的诗情……今天的诗歌需要的不仅是才气，熟练地调词遣句的能力，对古代或西方诗歌的修养，对'颠覆'之类策略的兴趣，而更是一种原初的能力……一种一旦投入诗创作便念怀一切，无暇他顾的能力。"[①] 诗人不能眼睁睁地看着人类那些鼓舞士气的精神维度土崩瓦解，孤傲地向往叙述的夜宴和手法的自娱。人类生存意义的哲学思考才是诗歌写作的自觉。

王学芯生于北京，长于无锡，江南那片清幽的山水给了他无限的精神与人文滋养。传统意义上的江南是一片水乡，肥沃的土地、绮丽的美景、曼妙的女子……一切都令人遐想无边。元代辛文房面对那片灵山秀水曾经发出了如此深情之感叹："余昔经桐庐古邑，山水苍翠，严先生钓石，居然无恙。忽自星沉，千载寥邈，后之学者，往往继踵芳尘，文华伟杰，义逼云天，产秀毓奇，此时为冠。至今有长吟高蹈之风。古碑石刻题名等，相传不废。揽辔彷徨，不忍去之。"[②] 江南漫游早已成为一种文化时尚并以一种古风的形式在文人雅士中固定下来。这种极具地域色彩的文化追随与中国许多历史时期的文学发展有着非常亲密的关系。面对这样一块风水

---

① 王晓明，罗岗，陈金海，等. "戈多"究竟什么时候来？——从后朦胧诗看八十年来的新诗发展［J］. 花城，1994（6）：198-195.
② 辛文房. 唐才子传［M］. 沈阳：辽宁教育出版社，1998：77-78.

宝地，身临其境的历朝文人表现出了永不衰竭的朝圣激情。当然，人文意义上的江南似乎又是消弭斗志、偏安一隅的代名词，名声多少有些暧昧。当年杜牧那令无数后世文人为之神魂颠倒、心仪忘情的"扬州梦"就是明证。然而，新时代的经济大橹，搅动着江南的旧梦，让千姿百态的妩媚江南站在了平息众生欲望的刀尖上。物欲的浊浪泡沫翻飞，令无数诗人仓皇离场，庆幸的是，真正的诗人却在此时获得了思索的空间。

《间歇》（四川文艺出版社，2014年版）"沿运河向南""故居的映照"两辑共53首诗作的大部分都书写着王学芯的精神故乡记忆，仅从标题读者就能够领悟其传达的使人神往的灵秀江南的神奇魅力。王学芯笔下的江南故乡，很明显包含了物质层面和精神层面双重指向，前者的话语功能只是作为后者叙述上的哲学依托而存在。"作家的家乡，不一定都是作家精神的故乡。作家的故乡可以有爹娘赐予，而精神的故乡则必须靠他自己去寻找，在寻找中营造。"① 在这个时代，许多诗人已经失去了精神故乡，他们在寻找精神故乡的过程中艰难跋涉，逢山遇河，少有坦途。我们可喜地看到，王学芯的作品处处体现了他对精神与生命故园的钟情和苦恋。他的诗歌中含蕴着一股神秘的力量，它不仅净化了诗人的灵魂，也迎合了读者对神圣性情的呼唤。"江南"已经不是地域意义的水乡，而是生命的故乡，也是诗意栖居的地方，为诗人提供了安放圣洁心灵的净地。

透过山顶的树叶　寂静的山谷/这里真实的每一丝雾　像巨大的漏斗……直至浸满山谷　浸满房屋和田垄/无限而超量的堆积/从豁口溢出　山在天空中消失……那座三十年以前的低矮房子/盖着羽毛形状的瓦片　小窗的/玻璃看不清过去的日子/旁边一棵斜靠在路口的山楂树/在云雾中泛出薄薄的光……这个黄昏在山丘有种绢丝的/温和正在牵动夜晚的灯光/且在灯光中吮吸/那些夜的轻声重复

——《山谷里的雾》

---

① 阎连科. 寻找精神的故乡 [J]. 文学评论家，1991（2）：62－63.

在众多江南故里的诗情书写中，王学芯是非常突出的抒写灵手，他得益于一种特别的语言。经过二十来年的漫长研磨，这种语言已经在他那里变得乖顺灵巧，光滑受用。"老屋""田垅""云雾"等都是日常俗物，看似缺少刺激性，却因为特殊的人文江南而变得极易入口入心，正是因为"江南"的介入，那些琐碎不堪的东西成为令人遐思良久的物件。王学芯的作品通过古色古香的迷人化境消解了生命的虚无，用优雅的叙述隔绝了社会的喧闹，保留了典雅、纯洁和高贵。

从一定意义上说，文学就是回忆。可是，商业化的跫跫之音使行色匆匆的人们变得健忘，不愿直面现实、回望过去，这是值得深思的。王学芯紧紧依偎自己的精神故乡，他的文字与名扬天下的水乡丝丝相连，写得放松而自然，幽默无边。他用浑然天成的声调翻来覆去地演绎着一份黏稠的生活，让读者接受一份特殊的审美满足。

下雨了　雨滴玩起一种/不经意的地面游戏/向很远的祖母方向滑去/完美的球/任意滚动/像一个孩子背后的视线/把日常的平淡无味/变成水的发光/……一本书　在离雨几十年的地方坐下/几行充盈的雨/隔着光碰上玻璃跳跃/像在祖母膝盖撞痛的瞬间/滚进现在的雨中/……有些记起的雨/脸盆放上漏雨的床边/水珠在房梁的橡上形成/滴落的回声/闪过脸盆移动的手指/溅响在此刻的书边

——《有些记起的雨》

江南水乡最重要最勾人心魄的意象——"雨"在这里有了形而上的意味。诗人以一颗涤除玄览的童心烛照对象，那些充满欢畅和寂寥的点点滴滴，是人们共同拥有的感觉和记忆，代表了一种群体审美认知。江南是王学芯诗歌美学的人类学参照和对比，成为他精神还乡的内在动力。这是对自然江南的刻骨信仰，那里是诗人生命激情勃发的地方。诗人的写作表达了一种非常难得的水乡情韵与大地深处洋溢的无处不在的精神品质，具有非常明确的穿透江南故乡的灵魂之思与道德底线。

结语：几句闲话

　　行文至此，笔者发自内心地为王学芯感到骄傲和自豪，他如此专注于传递诗的星光，并且被一大群依然执着于女神之恋、仰望精神天空的读者所接受，以稳定的诗歌风格，创造良性诗歌态势，实属不易。当然，我们也不得不说，王学芯的诗歌也有诸多尚待打磨、精纯之处，有时因为个别材料的处置粗疏、随意，降低了诗歌的活力和蕴涵。但是，作为读者，笔者对王学芯的诗歌写作怀有更高的期待，也相信这种期待是有现实价值的。他是一位"内力"很强的诗人，不会停留在既有的成就上，而是不断探索精进，立志为当代诗坛提供更多的佳作。

价值对峙的美学突围

迷狂时代的精神价值探索

近年来，与军事题材中短篇小说创作蒸蒸日上的势头相比，同题材长篇小说写作却出现了耐人寻味的沉寂。在新的文学境况面前，如何提升当代军事文学写作的人文价值、如何不负众望地书写当代军人的使命担当、如何让文学成为迷茫时代精神价值探索的前锋，是当代军事文学创作者需要解答的问题。

王甜的军事题材小说正是在这样的背景下脱颖而出的。她1998年从大学中文系毕业，应召入伍，在军队生活了近十年时间。她2006年开始专事写作，逐渐为读者熟知并喜爱。2009年，她的两部作品（《集训》《昔我往矣》）获评全军军事题材中短篇小说一等奖，并被《人民文学》《解放军文艺》《当代》《十月》《上海文学》《小说选刊》等刊物转载。其长篇小说《同袍》（解放军文艺出版社，2012年版）使她进入优秀军旅作家的行列，这部作品也成为她的代表作。

《同袍》是王甜出于创作的自觉和对长篇小说这种宏伟文学体式的偏

爱，凭着一种强大的韧劲，卧薪尝胆后所取得的重要成果。商业世界的纷繁复杂，牵引和分散着一些作家的注意力，但王甜不改初衷，对军事题材长篇小说一往情深，潜心书写，终获成功。

现实担当与信仰惦念

写下这个小标题时，笔者的心中一片苍凉。形成于商业时代的消费主义文化关注个人幸福与人生享受，淡化精神承担，已逐渐成为屡遭诟病而追随者众多的感伤主义情怀。正如陶东风所指出的："日常生活需要的满足成为相当部分大众的基本目标和生活理想，文化的生产与消费呈现为大众享乐动机的赤裸裸的满足，处处洋溢着感性的快乐情调，沉浸于日常生活直接满足中的大众，不再追求自身生活的历史意义和价值深度，而是主动寻求能够体现当下感官满足的文化活动形式。物质功利主义的企图直接引入了日常生活审美化的过程，使得所谓'审美'与人的物质欲望之间产生了一种深刻的同构与互动。"[①] 许多当代作家在市场的"点拨"下，将作品等同于"商品"，将对大众日常生活需求的迎合与满足理解为作家审美趣味的直接表达。文学作品必要的批判性、精神性被严重削弱，温暖、宽容且充满希望的写作越来越少，越来越珍贵。

笔者非常欣赏王甜的一个十分重要的原因是，在不少作家将欲望、丑恶、黑暗写得惊心动魄之时，她仍坚持保持清醒，对速朽的物质快乐保持着合适的距离和警惕的态度。这是一种理想的节制，笔者将其视为一种美德。她是同辈作家中能够将生命热情与文学使命巧妙结合的少数人之一，她对文学的忠诚和对人类精神激情的固守让人感到温暖且感动。

《同袍》描写了28名地方大学毕业生签约入伍后，从学生到合格士兵、军官的人生经历。作为军旅生活的亲历者，王甜对那一段生活刻骨难忘。在写作中她一方面真实展现新的时代环境下军队生活的某些变化，描

[①] 陶东风. 告别花拳绣腿，立足中国现实——当代中国文论若干倾向的反思 [J]. 文艺争鸣，2007（1）：6—24.

写真实军人生活，回归本真，刻画军人的形象；另一方面，王甜借助对一群年轻军人的书写，希望找到一种对崇高精神和英雄信仰的新解读。《同袍》不露痕迹地借助生活的观察者，即那一群年轻军人的眼光观察军营、认识军人，塑造出新一代的军人形象。如此的视角，如此的距离，使王甜获得了一种十分理想的评价和认知体系，能平衡而客观地对叙述对象做出美学评判。

王甜是一个活在自己精神世界的作家，《同袍》呈现了在当代很多作家那里很难看到的东西——坚强、温暖并充满希望的生活。在那一群年轻军人身上，我们看到的是高远的心灵，以及为实现梦想而奋斗的激越人生。当下，有不少作家把大众生活简化为欲望场景，对生活真相的追究呈现出越来越致命的乏力，这种拷问的贫乏常常致使作家对生存真相和历史时代的考察变成勉为其难之后的信口开河与无的放矢。在一些作家眼里，世上已没有多少值得珍视的东西，因此，他们作品中能够让人性站立起来的力量几乎无迹可求，相反，价值的无归与精神的屈服却随处可见。

《同袍》表达了对军人的敬仰，充满了生命的活力与张力，布阵着一个时代和国家的希望。小说突破性的意义或独特贡献在于，它传神地构建了一组特殊的人物形象——刚出大学校园的男女学生。小说写出了他们身上所具备的有理想、有追求、勇气十足、拼搏向上的军人品质，作品所涉及的军营生活的各个方面都有别于已有的军事题材文本。从军报国是热血青年的无悔选择。依托国民教育培养军事人才的决策为莘莘学子携笔从戎实现人生梦想提供了无限契机。王甜站在一个军人的角度思考军队给人带来的成长，思考人在军队中的命运，用一种动人的信念，勾连读者的灵魂生命。作品中28位大学生军人在经过两个阶段的紧张训练后，积极向上，不服输，不言败，都希望自己能够出色发挥，为完成集体使命互相帮助、共同进步，这种激越阳光的昂扬氛围与一些作品中尖刻的钩心斗角相比，是很值得珍视的。作品中几个重要人物如王远、肖遥、路漫漫、江成龙、汪晓纤、赵嘉英、钟爱等都写得非常传神，在他们身上我们谛听到作家在阐释精神荷载、爱与信仰、成长记忆等文学终极命题时的个性化声音。

王远是一个有思想、有主见、目标明确并执着地向理想挺进的人。刚进部队时，她和死党肖遥一样不希望被部队留下。经过不断的历练，两人都一改初衷，坚决要留下来并为此付出了极大的努力。王远知道，自己必须从思想深处克服轻视部队老兵的问题，学士在这里首先应该当好战士，他做什么都希望拿到第一，力求完美。他在训练中表现的一丝不苟的精神和充满拼劲的势头，使人看到了这一代军人的气质。他们眼界开阔，思想活跃，悟性高，作风正派硬朗，自主意识、自尊意识、创新意识极强，在现代部队建设和国防事业现代化进程中，"王远们"势必发挥重要作用。小说着重描写了王远等人由学生到军官的成长过程，而这个过程本身就具有非常重要的启示性意义。王远以积极、平凡、自信的心态，适应部队环境，准确定位自己，朝着目标不断努力，最终成为一名合格军人，在新的时代背景下增强建功立业的信心和紧迫感。王远之所以能够扬长避短，抓住机遇，脚踏实地、激情万丈地做好本职工作，是因为他已找到当军人的感觉。他明白，他眼下要做一名优秀学员，今后还将成为一名出类拔萃的优秀指挥官，连苛刻挑剔的队长也不能不暗中欣赏他、支持他。他本可以选择到更能表现自己的连队带兵实习，取得加分机会，却陪失意的肖遥到了似乎没有太多机会露头的修理连。王远代表着中国新一代军人永不言败的强者形象，他义不容辞地肩负起自己的责任，有着至高无上的忠诚和一往无前的勇气。这是一种积极的军人情感，也是中国军人精神和担当的具体彰显，更是一种国家智慧与军队智慧。"同袍"这个中国军人特有的感情内涵，何其高远。

　　王甜书写军营日常生活，在平凡的生活琐事中，提取新一代军人的灵性光芒，营造军旅小说独特的审美境界。这种文体自觉在以前的同类作品中是不多见的。作家立志重现一段无法忘怀的生活记忆，这种美学活动的重要现实意义在于，王甜丝毫没有对军旅生活真实状态进行规避，而是在用一种全新视角演绎和平时期英雄叙事的哲学思想高度，化解了军旅文学对军营生活缺乏认知、无法把握和表现无力的危机。王甜没有简单认同或肯定主体现有的生活状态，更不是让灵魂在世俗层面获得满足，而是以独立的思考，寻找美与善，这是一种担当，更是一种信仰的吸引。这种反拨的能力颇为可贵。王甜以文学的目光凝视军营，完成激情壮怀的书写和精神价值的守望。她扫描大学生军人群体，张扬他们的精神品性，表现了自己对军人使命和国家意志的深刻理解和高度自觉。

青春颂歌与生命礼赞

《同袍》的主人公们从大学走向军营，不是简单地从学生变为军人，他们需要经历一个过程，而这个过程事实上是很艰苦的。但是，不管是面对自身实际还是未来需求，这种艰苦锻造又是极其重要和必不可少的。怎样使他们性格变得更加刚毅，怎样使他们树立雷厉风行的军人作风，怎样使他们坚定报效祖国的理念，让其发挥所长，学以致用，迅速成长。一系列的问题摆在作家面前。

王甜对当代军人的核心价值有很深刻的参悟，怀有坚定不移的军人情结。她写自己的同龄人，写一群同甘共苦情谊深笃的战友，但很明显，这群年轻军人的经验记忆又跳出了时代的层层笼罩，这种文学视野与境界是可贵的。她知道，如果一个人的经验记忆跳不出时代的"掌心"，即使与别人的经验记忆有所差别，本身的意义也是不大的。《同袍》使读者更准确地认识青年学子入伍的实际意义，还原了这一代军人独有的个性化经历与感受，表达了这一代军人的集体认同，也让集体的内部差异性得到尊重与鼓励，极大地拓展了军事文学的包容性。

阅读《同袍》，笔者很惊喜地发现，这部小说越写越精彩。作为正能量书写之代表的军事题材小说，它没有丝毫做作的痕迹，保持着自然的生命常态，展示了充满灵性的大学生军人的豪迈情结。王甜希望通过小说确立一种自然而清晰的精神向度。在《同袍》中，肖遥给人的第一印象并不好，甚至有些糟糕，足球踢得好是他勉强能维持颜面的主要原因。初进军营，他故意表现出油滑而不聪明的样子，只为早点被淘汰，顺理成章地进入有关系依托的报业集团当记者。随着时间的推移，一些重要事件逐渐改变了他的想法，让他明白了军人的责任与担当，与战友的相处使他发现了自己存在的意义。小说以独特的视角描写了以肖遥为代表的当代大学生的蜕变和成长。从一定意义上说，《同袍》可以视为王甜的半自传体回忆录，再现她自己可圈可点的人生记忆。

从上述角度而论，《同袍》是典型的成长小说，这种成长自始至终被王甜安置在奋斗与自省的双重跨越之中，它既是一种人生成长的历史真相，又是一代军人精神启蒙的经典记录。读者跟随主人公的记忆一道经历了他们的迷惘困惑、喜悦悲伤，见证了其性格发展和心路历程，并一同完成了他们对自我及周遭世界的认知和打量。小说以肖遥等人的集训为中心事件，通过他们成长的背景、成长的比较以及陷于困境、遭受考验、获得醒悟和确立自我等一系列关键事件构筑情节，作品本身的发展过程就自然成了这群人的成长史。肖遥的成长经历既是对他当初人生理想的情感颠覆，也见证了其生命激情的辉煌爆发，是对找寻生命价值尊严的理性赞歌。从本质来说，这种生存理想的自觉修正，也是王甜赋予这些战友的理想光环，《同袍》重塑了一种健全的精神视野和心灵刻度。

《同袍》是王甜第一部长篇小说，也是她在创作发表了数量可观的中短篇小说之后的一次大胆尝试与突破，带着青春记忆的色彩，是一种雄视天下的军人刻录。王甜历经了作品中书写的集训生活的全过程，很多年之后，当年的战友已然四散各地，曾经的故事却宛在眼前。战友之情如岁月之酒愈发醇香绵远，当王甜呈现这段青春岁月的人生之旅时，读者读出的是一种淡然的穿越了功利和自恋的写作姿态，一种将喧哗与躁动化入平淡的人生取向。曾经的激荡已然远去，取而代之的是个体人性的心灵抒写。

经典记忆与平凡意味

军事题材小说在形象塑造、思想内容表现等方面向来比较严谨，主人公形象大都比较固定：正直、严肃、能力强、有奉献精神……但以《突出重围》肇端，紧随其后的《壮志凌云》《兵哥兵妹》《激情燃烧的岁月》《亮剑》《幸福像花儿一样》《士兵突击》等一大批作品，在塑造军人形象时均跨越了传统，增加了更多的人情味。《同袍》也沿袭了这种写法，为军事题材小说创作提供了一种新的思路和表达方法。王甜描写军人形象时所做的突破和超越，让人们真切地体会到源自生命本体的诸多温暖、自然而又亲切的情感。要特别说明的是，《同袍》对主流文化的某种跨越并不是完全意义上的颠覆，王甜期待的是一种带着朴素温和意义的在主流文化框架之下的自然调整，既实现军人形象壮丽崇高回归本原的朴素美学，又形成文本书写面貌的根本改观，创设军事题材小说人文精神的新架构。《同袍》围绕以张连长、队长等为代表的老兵和集训队新兵"两代"军人开展对比叙述。最初，大学生出身的新兵不大瞧得起这些老兵，认为他们性格粗鲁，为人固执，甚至刚愎自用。在作品里，传统军人形象虽然有了一些改变，但他们仍然是英勇无比、待人真诚、爱憎分明的优秀军人。他们以自身的精神气质唤起集训队新兵的爱国主义热情。一场车祸让前景一片光明的军事"尖子"张参谋曾经怀揣的雄心壮志和为理想付出的种种努力付之东流，被"发配"到修理连当连长的经历使他深刻理解了"落魄"的滋味，先后送走三任指导员使他更加心灰意冷。然而，正是这种羞耻感让他找到了振作的出口，在新兵排长王远的身上他看到了自己应该重塑的自信和勇气，军演教练组成员的身份使他重获价值感和成就感。"一个外表粗粝的男人，一旦放弃喧哗和浮躁，便会忽然之间平添一种沧桑的气质，深沉了，有内涵了。"应该说，张连长、队长这几个形象是老兵中很成功的，从他们身上我们明白了军人不是神，甚至也不是完人，他们是一群缺点与义气同在、道德感与责任心并存的世俗英雄。小说表现了当下军人的生存状态和多重品质，赋予军人独特的时代个性。从小说中的人物身上我们看到了更多的人文内涵与性格魅力，"农家军歌"有了崭新的时代内涵。小说叙述意味丰富有趣，写出了以前同类作品很难表达的精神尴尬和生存困惑，表现了他们奋斗过程中的悲凉与无奈。《同袍》虽然展示的是军营的日常状态，但从未放弃书写崇高，仍然优雅而执着地坚守着理想，勾连个体和细节，凸显了态度明确的具有新时代特色的社会主义核心价值观。

带着对传统军人形象一成不变的反拨，小说中集训队的新兵迈着坚韧的步伐登上了军营生活舞台，以平凡的身份在不平凡的生活中显示这一代军人的品格和个性、精神和气质。《同袍》书写大学生迈入军营后的故事，令人神往又耐人寻味。肖遥在入伍之初常常摆出满不在乎、任人摆布的姿态，在较长的一段时间里基本是迷茫彷徨的，没有清晰的价值观念，与不断想证明自己的王远相比，他基本就在"瞎混"。王远有智慧和谋略，有勇气和胆量，有目标和追求，有恒心和力量。肖遥最初的军旅生活几乎令人绝望。但就是这个在别人看来无可救药的浪子，一个连自己都看不起的人，在部队经历了一些重要事件之后，开始了真正的人生思考并日渐成熟。这种成熟当然还得益于队长、政委、张连长等老兵的示范与引领。生存条件的改变和自识能力的提高使肖遥明白，他再不努力，就会被时代当作虱子掐死。慢慢地，他有了振奋人心的变化，在处理训练中遇到的各种问题包括与有些为难他的队长的关系上，他都有了理智清醒的自省和自我保护意识。笔者注意到，有评论家说《同袍》没有写新、老兵的过招，其实，这些内容就是非常实在又非常具体的描写，因为这种永远存在的军人年龄结构二元状态的合理较量不仅仅是适者生存哲学的淘汰机制的要求，也是当事人主动思考的结果。军演中肖遥表现出了读者期待的英勇、智慧、责任和牺牲精神等，他逐渐找回自己应有的人生追求，成为一个敢于面对生活、承担责任、拥有抱负、刚强挺立的成熟军人。王甜以一种女性作家独有的激情和豪迈，甚至略带沧桑的情怀，展开对新时代军人的精神历程刻写，王远军旅生涯的成功起航，肖遥人生的理想归位，汪晓纤、路漫漫、钟爱、江成龙等人向军人合格标准的成功抵达，就是新一代大学生军人向历史、向当代的一种自信的坦白。

轻盈深邃与敦厚典雅

《同袍》书写了一群青春、热情、富有鲜活生命力的大学生军人，他们有人生的梦想和展翅高飞的愿望，他们虽性格各异、背景不同，但寻找人生目标和精神栖息地是他们共同的追求。作为当代军人，他们有丰富的知识和极强的现代意识，不墨守成规，不华阴虚度，他们真诚、坦率、可爱，这些率性的精神性格，显示了其飞扬的人生姿态。他们刚进军营时，所缺的不是知识，而是意志，但年轻的履历便是勇敢者的明证，这群年轻军人身上的激荡青春与放任、不羁、轻狂、浮躁无关。相似的经历、开放的视野和宏大的气魄，使王甜从自我和题材中跳出来，站得更加高远，思索得更加深刻。罗兰·巴尔特有过精辟论述："经验不仅是话语的一种叙事模式，它根植在作者的生存之中。经验和写作往往不能同时在场，而经验无疑影响了写作。"① 从学校走向军营，十多年的时间过去了，王甜对大学生军人身份转变的复杂过程有了更深刻的洞察，从经验人生到文学话语的转化，王甜经历了再认识、再加工的洗礼。《同袍》紧扣时代脉搏，贴着地面飞翔。对于这些大学生军人，读者不会以仰视与膜拜的心情去窥测，只会因为拥有近似经历的心态，用尊重、平等的眼光去接受和理解。他们再现了青春的五彩缤纷，呈现了军人世界的崇高景观。当读者接受这些当代军人的内涵时，便获得并理解了新的时代生活内容与审美旨趣。作家竭力让主人公所追求的瑰丽人生凸显出来，这种灵魂叙事是文学创作最为重要的精神维度。

王甜用仪态万方的精神润泽这个时代，以幽雅敦厚的叙述仰望一个时代不朽的真理，积攒她见闻的军营生活片段，展现大学生的军旅生活，以平静温和的叙述风格、典雅含蓄的表达方式传递一个时代感动人心的浓厚情意。《同袍》的写作始终保持着一种温情的幽默和宽容的俏皮，使人心情开朗，微笑不断。读者从那些坚韧人物的身上看到的，是一个充满希望的世界。

---

① 罗兰·巴尔特. 写作的零度［M］. 李幼蒸译，北京：中国人民大学出版社，2007：65.

铭记乃是一种历史对话

新历史主义的代表学者格林布拉特说:"我对自己的研究材料所提出的问题,以及这些材料本身的特性,都是由我向自己提出的问题所构成的。"[①] 新历史主义认为,历史是在不断的连续和断裂中对当代做出阐释性的启发的文本,从而使对历史的阐释成为对今天意义的敞开。四川作家王从地长篇小说《棋殇》(宁夏人民出版社,2008 年版)固然不是历史小说,但以上述观点,用在《棋殇》的论析中,笔者认为应该是合适的。对少见经史记载的棋坛艺人形态的揭秘,对社会转型期现代社会风俗画的再现,对现代风云中象棋世界个体生命价值的关注与检讨,都是《棋殇》引起人们阅读兴趣的主要原因。这种阅读兴趣,又是为社会转型中的困惑,人对自身个体生命价值的重新审视所潜隐形成的接受心理结构决定的。王从地以其洞见与敏识确立了属于自己的小说话语体系,他在维系小说的本

---

① 格林布拉特. 俗世威尔:莎士比亚新传 [M]. 北京:北京大学出版社,2007:87.

体依据和作家主体性的同时，在时代的强行转换中，持有了规避失语症的对时代的对应、回声甚或挑衅。他在潜入生活的噬心主题的独标真知的呼求中，彰显出优良而执着的诗学禀赋与富于正义和良知的知识分子立场。

《棋殇》以中国象棋为媒，用文学的形式展示作家对人生、对生命的领悟。全书以中华人民共和国成立前后的川北西川县城为背景，讲述了出身象棋世家的丑帅克广交棋友、手谈四海的棋艺生涯，以大气磅礴的生活场景、扣人心弦的文学讲述、惊心动魄的故事情节，展示人间生与死、胜与负、爱与恨的广阔画面。独特的题材选择及大气的书写结构，更使小说彰显了文学的人性与张力。小说虽然写的是现代历史风云，但在叙述本文、叙述聚焦与叙述形态等方面进行了与历史题材根本不同的变换，形成了新的创作图式：既从文化变迁的角度，重新观照、审视和评说曾经的一段时光，又关注变化、人性与生存范畴中的历史，希望以客观的民间史观颠覆或拆解传统主流史迹，演示了在主流历史之外社会众相的诸多细微图案，展现了民族顽强的生命史和温热的心灵史。由于阐释和重构了历史真实的隐秘存在与复活了被复杂因素湮灭的历史记忆，作品既给当代社会提供了视读经验与考量借鉴，又提升了读者对现实人生与社会世界进行比对的审美观照和反思。或许正是作品的深刻性，使之成为第八届茅盾文学奖入围作品。

以乡土文学写作见长的王从地，迄今已出版或发表了大量作品，如《洋槐花香》《惊天第一案》《半边街半边岩》等。总体上说，王从地的作品可以从题材上分为几类：知识分子、知青生活、草根命运、地域史事等。他喜欢给读者全新的阅读感受，或许，私下里大约也有点"炫"一下自己本事的顽劣之心——似乎没有什么难得住他。王从地取法现实主义对人生的写作态度，摒弃了居高临下的叙述视角，没有由无序叙述所形成的远离读者的文艺贵族做派，采取包含某些现代、后现代因素的写实手法，表现普通人的真实生存。他没有刻意去追求高深的内涵，而是诚恳地认为，人生的哲理和思考并不是连骨带肉地露在纸面，而应该蛰伏在这些故事与人物的命运之中。

优秀小说的深度当然来自作家心灵的博大与精深，一部优秀的作品总是与作家独特的审美感知方式和洞悉社会、体悟人生的高超能力息息相关。它向读者提供的，并不只是一个好的故事，还有潜藏在故事之中的有关社会、历史、文化以及生命自身的多方位思考。小说《棋殇》选取了1949年12月国民党溃军在川北投降的史实为背景，并将国民党98军军长尹兴城在南部县投诚起义的历史事件引入小说，展现了川北民众众志成城、奋勇杀敌的史诗画卷。作品书写中华人民共和国成立前夕，丑帅克与女友田杏芳游玩深山，探访古刹，丑帅克一时兴起，请求与方丈大了祖师下佛棋。大了祖师修为精深，佛家棋法密不透风，丑帅克虽使出浑身解数，仍两度落败。临行前，大了祖师告之若两人对峙则需十年，倘交平手则需二十年，如丑欲胜之则需三十年。其意乃挫其锋芒，使之不再争强好胜，但年轻气盛的丑帅克却将大了祖师的忠告视为鄙视与激将，直言"我要以一年时间杀回马枪，明年此时此地再与大了师祖交手，我要胜，明年，一定"。《棋殇》着力叙写丑帅克在苦练棋艺的这一年中所经历的人与事。他研习棋艺，心无旁骛，替父战胜了"东方杀手"东方蜀。为助他一臂之力，其父丑公伯呕心沥血编写《驭马谱》。丑帅克在逃亡途中奇遇棋坛圣手——"西水狼"黄田祖，一起参加在上海举办的与"八国联军"的棋赛，凯旋。黄田祖暗授锦囊，嘱他在与大了师祖对局关键时使用；"东山虎"青先生遵丑公伯之托帮助丑帅克，并授之一药袋，其中暗藏妙计。人生与棋艺的双重磨砺增添了丑帅克决胜五行山空灵寺的自信，他最后成为赢家。但这并未给他带来喜悦，相反，担忧与恐惧从此笼罩在与丑帅克相关的人与事身上。黄田祖和大了祖师一致地预测到丑帅克生命之火熄灭的必然。大了祖师为之感到异常沮丧不安，言语间充满了懊悔："自古量小非君子，我一席激言，点燃英雄少年血火一盆……攻破了我佛家棋法。了得呀了得，他是真正在拼命呀！到是丑帅克沉疴内积，心火旺盛，又因我之言，超强负累而伤精，损其髓，退其神，散其形。你不见他面色晦暗，萎如土灰？这娃危苦累卵，半年之内必然一命归西，生生一条汉子，毁了……我是拜过师傅……与一少年斗棋斗气，有辱我佛……可惜这么一个百年不遇的将门虎子，竟毁在泄露天机的毒口之下！我之所以把金棋送给这位天才少年，是想让圣物的灵气陪伴他走完人生旅程……神形散蜕，气血两亏，棋入邪魔，性命不保，在世之日，半年有期。"黄田祖也在临终前预判了丑帅克的结局："丑帅克年轻气盛，以一年时间攻克三十年壁垒，然弯弓满月宝塔倒立，超强负重，精血劳伤，心脑两损，玉石俱焚！如今阳寿已终，奈何桥上你、你父亲，还有我相会有期了。"《棋殇》的残酷结局穿越了世间万象。小说在惊心动魄的象棋搏击背后演绎着世事的更替，穿插人类生存的刀光剑影，遍布难以猜悟的哲理与玄机。

　　《棋殇》以中国象棋为主线，展现一个象棋世家的悲欢离合。阅读作品可以了解川北地区在中华人民共和国成立前后的风土人情、社会面貌以及发生的一系列重大史实。小说用独特的叙述方式讲述了一个关于中国象棋的经典传奇，展现了一个家族厮杀棋枰的凄婉画卷。王从地正是借助这种历史语境熔铸了自己对民族历史与民族文化（尤其是象棋文化）深入而独特的思考，也使笔者感到，这部小说成功超越了有关民间高人的传奇，而成为整个中国象棋文化乃至中国现代社会一段悲剧历史的寓言。这种历史的寓言具体表现在王从地始终在依托那一段历史，但又始终不受历史事件本身的规囿，同时也不抛弃历史应有的真实性原则，而是以灵性激活历史，以艺术再现历史，然后借历史的曲折跌宕来推衍人物性格和命运发展。因此，《棋殇》尽管叙说了中国20世纪40年代前后20来年间的社会沧桑，但它既未基本遵照那些历史事件来衍说故事，也没有肆意营构一些子虚乌有的历史，而是在真实的大历史时空中充分地发挥创作主体自身的审美想象，不断地解构历史事件之余又进行现实生活场景的重构。然而，这些话语又没有绝对地重叠于真实的历史，而是亦虚亦实，作家只不过借助这些时空框架来完成对人物命运和象棋发展轨迹的演示，人物的活动轨迹和生活冲突则在虚构中洋溢着艺术灵性。也就是说，王从地如此在意这段历史，并非想重新演绎它，而是希望通过它寄寓丑帅克命运发展的某种必然性逻辑，使读者将人物的命运际遇与历史的更替变迁更密切地关联起来。因为人在本质上是一种历史的存在，人类可以超越许多事物，却无法超越自己的历史，尽管历史在时间的一维性上永远只是一种记忆，但它却能规定一个民族一个社会的演进程式，并在终极意义上制约着每个存在的人的生存方式。丑帅克虽然清楚地知道自己的祖辈曾为了象棋丢掉了性

· 187 ·

命，却仍旧无法抵挡象棋的诱惑，最终重演了祖辈的悲剧。小说以棋道沟通人道、天道，表现了作家深厚的文化情怀。我们知道，文化哲学作为人的生存环境与氛围阐释，不但规定着人类自身的生存形态，还制约着个体生命的精神面貌和思维程式。丑帅克为象棋耗尽生命热量，黄田祖神机妙算，预见了丑帅克的"大限"却又无力回天；大了祖师早已超脱于凡俗而步入佛境，却为丑帅克的人生终结怅然泣下。可以说，在丑帅克走向"末路"的过程中，黄田祖、青先生、大了师祖诸人都起了推波助澜甚至关键的作用，真乃成也萧何，败亦萧何！没有他们，就没有棋殇！

当王从地把审美视点投向中国象棋这一极其独特的文化载体时，不可能不对象棋所包蕴的民族文化精神进行相对独立完整的展示。象棋，以其平和、进取、优雅而乐生的独特品性，长久以来成为中国人的某种生存隐喻，也是我们民族内在的优秀人文精神的一种象征。《棋殇》牢牢抓住了这一审美内蕴，一方面借助大量的棋史、棋经、棋道、棋局及象棋典故的描述将之弥散开来，同时又从棋师的行为、心理、观念、精神中使之透发出来。于是读者看到，正是象棋文化的内质，使丑帅克在穿越了象棋人生的万千风雨之后终于感悟到平静安详的生存乐趣，也使他无论是在火热的革命中，还是在知道自己的生命进入倒计时以后，都能冷静淡定理智地面对，从而完成传统意义上那种超越一切功利的理想生存模态。

《棋殇》把叙事、表情和思考结合在一起，以一种新的独特的审视方式追忆往事，叩问人生，在难以言表的生命与爱的巨大悲痛中，寻觅和发现人类精神的意义。德国批评家本亚明曾说："对于天才作家，每行诗或每个句子之后的停顿——命运沉重的吹拂，都像轻柔的睡眠一样降临在他艰苦的劳作之中。[①]"王从地正是通过他独特的感悟生命的禀赋与全身心的艰辛劳作，以轻柔而泣血的笔触，展现主人公人生历程的苦难和命运的沉重，在日常事务之中，在风雨人生的面前以及乱世喧嚣的背后体味人生与人性。作品把叙述、追述、描述、评述结合一起，建立与自己要表达的

[①] 瓦尔特·本雅明. 德国悲剧的起源[M]. 陈永国译，北京：文化艺术出版社，2001：125.

思想情感内容一致的文学结构和叙述方式。丑帅克对象棋的现实选择，不仅是因为家学渊源，还建立在对先辈象棋人生反省的基础上。象棋淡泊远俗的内在精神铸塑了他心理意识行为的结局。象棋成就了丑帅克，丑帅克也辉煌了象棋。棋如人生，人生似棋。恰如作品所写："如果没有中国象棋，我小小丑帅克蝼蚁般蠕动和爬行，一股风、一片树叶、一颗石子、一滴水都可以顷刻间让我毁灭。三界之外，五行之中，一粒象棋棋子'马'引领着自己走进一条弯弯曲曲蜿蜒于山花丛中的羊肠小径，穿行其间，蜂旧蝶新……诱人而又醉人。"对他而言，"象棋是世代薪火相传的遗产，是丑氏家族神坛壮丽的祭祀，是自我灵魂救赎的圣母"，"丑帅克别无强人之处，母死、家贫、独子、伶仃、瘦小，崖不敢攀，树不敢爬，挑一担井水东偏西歪水花四溅。街坊间说丑帅克是男人身女人坯，丑家出了个弱不禁风的林黛玉"。丑帅克16岁时在同学怂恿下赢了骄横跋扈、不可一世的孙亦武，并且不要他的局钱，而是把他攥回乡下，受到街坊的夸赞。软弱的丑帅克在象棋面前简直就是一块铁。

丑帅克为一年后与大了师祖决一胜负，付出了巨大的努力，足见其对人世、对棋道的信义与虔诚。他认为他应该为荣誉而战，"只有拼才能对得起父亲，只有拼才对得起青先生，只有拼才对得起黄田祖，只有拼才得起一年来大起大落、生生死死的磨砺。只有拼才对得起面前这位可遇不可求的百年高僧"。他从黄四祖、青先生如出一辙的无字之计中看到了内中蕴含的人生哲理、象棋精华，以及睿智、机敏、从容、高远的抒胸雅量，找到了"攻心为上"的法器，赢了大了师祖。但大了师祖视输赢为毫无意义的游戏，丑帅克取胜，使大了师祖后悔一年前把激言说得太实太死，无回收余地。他预感丑帅克已经失控，他的阳寿将在此巅峰时崩断，一切都晚了。丑帅克成就了象棋"霸业"，他追求棋无对手，这恰恰是他不能战胜自己、最后酿成悲剧的原因。象棋激发他的生命活力，又断送了他的一生。正是因为不得不承受这种人生不幸的残酷打击，才有了丑帅克特别不幸的人生。他无法躲避也无力改变特定时代的沉重命运和失落与痛苦的人性真实。

突破单纯题材的狭隘视域而由竞技的层面进入文化的层面，从复述事实到人物形象的着意描写，都明显地表达着《棋殇》的重要艺术追求。小说无疑是同类作品改变创作视域而由人的视点切入去反映时政的一个十分成功的范例。从人的视点出发，决定了《棋殇》必然十分重视人物形象的描画与雕塑。作为一代象棋大师，丑帅克无疑是一个具有丰富内涵的时代人物，怎样把握与描写这么一个复杂短命的棋界英豪，则是对描写者的一个严格考验。王从地的答卷，应该说是相当漂亮。从人的视点出发，将丑帅克作为一个平常人描写，自然得力于丑帅克并不是一个完美的人物，因而能够采取平视甚至俯视角度描写他，不会由于如此的描写引来文学之外的麻烦。正是有了这样的描述视点，使得王从地下笔从容，成功描画出这个具有特殊经历、际遇的艺术形象。丑帅克才华横溢，学识丰富，胸有韬略，满怀宏愿，是难得的人才，然而，他生在末世运偏消，短暂一生事变迭出。究其原因，自然和当时多变的政局相关，同时又与其复杂多元的性格有密切的内在联系。毋庸置疑，性格对于生命的走向和价值的取向在某种意义上来说的确起至关重要的作用。丑帅克个性坚强，勇往直前，不计成败，不计利害，不屑更改，有不信邪的骡子脾气。具有这种强悍性格的人一方面具有积极的人生观，另一方面也具有强烈的权威感，对人生成就有着较高的需求。这一点在丑帅克与大了师祖前后两次对阵中体现得极为充分。一方面，受当时人文精神和地域文化的熏陶与影响，丑帅克为了取胜顽强执着，甚至争强好胜，并为此重情守信、一诺千金；另一方面，正因为目标艰巨，他不得不时刻向顶峰"扫描"，使出看家本领战胜对手。他虽然在与大了师祖一年后的对局中取胜，但似乎也充满了"人在江湖，身不由己"的无奈。

《棋殇》以新的审美眼光，穿越时空屏障，对中国传统文化的意蕴和精神进行全息观照。看得出作者痴迷于文化的视角，而且作品所描绘的那一特定的时代及丑帅克复杂的特质也使得王从地别无选择。在这里，文化是沉潜于作品深层的底蕴，使小说厚重而现实，是镶嵌在字里行间的珠玑，使人物极具神采。象棋文化本身又铺展了一个多维视野，使读者步入主人公形象的堂奥，参透他所处时代的文化趋向和本源。丑帅克的性格与象棋品质形成鲜明的同构，洋溢着传统人格的诗性魅力。《棋殇》虽有几度哀歌向天问的悲叹，但也洋溢一种浓郁平和的生命状态。作品中，一切民族的尊严、人生的品位都是通过象棋文化来显示、展开、深化的。它让读者深深地认识到，刚柔兼具、超然物外的象棋品性，不仅使我们民族在灵魂深处养成了一种安静、平和、淡泊于世的精神品格，也使我们形成了一种坚韧、执着、热爱生命的优秀品质。而这些，无疑是我们民族延续了一代又一代的优秀传统和生存理想。真正意义上的文化小说，所追求的并不只是某种文化氛围，而是要让人物在内在精神与该文化内质在心灵的位格上形成同构，即让人物的生存方式、价值观念都显示着某种明确的文化指令。《棋殇》一方面让象棋文化的历史对应着家族的世代传人，另一方面又以人物内在的生存模态注解棋性精神，从而使小说获得某种文化寓言的意味。应当看到，《棋殇》对象棋文化的发掘并不是孤立的，而是包含在对西川文化的耕耘之中，也就是说，王从地在对象棋文化进行深层探究的同时，对影响西川文化的川北文化也做了颇有价值的描述。《棋殇》以象棋历史与象棋文化作为切入点勾勒地域文化之脉，十分细腻地展示了川北地区的民风、民俗以及这种文化风情对人物命运产生的重大铸塑作用。这从根本上颠覆了很多作家常以家族命运反映历史时代的写法，而是从象棋入手，在一种深层的地域文化中体现出某种民族精神。这种地域文化含蕴极其深沉的历史元素，无疑具有重大的启示意义。米兰·昆德拉说："小说的精神是复杂性的精神。每部小说都在对读者说：'事情比你想的要复杂。'这是小说永恒的真理。"[①] 现代小说在探索人的存在意义的时候，往往简化甚至模糊小说的历史生成背景，以凸现和放大多样复合的人的精神样貌。优秀的作家总是能够在人与历史境况的双向给予中得到双向的完成，通过人的复杂精神轨迹的展示告诉读者：历史比你想的要复杂。当王从地把丑帅克的象棋艺术追求汇入他的人生历程当中进行自然呈现的时候，人物就基本获得了感性化面貌，丑帅克不惧苦累、不惧风险和自用自信、书生意气等个性品质，都紧贴着人物的生命感受表现出来而不成为性

[①] 米兰·昆德拉. 小说的艺术性［M］. 孟湄译. 北京：生活·读书·新知三联书店，1992：17.

格的标签式附加。此外，作品也很重视对丑帅克情感世界的揭示，在爱情、亲情、交友、情趣爱好等方面付诸相当多的笔墨，使其性格尽可能趋于饱满和生动。应该说，在史实人物向文学人物的转化中，这些笔墨至关重要。"历史是一座画廊，在那里原作很少，复制品很多。"[①]《棋殇》给我们提供的启示是多方面的。

本文还想提出两点以期引发读者注意：其一，在语言运用上，作者做了许多大胆有益的探索，小说中既对古代汉语进行了推陈出新的改造沿用，同时又把西川方言提炼成一种文学书面语，使整个小说的叙述将古典语言和现代语汇、普通话与方言自然优美地糅合一起，既不生硬又别有雅韵。而且，作家借助渊博的历史知识和对西川地理、方志十分熟悉的文化素养，在叙述中轻松自然地将典故、民谣以及古典诗词融汇在人物的具体言行中，不仅大大增强小说的地域文化特色，使人物生存境域显得深厚古朴，也让小说从内容到形式都聚集在本土文化的历史土壤之中。其二，小说的仿民间故事的叙述方式极有趣味。小说的叙述中心始终围绕人的生命内核展开，向着自然、文化、历史、社会等层面展开，这种展开充满了故事性、传奇性。生活本身充满了传奇色彩，生活中那些超乎常规常情常理的偶发的奇特的荒诞的人和事在口口相传的流播中不断被加工、夸饰、变形，自然成了传统故事。《棋殇》的传奇性不只是艺术形式的外包装，同时也是小说艺术内蕴的呈现。无序中的必然，有序中的偶然，彼此的奇妙融合，不正是王从地对历史对人生的某种阐释吗？

一部优秀的文学作品既能够把人们引入故事的本真境界，使人体会到彼时彼地来自生命本源的撞击；又能通过开创性的写作对生活进行再评估，为生活提供新意义，并在这种创造中，确立自己的文学地位。笔者想，《棋殇》在某种程度上就具有这样的意义。作家深厚的文学素养与理论功底使他对素材有很强的驾驭能力，从而使作品有着宽阔的容量和丰富

[①] 亚历克西·德·托克维尔. 旧制度与大革命 [M]. 冯棠译, 北京：商务印书馆，1997：117.

的内涵。特别是其对传统文化内在的复杂性和矛盾性卓有成效的展示，体现了作家在这方面探索的极大热情。从这个角度看，人们对《棋殇》的重视，不仅在于它的审美价值，更在于它的文化思考性。作家用数年心血换来了当代文学如此重要的收获，是很值得庆贺与嘉许的。

匍匐信仰的尊严表达

暧昧时代的精神探望

贺小晴属于出道比较顺利的作家，发表处女作时，只有二十出头。或许在别人看来，她算是运气不错的作家。她先在四川工作，因想看大海，便从蜀地南下，去北海定居，后因创作成绩突出成为广西文学院第三届签约作家。长篇小说《花瓣糖果流浪年》广获好评（本文不涉此作）。数年后，她又从海边回到四川，在绵阳落根，成为一名报人，后又到鲁迅文学院第十三届高研班学习，并加入中国作家协会。在外人看来，贺小晴的成功或许多少有点侥幸的成分在，但在了解、熟悉她的人看来，独特的生活经历、文学素养和个人潜质使她的小说创作呈现出复合融会的状貌，让她走向成功。

小晴是传统的，又是现代的。她有女性作家的细腻，却又不乏男性作家的爽朗与力度；她有青年人的急切，亦有中年人的沉稳。她凭聪颖和才气写作，虽然这在许多作家特别是年轻作家身上并不少见，但能够把握分寸感地用聪颖才气来呈现"故事"的情境和细节而又不失灵动的语感，倒

立体多元的经验世界
——消费时代的文学书写

也不能说有太多的成例。小晴的文学创作，在世纪之交的文学潮流中，还不能说已经构成了一种冲击，但她充满智性的叙述和别致的文学眼光，所营造的文学时空，在眼花缭乱的文学时尚中，却又是一隅独特的风景。

多年来，贺小晴把最多的精力放在中短篇小说领域，以此展开她的文学人生。她的一些作品被人反复谈论。由于职业和地域的因素，她的作品笔者都比较及时地读到了，虽然有些时候，她文字中的诡异令笔者茫然失措无以言说，但丝毫不影响笔者从她那里获得启示与顿悟。穿越小晴的话语丛林，会感受到一种真正的飞翔感觉，它足以让浮躁的内心得以宁静，让暧昧的俗世渐行渐远，让遥及天际的神性在文学魅力中梦幻般地来临。小晴娴熟地讲述着一个个温暖心田的故事。她对文学的审慎姿态以及对许多事物心存的那份敬畏，使其在同龄作家中卓尔不群。她没有迷失写作的方向，也没有为了追求产量而"复制"前作，降低写作的质量，其创作亦在同辈作家中显示着独有的魅力，是当代文学的希望。

贺小晴从事文学活动以来，始终保持着一种均匀的创作节奏、一种稳定的美学追求、一种晶莹明亮的文学品格。从表面看，她的故事都不复杂，写的也都是普通的人和事，与某些流行的都市丽人小说或底层小说相似。但是仔细读来，便发现其内在意旨远远超出了故事本身。它们常常藏匿于看似平淡的叙述背后，寄托小晴更深沉的意蕴，蕴含着对于当下时代中生存和情感的深切思索。

作家的职责应该是发现困境和矛盾，更重要的是指控具有时代特征的精神困境。理想的情态是他会与笔下的人物一起找到一个真实和可信合理的向度，然后提示给读者，引起他们的思考。贺小晴的中短篇小说，没有过多地去展示急速变化的现代化气象，而是突出地描写社会潮流中人们的生存、精神、情感状态，特别是他们特殊的内心世界。作家把人的心理状态，既作为丰富人物个性、揭示人物性格的手段，同时又以探究的眼光，将之作哲学探究——与人的命运直接产生作用的对象来研读。小晴对于往事以及往事对其的影响有一种很执着的钟情，其细腻程度的直接表现就是，在她真正启悟生活之后的岁月中不断被复制、被浮现、被重新咀嚼与回味，形成一片强大而细腻的记忆之网。该怀恋、该憎恨、该保存的都是那样珍贵地被收藏起来，随时在咬噬她的灵魂，干扰且左右着她的情感，以至于参与决定着她后来生活中的一些重大变化。小晴特别注重对曾经发生的甚至已经很遥远的往事烙印的叙述，这种追溯性，与她女性的好奇心，及对童贞的怀恋、固守，对成年以前那段生活的永远钟情关系极大。贺小晴以为，现代城市生活的某些方面，已麻木、扭曲了人们的精神和情感，使主体往往处于一种"非我"之中。她希望在自己的精神抚摸中使人物得以解脱并安之若素。我们读小晴的这些作品，不难发现与其情性极为契合的那些叙述起点和艺术触媒。这些起点和触媒都与她的过往体验、印象、传说、记忆相关。当她的创作内倾于这方面时，她的作品便呈现了一种对人类普遍问题的关注，或者说其叙述性质已经注入了一种普遍的人类经历与体验，因而不知不觉之中具备了与人类精神文化认同的性质。《太阳里没有黑子》《时间小岛》《等你把梦做完》《心病》《好大的风》《扶桑》《堰塞湖》等，都透露着这种体验和经历。她通过一些琐碎的人生问题来表达人类精神的现时状态。

《太阳里没有黑子》偏重于对人物心灵的透视，小说显示的人们的精神状况是真实的，也是令人深思的。贺小晴没有抽象地把欲念作为人的痛苦烦恼之源，也没有抽象地揭示人生的某种不可理喻性，而是以对现实的冷静观照和良好体验，展现人在急速变化的生活中的情感取向，揭示人物情感变化的具体内容和文化源头。从旧向新的转换是历史必然，面对历史性蜕变中因传统文化的失范而生发出的怀旧性的怨尤感伤，虽理解其情感逻辑的必然性，但仍旧不能释然这种包含着惰性因素的情感重负；同样，缺失现代的文明修养与自持不够的人格力量而任自然欲望横行，丧失了自我驾驭的理性能力和必要的道德戒律而被欲望"强暴"，其人生质量也是低下粗鄙的，这种浮躁之气是与任何时期对人的要求都不相符合的。贺小晴希望这些生活元素和谐并存：人生确乎是轮回和爆发——人生需要爆发，而我们在享受这一过程在带给人生某种绚丽和光彩的同时，一定得谨记不能在这种爆发中偏离了属于自己的那个小轨道，至少要确定这一爆发不会让自己及周围的人哪怕受一点伤。人生是一个环环相扣的圈，每个人都因为今天的书写而成就自己的明天与后天。所有的人都只有且必定生活在自己的圈里。这是贺小晴想通过作品《太阳里没有黑子》暗示我们的。小说中,女主人公生活经历丰富,她生于内地,20世纪末南下闯荡。表面上,她是"外来妹"中的幸运儿:有房住、有事做,大钱没有、小钱够花,更重要的是她有家,有一个喜欢炒股的老公。但实际上,那些看不见的日子远没有那么好。家庭生活中,她一直要求自己不要苛求丈夫,更不要用胡思乱想出来的热情去束缚丈夫。但她的丈夫是一个不会过日子的男人,不懂从骨子里爱妻子,这使她非常失望。当年在北海认识的朋友小山的到访,打乱了她的生活,更扰乱了她的内心。当年小山曾对她说挣够了钱就娶她,尽管有开玩笑的成分在,但还是让她内心泛起了涟漪。彼时的承诺对她此时令人失望的现实生活无疑造成了一种冲击。小山知道她已结婚,便断定之前的承诺已无结局。他们还像当年一样唱歌喝酒吃饭聊天,独独避开那情感一角,不敢撕开。小山走了,但她心潮难平。她既渴望原来那份平静能重新回来,"可同时,我的心又在轻轻地战栗,更加心惊胆战地在期待着什么,仿佛心底长出了一只手,要抓住那点正在漂远的浮物"。她盼望小山是那种她可以呼唤的人,是那种可以为她不顾一切的人,是那种可以用智慧引开麻烦的人,她希望丈夫用心爱她,但这些都没能成为现实,两个男人都使她失望。她既深感可怕又跃跃欲试,内心矛盾重重,只好躲在黑暗中。

  贺小晴用她擅长讲故事的能力,把一个普通得近乎庸常的故事讲得颇有味道。她对人性的高尚与卑污、人际的友爱与对峙、人生的责任与虚无、个体的纯粹和社会的复杂、人性的善良和龌龊给出了自己的注解:一切都是相对的。因此,生活总是在某一个点上展示它无比真实的冷酷,炫耀它残忍的底线。在这部小说中,读者看到,贺小晴很善于对日常生活作细致的叙述,将琐碎和简单的事情叙述得非常有感染力。作品中笔调并不轻松抒情,主体情绪也并不温情与柔和,显示出压抑和冷寂,呈现出一种反讽的意味。贺小晴的叙述隐含着自己敏锐的思想视野和穿透力,传达着她对人性的沉静谛视与深切关注。正如法国作家娜塔丽·萨洛特在《怀疑的时代》中所说:"在日常生活的表面下,往往隐藏着某种奇特的、激动人心的事物。人物的每一个手势可以描绘出这种深藏的事物的某一面,一个无足轻重的小摆设可以反映它的一个侧面。小说的任务正是要写出这种事物，寻根究底，搜索它最深隐的秘密。"贺小晴显然掌握了这一小说艺术。

随着时代的发展，人们的日常生活正在陷入一种难以自拔的外在性。人们习惯于生活在社会提供的概念里，生活在时起时落的时髦中，生活在他人眼里，生活在职位、地位中，一旦离开了这些，许多人几乎无从判断自己生活的价值。贺小晴使我们看到了另一种生活，在这种生活中，人追求的是内心经验。《心病》是一部难得的好作品。小说中描述的情绪内容，不是由那些外在的东西组成的，而是由内心经验组成的，由内心体验到的无数无奈、尴尬的瞬间组成的，由自为的选择、决定以及主动承担后果的行为组成的。五年的报社同事源称自己家有急事在千里之外向"我"开口借五千元钱。在借与不借之间，"我"纠结不已。老公拒绝借钱给源，刚、冬宁两位北京的记者朋友对此也态度模糊。信任这种纯精神的东西在这种情况下就变得十足的软弱，毫无说服力。同时，"我"暗生了新的痛苦，看到了命运这个神秘的东西。在"我"与源之间，又一次幻化成不同的影子：两人物质条件相去甚远，同为"南漂"一族，追寻数年梦方醒，原来他们追索的，竟是曾经丢掉的那种生活，但那种平淡稳定早已不在。面对源的请求，"我"有了不借钱给他就不安宁的心病，在家人并不支持的情况下私下找朋友借钱，然后再借给源。如此，心事了却。曾经的同事启明也借了五千元给源。面对"你真的不担心他不会来了，你真的不怀疑他的偿还能力？"的疑问时，启明非常清朗："没办法，我就容易上当。但是——我不怕。""我"的回忆和感受极其丰富，人们从中读到了两人差异巨大的生活环境，商品经济对他们生活方式的冲击、对他们心灵的冲击，读到他们的生活历史，读到他们的欲望与决定，读到他们困乏沉重的心理状态。笔者以为小晴故意写出了这两种过程状态的巨大反差，以证实小说不仅应当以心灵的故事为中心，而且可以真正将历史、环境、事件、意识、感觉、记忆等融为一体。小说叙述的是一种很深刻的内在的真实。许多人都有过类似真实的现场感受，但大部分人无法回忆起事件确切的性质，而且这也根本不是靠回忆可以达到的，必须用心去体验。如同张承志

立体多元的经验世界
——消费时代的文学书写

《北方的河·后记》中说的:"我提起笔来,如同切开了血管。"同样,唯有赤诚的真心才能感受并写出《心病》这样的故事,而且,很容易发现,那些以小晴亲身经历的生活为基础的故事显然更实在、更本真。这部小说的真实还表现在,作家甚至把自己价值观念上的矛盾也显露在作品中,与读者交流,没有企图掩饰它们。笔者并不认为作品中表现的两种情绪指向哪一种是不真实的,它们都是真实的,但相互矛盾着。这里出现的可能是一种理想与现实的矛盾,一种真诚的理想和真正的现实之间产生的裂痕。贺小晴坚持认为这是她确确实实的感受,因此她没有资格回避或删去它。

女性作家特有的自尊与洁癖,使她们表述那些曾经在现实的污泥浊水里浸泡的人生缎面时,常有切身的痛感。除了少数女作家表现出一种歇斯底里式的狂怒和令人惊异的凌厉之外,大都呈现出一种理智从容的气度。由于社会的强化作用与个人的自觉修养,她们仍然保留了东方女性的那份温柔与克制。在创作中,她们往往于悲怆中带有温情,于燥热里带有冷静。我们不但从张洁小说那折翅鸟式的人物的沉重的焦灼感中,从迟子建小说那人生万象的深沉感喟中,甚至从残雪式的愤激的坦诚宣泄里,也能看出这一特征。那一个个蛾眉紧锁的主人公,就像背负着沉重的十字架,在炼狱中挣扎、奋斗。然而,她们并不颓废、绝望。尽管她们在小说里酣畅淋漓地表现了精神的痛苦,但仍然具有沉甸甸的生活充实感。以此言说贺小晴的《等你把梦做完》笔者以为是合适的。小说主人公冬子在与丈夫雷离婚时,雷以儿子的名义拿走了能拿走的一切,除了房子,几乎把家都抬走了。后来,冬子与大伟结婚了。此后,大伟不再给她唱歌背情诗了,叫她"小浪女"的时候也似乎少了。干了十年临时工的大伟在她眼中慢慢有了不清晰的一面,她不得不重新打量自己所谓的爱、婚姻、信任。前夫雷以其特有的刻板之爱曾给予她的保护,在大伟这里荡然无存,剩下的只有一个弱女子无助而漫长的生存忧虑。大伟是个背着大笔贷款的浪荡子,一个只会用甜言蜜语过日子的工匠,空有一副好看的皮囊。他一方面自称讨厌当官的,但骨子里却有一种下等人的胆怯。这张脸在仰望权力的时候,只有畏缩和恭敬。当然这张脸也有神采飞扬的时候,那是他的雕虫小技得逞之时,或者在比他更弱小的人面前。他是生活中真正的无能者,除了内心隐藏着很深的怯懦外，甚至连喧哗挣扎也没有。为了解决自己的工作问题，他居然提出让冬子去找其前夫雷帮忙。何等可悲而阴暗。这是一份谋划过的心思，其中埋藏着的卑微与龌龊令冬子失望，让她疼痛。大伟给她的感受，已经不仅仅是物质上的窘迫，而是精神上的低劣，有种生满虱子的恶心感。冬子不是没想过改变，但还是坚持跟他在一起过日子。她知道自己挣脱不了，大伟会用当初缠她的那股死劲拧住她。他曾说，这么多年来，他什么都没有，好不容易有了她，便要和她生死到底。这与其说是一种爱情宣言，不如说是一种死亡讣告、一种血腥的威胁。她妥协了。她要让儿子受良好的教育，送儿子进封闭学校学习，可花费太大，雷的新婚妻子不愿花钱，大伟又拿不出钱。她在市里租房，借照顾儿子之名，与几个好色而富有的男人周旋，把交往变成财富。实际上，她不是一个风尘女子，只是一个饮足了生活的风流女子、一个有着忧伤故事的漂亮女人。小说的一切论述都产生于没有男人支撑的家庭里，产生于母亲与儿子的关系中。这并不是一种正常的人生状态，却是一种真实的人生存在。只是那些类似的问题或许因生活的一马平川、没有什么大波折而被掩埋在地老天荒的日月中，以别的方式宣泄出去或干脆就被捂死于腹中。冬子不死不活的婚姻状况，使她不得不沉溺在对往昔的沉重记忆中。她想割断过去已经不现实。她对既往岁月的缅怀甚至在雷婚礼上的极端行为都只能被理解为她对今天深深的诅咒，虽然整个的灰暗都是她一手造成的，但我们很难从理性和情感上对冬子进行责备。也许这是难以理喻且在我们过去的文学观念中难以接受的。冬子的生存反省的确体现着从灰暗绝望走向自我确认的坎坷过程，尽管这种启动对冬子而言，付出的代价更沉重。只有从心理上、感情上走出家庭的羁绊和打破阴影的笼罩，她才有可能真正地重建自我。小说在这一点的描写中有着男子气概。大丈夫当断则断的魂魄，使小说与一切人性的虚情假意的抚慰和含情脉脉的粘连，失却了联系。小说从女性的情感体验上，以不同的性格方式与表达方式，叙述了女性丰富复杂的心理内涵；小说寻找一种普通又让人忽略的人生内涵的努力，是特别令人感动的。

  文学经验告诉读者一个事实，作家的社会良知是作家身份的自我认证

立体多元的经验世界
——消费时代的文学书写

与确立。作家的社会角色,首先是作家个人在社会中选择的一个位置,同时,社会也以这种角色规范去衡量一个作家。从一定意义上说,这种角色意识和角色特征就是角色的社会良知——精神身份认证。20世纪80年代后期至今,文学创作越来越让人感到人类正在向自己的"原生点"退化,许多有道义感的作家,却错误地把这种状况归于市场经济和外来文化的冲击。作家可以是一个卑俗的生存者,但绝不应该是一个卑俗的作家。作家的社会良知规定了他应该是一个相对的理想形象的持有者,生存者的卑俗是面对自己而非面对公众与社会。作家应该是浸淫精神、秉承意义和价值的创造主体。贺小晴在《堰塞湖》中对此做了深切而漂亮的诠释。三队队长根叔在地震中只抢出了妻子英嫂的一双皮鞋,家里没有见得人的家当。地震后因为堰塞湖的威胁,他们和众乡亲不得不迁出原址。人虽出来了,心仍留在故里,那里有他们赖以生存的土地和珍贵的粮食。堰塞湖的水位每天看涨,上级明确规定,任何人必须待在指定的安全位置,不能回家(废墟),不能去地里。但三队的农民寻地之心不死,偷偷摸摸都要冒险回去看那几粒庄稼。队长根叔对此也只好睁只眼闭只眼,但严令必须保密并注意安全。其他的人都先后回去并安全返回,根叔也悄悄回去了,看到了自己长势喜人的农作物,想掰几包玉米尝鲜。正在这当口他被爆破下泄的堰塞湖水吞噬。问苍天,叩大地,天与地永远沉默无语。这些年来,农村题材的小说不少,但大部分写的都是20世纪末以来出现的"三农"问题或是反映新农村建设的问题或应时工作。《堰塞湖》却在不长的篇幅中表现了更为深沉幽邃的时空背景。灾后百姓仍心系土地,既表现了作品的思想深度,也抒发了作家对土地的一片深情。小说塑造以根叔为代表的农民形象,书写他们植根土地、依赖土地、深爱土地的淳朴情愫。这是一篇贴近农民真实心理的小说,略失文采,甚至缺乏诗意。读了这部作品,我们明白了作家表白真情的焦灼。小晴明白,农民与土地的关系就是血与肉的生死存亡的关系,没有了土地也就没有了农民。她用心灵去体悟,将一份深情倾注在笔端,在眼下这个浮华时世,使我们读到最真实的告白,感受到最亲身的体会。正是潮湿、芬芳、松软的泥土引发了小晴对土地深入骨髓的热爱。这是一曲凝重的现实挽歌。根叔为土地而生,为土地而亡,你或许会从心底叹出幽幽之音：土地啊，到底该恨你还是该爱你呢？根叔涅槃式的寻地之行，无疑具有象征意义，是当下农村中另一种新人形象，具有相当的认识价值与审美价值，意味深长。它唤起了一份久违的乡土情怀，一份文学责任的思虑。

从贺小晴的创作实绩考察，不难发现，她是一位可以驾驭不同题材并始终充满活力的作家，其作品大多具有恰如其分的文学深度和理想精神。在现实关系的处理上，既敏锐贴近时代，又能透过现实问题表现更深广的世界，形成自己的理想距离；在思想意脉上，其作品坚持检视一些社会、人生中的严肃问题、深层问题，与读者构成沟通共鸣的绵绵情思，文意直通人心；在艺术创新的求索中，表述技巧渐趋成熟，并随时提醒自己对机械模式的提防。她以独特的文学慧根抓住了生活中那些形色无边的故事。《扶桑》以社会时代风云变幻为背景，讲述川剧艺人老苏跌宕起伏的人生，展示主人公铭心刻骨的艺术情结以及他沉寂而淡然的草根生活。老苏在县川剧团干了一辈子司鼓，八岁就被送进剧团，后被打为"白钻"，凄惶不已。舞台上，他真心实意地想让自己成为一名文艺工作者，投入全部的激情和心力，以创造舞台上的人生。舞台下，他却像一块燃烧殆尽的废碳一般，冷漠、刻板、了无生气。老苏是个一流的司鼓，却又是一个死板的男人——"这印象虽然欠佳却是我的母亲所喜欢的"。商品经济大潮扑来，剧团解散，老苏退休，别人曾鼓动他重出江湖到茶馆唱戏，他断然拒绝。瞧不上草台班子剧团的老苏却意外地帮妻子收了酷爱川剧的女徒弟婉西，由于妻子授徒不上路，老苏干脆直接教授。在他的悉心指导下，婉西学会了很多出戏，成为所在剧团的台柱，声名鹊起。老苏希望带婉西到成都观摩川剧名家演出的《秋江》，她因故未赴，老苏却在返回的路上遭遇车祸死亡。令老苏一生魂牵梦萦的是川剧，他心里梦里诅咒怨恨的也是川剧，他因川剧而生，又为川剧而死。川剧早已成为他生命的一部分。他教婉西学戏，"他已不是什么老师而是在获救，他已不是要手把手地教学生，而是要拽住一根救命稻草不松手"。小说并未书写川剧本身流光溢彩的华美气质，而是将这种灿烂打造成川剧艺术家人生的大气磅礴之美。老苏有自己独立的艺术人格和魅力，他对待艺术的态度十分开明，并不固守门户之见。婉西是幸运的,跟了这位优秀的老师。他以深厚的艺术修养、文化修养与高尚人格影响了婉西,让她在艺术上进步神速。她极其重视观众与演员的关系,尊重观众。老苏将目光放在后辈身上,鼓励扶掖新人,使川剧艺术精华得以传承,真是泽被后世的无量之举,特别是在川剧艺术发展的不佳环境下,显得极其可贵。"扶桑"一题,意趣盎然。老苏在其艺术世界中是孤独的,这是一种绝世之美。他超然飘逸、灵秀、睿智、理性,不喜张扬,不善矫情,不会造作;他经历了太多世事的风雨,阅览了多彩的情感,也走过了自我的困惑与无奈;他不为虚假艺术的表象所迷惑,坦然地面对、安详地品味那份孤独自在的清静,总在感悟艺术生命的意义。在婉西面前,他的情感总是那么深厚、醇美。顺境时,他不追慕浅薄的激情与莫名的浪漫,肆无忌惮地展示风情;不得意时,也不会毫无顾忌地表白自己的哀怨。他享受着艺术的孤独,也就意味着享受着一份宁静,享受着一份宁静,就自有一份收获与满足。他悠然欣赏着艺术生命中的每一个风景,因此他的灵魂又从未感到孤独。他轻含香茗,体会人生之甘苦,舒饮红酿,感受心灵的律动。他的孤独与死亡都远离了世俗,丢掉了虚荣,在川剧艺术冥想中他和心灵对话。作品昭示了其清澈美感与孤绝尊容。

贺小晴的创作当然远非尽善尽美,笔者严肃地认为,她显然处在向这个高度的攀登之中,跋涉的步伐也需要更稳健,她还必须警惕选材的风险和追新猎奇刺激的诱惑。但笔者也坚信,写作年头并不长、也不以丰产取胜的贺小晴,以她严谨的态度与内在潜力进行不懈创作,必能获取丰硕的成果。

高贵精神立场的智性表达

接触素罗衣的散文,缘于一次会议茶歇闲聊,一位资深评论家向笔者特意提及此人。此后便收到了素罗衣的作品。笔者花了一周的时间集中读完了她三十余万字的作品,好些作品读了两遍甚至更多,自认为走进了她的美学世界。

素罗衣供职于川北一个地级市文化馆,这样的单位容易给人形成两种印象:坐在里面的人应该而且必须会写作,这是他们的职业标志;这样的单位只会养"嘴皮",产生不了真正的作家。素罗衣在日常工作的同时,不仅写散文,而且写了不少,总体水准超出了人们的期待,这是十分可喜的。

与素罗衣慢慢熟悉后笔者得知,其写作兴趣在近十年有了一些变化。她早期写作以散文为主,而后写过一阵诗歌,这些年把主要精力又投入散文写作。这种变化表象上可以视为作者文学方向的一个回归,不免让人生出久别重逢的感觉。笔者虽然不是特别清楚素罗衣的全部写作经历,但若仅就其上述两个时段的作品进行一个并不复杂的比较的话，则会明确看到一种不可同日而语的情形：她最近几年的作品更洒脱、更自由，对文学精神的理解更深刻（尽管她在电话里说自己的散文多数创作于2012年前，这几年由于工作的原因写得并不多，但是，上述脉迹依然是清晰的，判断也是准确的）。她的作品有着很强的女性写作、诗性写作的美学风貌，这些作品以出人意料的丰富性表达了作者平和而深邃、温婉而素朴的温馨浪漫的人间情怀。

穿越俗世的天真吟唱

素罗衣在她这一代作家中是独特的，有着比较良好的国学基础、比较丰沛的历史人文学养、遍地开花的民间生活习染、开放的文学视野和敏锐的现实考量。这使她的很多散文在关注历史文化的精神意义上备受关注。在笔者看来，她特别动人的散文是那些浸淫于灵魂深处的生命体验、那些与她心性间距最近的文字。借助这种阅读，笔者产生了一种很纯粹的直觉：素罗衣的散文写作是极其认真的。她小心翼翼地圈护着自己的人文品质和文字品质，她知道俗世不可能洁白无瑕，而是遍布伤痕，但心性柔软的她依然坚持以温情和美好去看待人类世界，对世界发出天真的吟唱。素罗衣凭着感性去触摸生命真相，竭力隐去直接介入，力求越过浅表之物探勘人与世界之秘境。有点不可思议的是，素罗衣发现了很多同龄男女作家没有发现的生活中又很难被发现的温暖和美好。她的作品基本立足当下，既有比较浓郁的地域诗性和现代性乡愁，又有比较强烈的底层书写与文化思辨。这种写作状态之所以可喜，就在于她的散文所依托的文化母体与她的写作之间已不是简单的个体风格特色影响的问题，更多的价值在于已形成的具有初步样态的生命、哲学层面之意义关联。借助这样的理解，笔者于是得出如下的结论：素罗衣不失时机地确立了属于自己的地方经验和文化谱系，她"不合时宜"地书写属于自己的地方志和时代情感播报，读者不难感受她确定指认具有属于自我独特美学空间的自觉与努力。

散文是一种表达自我、表现生活的方式。在温情如刃的莫测生活中，作家必须而且应当为自己确立更高尚、更温和更善意的写作指标，在这个时代飘溢散文的撞力之美与再生之美。在大众的散文信赖正在走失的哀怨之声中，我们需要的是重塑散文的尊严，不仅要恢复一种散文精神，更需要恢复一种散文生活。和眼下一些一线重要散文家相比，素罗衣的文字似乎自然简单一些、青涩一些，也朴素得多，不乏随意、粗糙之作。从初步的观感而言，她的一些作品显得其貌不扬。而笔者之所以尊重她的散文写作，是因为其作品并未陷入当下普遍为人诟病的晦涩、深奥、做作、繁复的写作流弊，而是与历史、时代、社会保持着亲密的距离，并能够以个人化、诗意性的方式将自己的思想和情感传达出来。素罗衣的写作取法自然、考量人生，以多样化的架构展现大千世界的无穷韵味；以亲历亲切、充满个体化与唯一性的人文地域书写样态还原历史的细节和被扭曲的生活真相；用特有的叙述情感进行与众不同的绿色生态写作，考察转型时期城乡文化发展的时代特征，从小处切入，微观世事，用女性的细腻视角，探幽社会人情的日常品貌，在"入世"之中保持了作品高洁的情操和主体独立的叙述精神，倾力寻找温馨动人的灵魂家园，无论是文学还是精神上，都表现了与同时代众多作家的众多的不一样。比如：

  雨落了一天。又落了一天。落不完的落，像车间流水线上的传输带，涌过来涌过来，不间断似的，无止尽似的。檐前的雨稀里哗啦地打在二楼的白铁皮雨棚上，仿佛有人穿着铁靴子在上面使劲踩，咔啦咔啦，咔啦咔啦，把雨棚踩成了一地碎屑……我在这咔啦中睡过去，一觉睡到四点，眼皮仍然沉得像堵墙，不愿醒。一场雨下来，别说春意阑珊，连人也阑珊了。

——《春深似海》

  上述这段文字立意独到绵长，既旖旎梦幻，亦灵动自然，皆具浪漫古典色彩，充满怀想，表现出与众不同的叙事韵味。又比如：

  如果说二月的春风像钢丝，抽在人身上还有些生硬的话，三月的风已像草绳，明显软了很多，抡起时有了温柔的弧度，灌到脖子里没有一点沁人的意思了。每年这个时辰，桃花都像一个美丽的向导，引领人们步调一致地走向郊外。

——《桃花如诉》

或许是深受传统文化诸元素之影响，罗衣的散文深刻浸淫着清晰的自由洒脱与超凡脱俗的精神脉象，在纷扰不堪腥膻绵绵的浑浊空间里保持着自己恒久一贯的高洁情操，将民生文化的底层因子深深烙在丰富多样的文字里。

罗衣的散文写作似乎在告诉读者一个被很多作家忽略的事实——散文是可以日用的。它不会像"雅士"想象的一样，存在于一个纯粹的精神空间里。罗衣的散文成为一种极具民间意义的日用艺术（丝毫没有影响散文本身的品质）。罗衣以一个散文家的修养和立场给这个遗憾的世界竭力留下意义。或许正是这种文学念想，才使她的作品远离当下的散文风习，以单纯质朴、清逸和美的独有韵致款款托出，不露声色地超越着抒情主义的日常表现，逐渐彰显出大气的古典与现代精神关照的优雅风神。

紫荆花，你一定不知道，成熟的你有着令人崩溃的美，你更不知道，你的美，是怎样的铺天盖地，泼辣而有力……就在昨天，我教孩子们唱一首歌，"傍晚的山上多么美，一支牧笛轻轻地吹……"歌词并不感伤，可我唱着唱着差点哭了，这是多么别扭的事……紫荆花，就是从去年春天写到今年春天，我也无法写出你的风姿……有时甚至因为一种身份不明的风和雨，你的更年期就得提前数天到来。

——《紫荆花，你站在我的虚构里》

相似的题材已显古旧，感叹不胜枚举，但罗衣仍有话可说，且说得精彩。紫荆所指涉的，乃是罗衣自己，她看到时世对紫荆的摧折，表达自己的悲戚心痛，感怀柔软。面对这种不堪回首的情形，她用散文刻录自己真实的心情，她要在庞大无序、孔武有力的现实面前，执拗地用飘然的紫荆向多彩的世界确证自己和散文的存在并宣布与浊然事物的誓不两立。

深情吐纳的精神乡土

精神怀乡是绝大多数人共有的深沉的生命情愫，作家自不例外。借助对文学史的考察不难发现，作家（文人）对现实的参与欲望和对精神故乡（几乎都从地理含义延伸而出）的眷恋情绪几乎难分伯仲。文化故乡会在他们忘乎所以和不知所以之时冷不丁地敲击或抚慰其乱糟糟的心灵世界，这种温暖无边的精神景观往往令干瘪苍白的现实鼓噪显得无比尴尬。生于川北的罗衣，浩渺绵柔的蜀地文化精魂早已渗透其骨髓、凝结于其血肉，使她从心底滋养起了一种柔韧纤纤的文人情怀，不出手则已，一出手则是沉甸甸的"硬货"。罗衣灵魂深处的柔美与执着常常让人心旌摇荡，构成了她散文灵动素朴、飘逸厚重的风格面貌。真正有耐心、恒心、决心、能力、经验去面对和书写这寂寞世界的人太少了，那些经典而又普通的斑驳记忆变得越来越沉静了。罗衣在这个意义上是寂寞的，她有许多文字在悄无声息地叙述着那个遥远而又触手可及的世界。

> 她是被岁月随手放在河边的一段枯枝，静静地睡在河床上，在年复一年的潮声桨影里，面无表情地老去。她实在是太老了，斑驳的额头，皱巴巴的脸，像一个沟壑丛生的核桃，就是天上所有的浮云飘过，也抹不平她眼角的皱纹；就是天下所有的梨花白加起来，也改不了她赭色的肌肤。可是不知从什么时候开始，一阵春风吹过，她心里又生出些小小的冷冷的快乐，于身体中灵魂中开出花来。
>
> ——《老街呓语·题》

故乡，是罗衣萦绕梦回之处，亦是其心驰神往之地，尽管作家已身在异乡，但依然时常与它们相遇。它们是罗衣人生闹市中最珍贵的收藏，也是她内心柔软得令人落泪的部位，令人百感交集。故土带着宿命的味道，成为罗衣心路历程贯穿始终的注脚。这位早慧的作家，似乎以少年老成的姿态诉说着众声喧哗之下使人心静的悠悠乡愁。

罗衣擅以生活过的乡镇为描写对象，以个人的生活记忆对故乡进行观照，将现实思考与人文返观相融合，表达了一种近乎挽歌式的生存状况的精神注目，以高度的文化自觉蓄积着丰沛的人文情愫，多维度地呈现了故土中国的文化生命。罗衣的文字使人看到了乡情的柔弱与无力，看到了精神故乡的遥远与无奈，但她却避开了虚无颓然的可能，给了人们向善向上的美学指向，这很难得。在她冷静克制的倾诉中，我们读到了悲悯与温度；在她敏感而含蓄的情感世界中，我们领悟到了关于人生归属意义的哲学思考。古朴的乡间景致和纯净人生点拨，充满了民间智慧与圣洁温情。这种令人动容的不老回顾，超越年轮成为人们恒久的原始情绪并相伴始终，表现为绵延不绝的普遍精神，甚至是一种流淌于民间的生命律令。怀乡，这既是俗世的幸福，也是一种人生命定。绝大多数人都是带着凄美苍凉的怀乡之情走完人生之路的。在万念丛生的物质世界中，作家面对邪欲上演的人生竞技场，却不能用悲凉陌生的语调去诉说生活的遥远与陌生。因此，对故乡恋曲的奏唱，实际成了众多作家共同的选择，它不仅是大众内心深沉情怀的无声渲染，也是作家独立世界的自我抚慰，满足着双向的情感需求。罗衣没有书写故乡恍如隔世的衰败，亦绝不夸大城市化下某些空壳化的乡村是怎样凋敝肃杀，更未奏响中国乡村在现代化进程中遭遇难堪的挽歌。这尽管在某种意义上已是一种不争的事实。她始终信守精神故土神圣高贵的尊严，所以，她的很多文字总能从古朴遥想中启悟现代生活中渴求的某种欠缺的人类精神情绪。这是一种难得的温暖，朴素而丰富，来自罗衣的人文立场和审美取向，来自她与家乡千丝万缕的亲密联系，来自对芸芸众生深沉的爱悯。正因如此，她的文字总会让人读出一种勾连记忆追踪遗忘的味道。

> 不用回头我也晓得，池塘边那片橘树，也正含着离别的热泪，簌簌地落下。我说，不要你送，我有脚，自己会走。你知道吧外婆，我是怕看见你哭，也怕你看见我脸上乱淌的泪花……有了好吃的东西，无论是一个梨，一块糕，你都要给我留着，放坏了也不舍得吃。甚至

吃饭时，你不肯挑桌上的菜，我说，你吃呀。你袖着手，一副旧式小媳妇模样：这把老骨头了，吃了不长个儿了，你们吃你们吃，吃了好读书好当个聪明娃娃……胡豆数了一茬又一茬，枇杷开了一发又一发，葡萄藤呀，早已爬满了架……

——《你是我回不去的故乡》

作为乡音书写，罗衣和其他作家没有区别，都在回归古旧的存在，但她是深刻的，她的深刻不在于崇高，而在于对一种不容一丝轻慢的崇高情感的发现，在于对一种古老民间情绪的持续表达。这种经年累月的寻找令人心生敬意，在这个过程中，罗衣不断回归精神故里，历经那场面温暖、诗意、亮丽的冰雪高洁的感人洗礼。

曾经的乡村生活练就了罗衣的人生态度，也训练了她一种看待人生和世界的眼光。她希望用文字带给嘈杂喧嚣的世界一种体贴之情。罗衣文字中的乡愁，有着对乡村消逝景色的无限眷恋。她也看到了中国现代化背景下乡村呈现出的某种枯寂甚至苍凉，并用女性的敏锐嗅到了乡间一种感伤的味道，但她召唤的是一种固有的从容不迫、安如磐石的幸福感、安详感、踏实感、安全感。在俗世的狂欢盛宴之中，罗衣打开了抚慰众生的道德天眼。

人伦生态的谦谦呵护

文学史的经验告诉人们，真正优秀的作家都有考量生活、摩挲人生、洞悉现实的专属方法。"她写花写草，写山写水，写亲情友情，写故旧新知，写儿女情怀，写游历见闻……从中可见一派逸致幽思。"[①] 罗衣常怀一颗淳朴的赤诚之心，不仅书写了"一地鸡毛"似的"烦恼人生"，书写了娱乐至上的浮躁现实，而且面对开放现代的语境，表达了对现实人性与人生的深切关注和深深忧虑，体现了独特而宽厚的人文伤怀。爱默生说：

---

① 白描. 人 狗 石头［M］. 乌鲁木齐：新疆美术摄影出版社，2012：8.

"他们的美德是赎罪。我不愿意赎罪，我只愿生活……我宁愿它是平淡无奇的，因而也是真实而宁静的，而不愿它闪闪烁烁，毫不稳定。我希望它完整而甜美，不需要节食和流血。我寻找的是你作为人的基本的证据……"① 罗衣的写作展示了自己品格的坚韧和心态的安宁，这是一种人文性文学典型情状的再现与绵延，作家倾心于对日常人生质地绵密的呵护，温婉沧桑地关注人生的困境和心灵的困顿，细腻而不柔弱，深刻而不艰涩。因此，读过她的散文我们自然会产生一种本能的亲近，仿佛她素朴仁厚勾勒出的人伦生态的表演场地就在我们身后，她实现了平淡生活中的精神突围。

  社会进步了，友情倒退步了，人与人之间的感情更淡漠更廉价，可以轻易来，轻易去。大家只推说生活所迫，各奔前程，一个忙字就是避友最好的借口。新年圣诞这个节那个节，一通电话一个短信就完事，甚至短信也搞批发，转发时连名称也懒得改，"收到是扫兴，收不到是活该"……太热情的，如火一样的，我害怕，避之不及。太冷淡的，如冰一样的，我也害怕，怕被冻着了。最好是，我默默看着你的同时，你什么也不说，报我一个会心的微笑。

——《朋友，距离》

  《朋友，距离》写得颇具感性之美。罗衣洞察到了普遍性的文化危机和价值失衡所导致的人类精神之殇，决绝地张扬具有普遍价值意义的精神回归。十数年的写作，让罗衣已经拥有了自己的文学世界，这个世界是一座人文关切的富矿。对人类世界的担当意识以及对共同价值的追求与抒写，使罗衣的散文作品具有一种与其年龄不相符的精神厚度。她关注当下社会的物质诱惑、人们精神上的裂变困惑以及传统丧失、人性迷惘等形成的一连串沉重话题，在文字中表达了对往昔时光中人伦价值、自然风光以

---

① R. W. 爱默生. 自然沉思录 [M]，博凡译，上海：上海社会科学院出版社，1993：131.

童趣世界的回忆与缅怀。她觉察真诚在流失，虚无在上演，力图穿越迷雾，为人们寻找心灵安放之所。细小如缕的人文关系，在罗衣那里已经不再是以自身记忆为核心的个人情绪标志，而是一种普照情怀，绵长弥漫，恰似天云般浩茫。罗衣文字中流露的对天地人心所怀的高贵的惦念之情表明她作为优秀作家的人文思想已经成熟。

当然，笔者也注意到，罗衣有的文字笔调显得过平，缺乏起伏，少于变化。希望她今后的写作既与现实生活保持最亲密的联系，同时又能占领时代人文精神的制高点，参悟生活玄妙，保持自己写作的可持续性。

商业霸权蹂躏之下的精神回访

世纪之交，贾琳在对文学的一片虔诚中找寻自己的写作身份。从她出版的散文集《萱歌》到《我在》中透射出的斑驳依稀之光，读者可以发现，她已如愿。

贾琳出道之初是以诗歌"打头阵"的，写出过《我在唐家河等你》等优秀作品，但随着阅历的增长、工作的变动，她放下了诗歌，走向散文。这里面有着极为重要的原因，即她的工作和接触的人、事、物，以及背后牵引出的精神和情感思量，诗歌文体已经无法容纳。对她而言，其实这种调整也是一种本体回归，她可以用一种比较从容的姿态理性而现实化地表达对外部世界整体性的审美考量，关注自我反思与沉淀，显示对生活的自信，在默默耕耘中积蓄一种新的崛起力量，以真实的心灵抒写本真的现实，摒弃新奇怪诞的手法，忠实于诚恳的表达和自然的叙述。经过较长时间的积累、转化，贾琳的散文写作日臻成熟。对文学、现实、生命、情感的担当意识以及对普适价值的追求和认同，使贾琳的作品具有一种精神上的厚度和哲学意义上的诘问色彩。贾琳的作品温柔典雅，抒写现代社会的世俗生活面相，格调淡雅自然，清丽飘逸，柔和而兼具须眉气概，具有明澈和幽雅的风格，题材广泛，显示出女性细腻柔婉的情怀与智识者对当下现实的密切关注。她点滴的生活书写，凸显了其良好的艺术感觉，既有对现实生活人生百态的独立思考与判断，又有对幽深邈远的历史人文的深刻遥想和虔敬秉持。

贾琳曾说："因为在，所以爱，因为爱，所以在……我依然在这里，用我的笔，写我爱的字，继续我的爱……四季轮回，世事变迁，唯一没变的，是打不败的真诚，时代向前，社会发展，一直坚持的，是不能停的记录……活着已是幸运，书写就是幸福，生活是源，作品是流，我坐在从源上来的流水前，尽可能地要坐得端正点、优雅点。"20世纪90年代至今，很多作家端着架子写散文，不是在写人和真实的生活，而是在写莫名其妙的事情，缺乏匍匐在地的亲近姿态，看似热闹，其实早已远离了文体本心。人们因为散文丢掉了自由和率性的精神特征而转移了阅读重心，开始关注那些并非出自职业作家之手却灵气活现的平常文字，因为它们没有虚伪和作态，遍布自然和真心。

贾琳并不是职业作家，她是一名公务员，写作于她仅仅是职场之外的爱好。或许，这种业余的身份，反而使她放开手脚写出了品位不俗的散文篇章。贾琳的写作让散文回归朴素的人情世故，回归人性，回归知识分子长期坚守的独立精神。同大量泛公共经验与欲望关注的书写相比，贾琳的作品竭力以独特的视角打量常识，记录世间早已为大多数人忽视的诗意和细节。例如：

> 据说，绣球花是一种善解人意的花，为了让我们高兴，它从开放到凋谢，会历经青绿红蓝紫白等多种颜色，这些丰富的颜色寓示着生活的多姿多彩。又据说，受到这种花祝福而生的人，极富忍耐力和包容力，有着充满希望的丰富的人生。还据说，绣球花如雪球累累的伞形花序，簇拥在椭圆形的绿叶中的圆形花朵，象征着与亲人之间斩不断的联系，寓意着无论分开多久，都会重新相聚在一起的亲情。所

立体多元的经验世界
——消费时代的文学书写

以,我更愿意,把情人节叫作亲人节,把与情人节有关的绣球花看作象征着亲人之间绵绵不绝的情意的亲人节花。

——《与情人节有关的绣球花》

这是一篇不错的散文,在这篇文章中一个新的贾琳出现了。作者对世俗的生活习见表达了明确的反拨情绪,执意传递一种灵魂告白。敏感的个性和丰厚的人生积累,使她的文字很好地处理了生活真相和现实情境的关系。人们读到了她熠熠生辉的外表之下静寂似水的内心情怀。她将现实中许多夸张无度的情绪指向极其节制、内敛地典雅书写,以独特的认知方式表现不计世俗得失的心灵姿态。

那些李子花,是上天为了安慰我们这些在地震后变得异常艰难的环境里已经生活了快七百天的人而派来的天使吧?它们那么美,那么可爱,一朵朵的,一瓣瓣的,在泥泞不堪的小路边,在篱落疏疏的菜园里,那一抹抹乳白的花雾,那一缕缕静心的青绿,是让在凡尘里挣扎的我们看到希望的花仙子,它们从容淡定地在乱糟糟的环境里很认真地、很努力地开放着,仿佛是要告诉我们这些劫后余生的人:不管生在哪里,不管遇到什么环境,只要是花,就会开放,只要活着,就有希望……

——《李花静心》

作家从人们刻骨铭心的生活记忆中走出来,把因个体经验的单一性可能形成的视角偏差调整到一个恰切的位置,用平和的态度和更为宽阔的胸怀传达着一种超越苦难本身的情怀。贾琳对常规提出了挑战,其文章亦暗含一股冷气,但她希望悲剧不再重演,哀伤成为过去,因此其文章也表达着一种她长期坚持的原则:人应该理性、自由、自信、宽容地生活。

贾琳早些年的散文和大多数作家一样,主要是关于少年、故乡、亲人、朋友的个人化书写,这些作品所传递的情感固然真挚朴实,但因常见而难以出彩。从开始散文创作算起,近十年来,贾琳的散文从单一的对过往记忆的复述，发展到对生活、生命、历史和生存意味的隐喻性描述，记忆作为一种形式由感性走向了精神感悟。存在意识、血缘意识、故土意识相互融合，成为作家生命的恩赐、生活的感动。在那些文本里，"回忆"是现实中可触摸可体验的一部分，生活就在路上，我们又在路上体悟生活，这条路是当下生活的一部分，生活与历史不光是一种过去时的记忆抑或记载下的文本。

贾琳关于过往记忆的描述涉及较广，异地风光、求学趣事、乡村故事、少小回望等，但这些内容很难推陈出新，笔者并不喜欢。倒是《念想兴文，那石头开花的地方》《考驾照那些事》《从前有座山》《记忆是时间的灰烬》《怀想西阳坝的油菜花》《一梦惊回二十年》《爱上大沟》等作品，突出表现了她独有的那些东西，很有意味。笔者格外关注贾琳写山区生活的那些作品（可惜不多），她在那些作品中刻写了蜀山蜀水的无限魅力，展示了女性视角下，社会时代的文化风韵在特定时区的深深投影。在她早期的文字中，这个投影虽然并不十分清晰，但如果持续不断地关注，人们终究可以从中体味人精神变化的整体过程。并且，因为她下力甚厚，于此多有停留，故而取得的成绩亦甚可嘉！

> 秋去冬来，大沟的水清澈不变，水边的乐趣依旧还在。有阳光的时候，大沟依然在平缓的地方淌着闪闪的碎银，在水深的地方蕴着空灵的蓝水晶……下雪的时候，松软的雪花会给蜿蜒的河水镶上茸茸的花边，让它在暖暖的雪被下等待春天……爱上大沟，爱上大沟的山，爱上大沟的树，爱上大沟的水，真想，真想变成一尾鱼，常住在大沟某个水潭的某块石头下的某处，和另一条也爱大沟的鱼，一起静静地老去……
>
> ——《爱上大沟》

贾琳用回忆的叙事形式，让读者走进静寂洁雅的神奇大沟，以一种生命了解和接近另一种生命的形式感知大沟的楚楚动人，其间所有感人的景象无不含蕴着生长于斯的人们的存在气质。贾琳更以自己走进大沟的亲身经历，让我们看到并学会对"大沟"群像的仰视与膜拜。作家以一个人文智识者对大沟的联翩怀想与持续思考，完成对生命与自然源自内心深沉而非走马观花式的浅泛而谈、浮滑之论的深刻感悟和眷恋，它们与婉转幽深、摇曳多姿的人文情调互补相渗，融为一体。这种回味是作家恋根的虔诚，其中仰视的敦厚情怀则源于作家柔情万般的底层立场，二者互为联肘。这样的散文立场表达了作家对人类血脉之根的赤诚坚守。水中小鱼的假想所思考和传达的实际上是贾琳走出故土的现代文人的血缘认同，这是一种信仰态度，也是现实生活当下状态的一种神圣立场，有着不朽的意义。

> 已经在世上走了快四十年了，我那已经逝去永不再回的青春年华和最好的时光该拿什么去纪念……因为一直坚信，只要努力，眼睛就会看到想看到的风景，只要用心，生活就会给人意想不到的惊喜，所以，从不后悔曾有过的付出和投入，从不害怕将会来的风雨和结局。为了那些失去的和得到的，为了那些有过的和即将到来的，在这细数从前迎接明天的时候，且让我在二十年前曾经出发的地点，对着花香祈愿：在接下来的二十年里，但愿我能一直眼神坚毅、内心坚定、微笑面对、快乐前行。
>
> ——《一梦惊回二十年》

借助阅读，笔者始终有一种奇妙的感觉：贾琳的表达方式是比较独特的，不带书斋味，甚至也不像众多女作家那般过于婉约。贾琳有着女性天然矜持的一面，她对生活的领悟多半依凭生命的直觉。这篇文章可谓聪智慧心、超拔飘逸，凸显了作家超拔的人文底蕴、独具的思想慧根，历史意识、人文精神交互变换，智者立场与文学情怀水乳交融。这种摒弃雕饰的美学精神比拿腔拿调值得珍惜。文章中表达的情爱，既非纯知识层面的，也非故作矫情。

> 回首曾经行过的路，见过的风景，遇到的人，我才发现，那些明

明灭灭的希望，那些细细碎碎的感念从来就没有离我远去，那些带着痛苦又让人奋起的蜕变，那些不断修正又不断生长的复原，一直都深藏在心里而已。

——《一梦惊回二十年》

贾琳的文字中透露出一种逼人的气质，洒脱自如。这应该是她原本具有的觉态，在写作过程中自然释放这一觉态，她便找到了自己的话语方式。写作是一个诉诸自省的过程，可喜的是，贾琳适时地探索到了自己的散文精神表达式，文字清丽隽永，恰好是她思想由混沌走向清晰的真切反映。从少小的素朴到今天温文尔雅，通过这样的文人化过程读者可以清晰地看到她美学选择的痕迹。对文学、生命的担当意识以及对普适价值的追求与抒写，使贾琳的散文有一种精神厚度与高远眼光，澎湃则大气磅礴，细微则如涓涓小流，收放自如，细细品味方觉惊喜有加。

笔者以为，贾琳有一种精神信念，就是顽强追求逼真的记忆叙述。笔者想，这或许是作家为了留个贴心记忆，让灵魂有个保存。所以，我们看到贾琳散文的叙述处理往往力求获得一种精神还原，竭力剔除现代人的心智和眼光，以直接介入的方式获取任情任性的审美效果。

喜欢鹿耳韭，因为它们只长在高山，长在林间，在阳光下舒展枝叶，在轻风里怡然自得，不喧嚣，雾霾尘埃浑不沾，啜云饮雨好新鲜……喜欢鹿耳韭，喜欢那长在高山上没有一点儿污染的有营养又有骨气的天韭！喜欢鹿耳韭，喜欢那来自深山密林没有一点儿坏处的好味道好模样的天蒜。

——《喜欢鹿尔韭》

朴素、平民、温暖、亲近、浸血之爱，类似的关键词可以被视为类似文章的情感意旨。作家从个体感受出发，从美学与心灵出发，对现实生存景观表达谦谦尊重。贾琳是一个不倦的跋涉者，她寄希望于人生之全，因此，在她的写作中，常常无法掩饰对人生难以两全的无奈。读了她大部分文章以后，笔者认识了藏在作品背后真实的贾琳。在这些散文里，没有一丁点儿妄自尊大的优越感，在很多现场表述中，她也不诉诸社会意义和历史含量的丰厚，而是依凭真实的个人感受与读者交流。她希望在实践理性中找到和谐，在精神和感觉的向度去揭秘书写对象的独立价值，具有代表性的《唱给自己的传奇》《我在唐家河等你》《怀想西阳坝的油菜花》《曾经的百合》《活在当下，赶走烦恼》《诗人死了，我们活着》《像塔莎老奶奶一样地生活》《昨夜，我在梦里丢了你》等。笔者不知道贾琳是不是左手写诗、右手写散文的"两栖"文人，但读她散文让笔者产生了这样一种感觉，她游刃于两种文类间，自由无比，故而获得了难得的轻灵而又严肃的文化立场，这种表意的优势显示了一个比较成熟的作家举重若轻的潇洒和雍容。贾琳的个体生活情怀已在其生命中无限延伸，她把自己的生命和大部分热情倾注于描述对象，表现了自己的坚持，呈现出现代知识女性开放的灵魂、眼光以及强烈的自省意识。在她的作品中，高远的精神仪式与匍匐在地的虔敬烛照合而为一，朴实的笔调平静书写凡人世情，透露出她毫不夸饰的与世无争的宽容与镇定。她从生活中获得的感悟乃是享有一种诗意和悠闲的人生。此乃个体情感世界与天地之道完美契合之根本，在这点上，年纪尚轻的贾琳颇似悟道高僧，气定神闲，她希望用自己的诚恳庄重，给这个世界留点意义。

温暖智性的叙事伦理

小说的当下性与叙事智慧

20世纪80年代开始文学创作的范小青无疑是中国当代非常优秀的作家之一，她以数十年的罕有努力，千余万字的卓越贡献，建构起"小巷文学"系列。她的小说多以苏州为叙述背景，从这个城市的世态人情入手，探究当地人生活方式的渊源和精神本质，深刻表达了对以苏州为代表的江南地区文化的独特理解，在地域历史文化的个性书写方面做出了具有开创意义的贡献。这种叙述背景不仅成为宿命般的依托，是范小青与苏州骨肉相连的情感维系，也成为较长时间以来评论家持续言说的重要话题以及作家深受读者喜爱的重要原因。就像当年福克纳因"一个邮票大小的地方"而誉满天下一样，姑苏小巷成为范小青叙述生成的风水宝地，不仅形成和支撑起了她相当长时间内的文学地标和创作格局，更成为作家广受赞誉的经典的审美判断的情感出发点，以及其写作内在精神气度的载体。这种内蕴或灵魂，也是范小青小说写作的精神纲领。

王尧在评论范小青前期创作时说："此阶段范小青的叙述仍然像一个

立体多元的经验世界
——消费时代的文学书写

苏州姑娘那样讲话,絮语,细腻,温情。这些构成了范小青小说的美学,这个美学是与吴文化的温文尔雅一致的。所以写的是'新苏州',但给人的感觉是'旧文化'的气息。纯净与中和之美,这样的品格与迅速到来的文化转型颇有不协调的感觉。这是旧苏州大变动之前短暂的文化上的宁静。"[①] 淡泊与世俗的姑苏民谣在让范小青获得较高评价的同时也令不少评论家犯疑和猜忌:她的这种经验性写作是否够格?

当年,由于撰写《范小青小说创作论》(四川大学出版社,2010年版)的需要,笔者比较系统地阅读了范小青的作品,发现了一个与本文写作极有关联却被批评界普遍忽略的问题:范小青哪怕在写作状态极好的时候也在努力探索新的写作可能,并能不失时机地找到考察现实文化和人生面貌的有效角度,重新理解时代环境之于写作的意义。她先后发表了《百日阳光》(江苏文艺出版社,1997年版)、《城市表情》(作家出版社,2004年版)、《女同志》(春风文艺出版社,2005年版),用一种全新的方式介入现实,创造了一个让读者必须认真感受的全新的文学世界。笔者以这种理解读完范小青最近的长篇小说《桂香街》(江苏凤凰文艺出版社,2016年版),并惊叹于作家以坚韧而宽厚的情怀表达深切的命运关注。作品除延续了作家优美的文笔,构建了精致的情境和辽阔的意境,更借助主人公的生存定位与社会角色的落差,在细致敏感的人物命运铺排中倾心探求人物复杂的内心世界,以及在特殊环境氛围中的性格侧面和心理层次,以喜剧似的叙述语调凸显了生活中某些不可调和的合理失范,冲淡温婉地意会了人生旅程中那些不可避免的善意谎言和误会,让读者明白尖刻骨感的生活背后渗漏下来的仁厚和善意是那么珍贵和感人,显示出日常生活世界中繁杂而不乏温情的伦理真相。

《桂香街》在图书市场的好评如潮,与它彻底写实的题材处理方式有关。作品中记录的普通百姓故事和司空见惯的基层社区工作,皆是当下社会生活较为真实、较接地气、较具人气且争议性较大的题材。小说最为出彩的地方便是对这些人间烟火的描写,它让读者真切感受到现代社会发展

[①] 王尧. 转型前后——阅读范小青[J]. 当代作家评论,2008(1):23-27.

进程中的普遍希望和潜在忧患，领略作家冷静审视社会的情感基础和热忱的民生关怀。深刻而皮实的生活让作家发现了写作的另一种可能与前景，经历了两个重要的阶段。范小青对自己独立作家的身份认知日益清晰，成为当代作家中为数不多的能够将生命激情与艺术控制合理平衡的作家之一。

当代不乏优秀作家，但能够把鸡零狗碎的泼烦日子写得动人、动情的作家不多，能够视日常温情为一种生命自信并坚持努力的作家则更少。《桂香街》对朴实无华的生活真实进行梳理，以步步紧逼的姿态直面那些琐碎纤细的百姓话题，具有强烈的时代意识，这又契合了作家长期以来关注日常生活的一贯性。范小青善于发现在那些小人物身上附着的熠熠生辉的可贵生活气息。

相对《百日阳光》《女同志》等作品，十年后的《桂香街》显然又是一次非常聪明的调整，既表现了清醒明确的现实主义精神，在处理题材复杂关系上也比上述作品更娴熟自如、得心应手。小说中林又红从机关单位辞职到外企（联吉氏）做高管，后又成为桂香街的居委会主任。她经常处于人生选择的某种临界状态，很多细节的生活变化迫使她常常背离预期的目标，而事实上又契合了她内心深深隐藏的某种无意识。

> 2015年春节后不久，我从不同的渠道，陆陆续续地看到了一个名字：许巧珍……一位85岁的居委会干部，名副其实的"最美小巷总理"。她在社区居委会这个岗位上，一直走到生命的尽头……在生命的最后的日子里，她仍然在居委会工作，仍然在为居民服务，仍然惦记着居民的衣食住行和喜怒哀乐……给许巧珍送行的那一天，来了那么多的居民，那么多白发苍苍的老人给许巧珍鞠躬，那么多人眼中饱含热泪……回忆和现实交织成一张大网……许巧珍的事迹、居委会干部这个称呼，极大的鼓动了我内心的激情，最大程度地调动了我的写作积极性。我感觉，我似乎无法拒绝，将这一群人写出来。
>
> ——《桂香街》

立体多元的经验世界
——消费时代的文学书写

　　林又红从破产的外企离开，待业在家，因不会使用灶具偶然与居委会扯上关系，被夏老太固执地叫成"蒋主任"。从此，"主任"这一称呼就和她结下缘分，一发不可收拾。范小青对人物社会角色的处理在这里的确给读者一种奇异甚至陌生的感觉。加缪认为，人类存在的真实处境就是荒诞，"荒诞存在于人，也同样存在于世界。它是目前为止与世界之间唯一的联系"。《桂香街》里，范小青一开始就借联吉氏中国公司董事长老马的话对林又红以后的"角色误会"做了铺垫："你不仅仅有狗拿耗子的特点，还有另一个重要特点，就是你不太懂得看眼色。"作品用一种介于诙谐和幽默之间的叙述语调，将人物的现实关系置于一种既尖锐又温存、既剑拔弩张又秋波暗送的意味深长的奇趣环境中，使林又红的生活在希望和现场之间，形成了一连串不由自主的冲突状态。只是，范小青在展开林又红激情飞扬又磕磕绊绊的人生叙述时，不仅不露痕迹地化解了主人公遭遇的各种社会矛盾，更使某些伤感的生活细节具有戏剧性色彩。和范小春以前的作品相比，《桂香街》提供了更加精细、绵密的社会情景。作家以少见的叙述耐心，将严丝合缝而又琐碎具体的写作精神一贯始终，表现出了一位优秀作家心手相应的美学自信与大气。

　　范小青以对生活故事的痴情和不懈追问，深刻地表达自己，以富有灵性的个人创造，完成对日常事件的现代性思索，既有收敛性的节制，又有开放性的扩张，卓有成效地显示出当代作家少有的不可替代的尖锐性和抚慰性，以匍匐于地的真诚和崇高深情的仰望，写出了在很多作家那里都不大看得到的感人景象——温暖、坚韧而有希望的生活。她以优雅而质朴的方式去描写善良、温暖和充满力量的心灵，以公正宽容的眼光对待生活、对待历史、对待人，以宽广、随和的人文精神抒写独有的质地光泽温润的人生世界，这是一种时代验证和历史再叙述，具有重道仁爱的全部蕴涵。

　　《桂香街》用通透鲜活、客观真实的表达解构了林又红、江重阳等普通人在时代进程中发生的种种，以个性鲜明的市民精神为切入点向读者讲述人生理想与现实生活交手背后的许多有趣现象。于是，范小青笔下的人生故事因为时代特征、文化胆识、社会责任等关联性而覆盖在浩然的精神气场之下。在事业单位干得风生水起的林又红因为大学恋人江重阳突然到同一部门任职而心慌意乱,同事的阴险调笑,江重阳的玩世不恭,让她的疲倦感油然而生,现实的尴尬使她不得不重新思考自己的未来生活,联吉氏的"招揽"给她创造了良机。本来,企业高管的位置可让她在人生第二战场大展身手,然而好景不长,就在她踌躇满怀之时一场意外使企业遭遇灭顶之灾。覆巢之下焉有完卵,不服输不回头不将就的脾性让她选择辞职回家,就在这散马休牛的空档,"居委会主任"事件完全改变了她的人生走向。全书二十七章就有二十五章在直接写林又红与居委会之间的种种经历,充分显示了范小青傲视当代的叙事耐心。尤其灵敏巧变的感觉和顺口随心的故事组织,足以考察其勘测性情和点化世道的内功与修为。作家帮助读者充分领略了现代人的欲望、烦恼、困境、救赎、自省等,也并不回避主人公个体的抗议与质疑,只是希望尽力揭示那些私密的形而下经验背后的具有社会性和公共性的民生属性。林又红如同《女同志》中的万丽,她的生活结构的确让人们重新认识了一个素不在意的人性世界——多层裹挟的斑驳人心及其内部的精神潜流。作家显示了抽丝剥茧的分寸与智慧。

夏老太执着地把林又红认作"蒋主任",从此,林又红对自己的身份、工作丧失了主动选择权。"蒋主任"是谁,她与林又红有关吗?尽管作品最后都没有告诉读者谁是真正的"蒋主任",但它又像一双无影大手,一边扯着一脸茫然身不由己的林又红,一边拉着充满好奇急切求解的读者。作品当然不会满足于这种表面的阅读设局,而是极有耐心地让"蒋主任"牵扯着主人公慢慢走进她自己的人生世界。老书记病倒,主任位置的暂时空缺,为林又红成为"蒋主任"提供客观空间,江重阳肆无忌惮的嘲讽刺激以及赵镜子和侄女小陈的暗中助推使这种可能更接近真实,林又红的好管闲事和明知山有虎偏向虎山行的执拗把自己推向了前台,因此,林又红命运的短暂无序从逻辑上说,尚在可控范围。当初在机关单位工作时,她连连晋升,看似前途无量,但她亦清楚自己有几斤几两,从不奢望福音不期而至,也不会为了追求上进而不择手段。她仗义执言,有真知灼见,敢真刀真枪地与对手交锋。她深知付出与收获从不成正比,所以淡漠名利,不计较得失。然而,这个弄假成真的"居委会主任"使她的人生价值得到了升华。从夏老三的经历,她看到了城管工作的不易;从齐三有、罗桂枝等人的经历，她了解了百姓的艰难。居委会老书记的无私奉献，使她懂得了社区基层工作的重要性，理解了百姓那些可爱又可笑的小狡猾小自私。应该说，林又红从一开始对当居委会主任毫无兴趣，到逐渐理解，再到主动做事，最后诚恳投入，范小青力图淡化主人公持有的这种紧张的身份关系。正是这样的叙事努力，让我们发现了现实生活的多样、丰富与峻厉无情，范小青对主人公的一举一动都给予了含情脉脉的注视，表达出了对人物无比的理解、心疼和体恤。

> 不是我疯了，是世界疯了，你放眼看看，现在还有几个正常人，我好好的在联吉氏做事，顺风顺水，就凭一个没有出事的所谓事故，就栽出来了，好吧，你们又暗中联手把我搞到居委会，好吧，到居委会就到居委会，我这个小才就只能小用，可我都死心塌地地小用了，你们还是不罢休，还在背后不停不息地算计我……到居委会工作，做一件，被骂一阵，做一件，被骂一阵……更气人的，连居委会的同事，表面上恭恭敬敬，背后乱嚼舌头，胡说八道，我给小吃一条街想办法，他们就批评我不肯改善居委会的办公条件，又是出风头，又是搞政绩，我真觉得好笑，都到了居委会，还政绩……我气的就是这个，我明明受了很多委屈，却偏偏走不掉，不是别人不让我走，是我自己不能走，不想走，不肯走……
>
> ——《桂香街》

林又红"走马上任"后，读者看到了一个极有才干且有抱负的"居委会主任"形象。为了给小吃街摊贩提供固定摊位，她四处奔走，尽其所能地帮助和改善社区设施，清理下水道……林又红靠尽职尽责和真诚实干，取得了群众的认可。相信很多读者最初都会对林又红的身份大转换颇感叹惜，甚至表示抗议，但高明的作家通过描写真实的日常生活，诚恳坦荡地写出了主人公的内心风暴，建构起了一个让人心服口服的小说秘境，激活了常态之下暮气沉沉的街区生活资源，以理想化的笔调完成了对人物生活历程的完美讲述。

本雅明说:"写一部小说的意思就是通过表观人的生活把深广不可量度的带向极致……在生活的丰富性中,通过表现这种丰富性,去证明人生的深刻的困惑。"①《桂香街》对现代知识女性的生存追求和困境展现分寸拿捏十分准确,内蕴丰盈的情景设计巧妙无痕,含蓄考究的细节客观上显示了范小青现实主义写作的绝佳状态,在细声慢语的淡雅平和之中竟然不动声色地装载了一个清靓时尚而又具有闲情逸致的都市女性被历史误置的有趣命运。作者隐而不显,理智地放弃了对现实结构中某些重大人生冲突非常别扭的装腔作势的描写,直捣人心世道的要害之处。日常状态下秘而不宣而又通行于世的生活伎俩被作者天衣无缝地拷贝存档,悄悄递给了读者。这种关注与主人公的生存意义休戚与共。范小青很希望把林又红的生活空间尽量处理得温和化和理想化一些,因此,她笔下的林又红在遍布的温柔陷阱中逐渐成就了新的自信。这样的故事背景不仅吻合林又红的精神寄托,当然也诱发了读者的浪漫情怀。走进极致的平淡朴素,拒绝价值妥协,这是范小青令人尊敬的写作精神。这种精神毅然粉碎了写作与消费社会的秘密和解。范小青是一个朴素的客观化书写者,她笔下的林又红就是一个心无杂念的小人物,没有背景也不靠背景,也不攀龙附凤,绝不会像许多人那样为了成功在唯唯诺诺中讨生活。她生活在鸡零狗碎的繁杂事务之中,但她的生活词典中没有杯水微澜,也没有蝇头小利;她坚决捍卫着自己的人格秉性,竭力挽留自己的趣味风格,抵挡住了人生中的一次次重大冲击;她不矫情、不做作、不虚与委蛇、不忧心忡忡,她的人生经历让周遭世界黯然失色。

万众睢睢,悬悬而望,这是范小青以深厚的人道精神赋予主人公的巨大伦理情怀。沈从文先生认为作家"为人类'爱'字作一度恰如其分的说明"②。林又红的人生叙述,对毫不起眼的平民生活提供了温厚善意的表达,谱写了一曲经典感人的普通人的生存咏叹调。同时,作家以一种负责任的诚恳态度宣示了那些隐藏在生活之下微小而常见且随时可能"发作"

---

① 瓦尔特·本雅明. 本雅明文选[M]. 北京:中国社会科学出版社,1999:295.
② 沈从文. 沈从文文集(第11卷)[M]. 广州:花城出版社,1984:303.

的迫在眉睫的社会问题。

范小青小说叙事伦理的高贵古典是有目共睹的，这也是一种撒向民间的高贵气质，指向普通大众的人文性、和谐性。这种文学倾向体现在《桂香街》对几位女性的极其精练干净的塑造中。林又红、赵镜子、俞晓都是美丽而独立的女性，她们都有着丰富人生故事且长久地用坚硬外壳自我保护。《桂香街》以多线叙事的方式写了四个同学（三个女人和一个男人）的故事，读者在不了解人物关系时也许会觉得这样的人物设置方式有些暧昧，但这种暧昧的可能经作家高明的美学处理后表现出了纯正无邪的人文意义。这三个女人都爱着江重阳，但这种时代之爱已摆脱了生理性的欲望而具有生命、精神、情感交互感应的性质。范小青并不想叙述一个头破血流的莽撞世界，而选择保留悠悠絮絮的智性优雅。她创作此小说的目的并不是讲述催人泪下的浪漫故事，而是真诚地希望自己笔下的主人公能得到一种永久的幸福关怀。范小青不写冷峻狠辣的文字，而是以昂扬、敏感、温善、自信的基本取向，表达自己对中国本土故事的朴素理解。

沉重温和的叙事生成

本雅明说过:"对于天才作家,每行诗或每个句子之后的停顿——命运沉重的吹拂,都像轻柔的睡眠一样降临在他艰苦的劳作之中。"① 章泥以独特方式坚韧而流畅地完成对自我经验、生命感悟以及一些与其年龄很不相称的颇为玄妙的形而上观念的出色表达,她是同代女作家中不可多得的以自己独异美感赢得认可与欢迎的作家。她对自己的"独奏"是如此专注执着和勤勉素朴,流溢着浓浓的人间诗性,令人倾倒。这么多年来,她一直在努力寻找属于自己的那一部分读者,也很幸运地找到了能够与自己无障碍交流的读者。她以洁净典雅肃穆庄重的风格和态度显示出自己与这个花花世界的格格不入。谢有顺对作家陈希我曾有这样的评价:"他自觉

---

① 瓦尔特·本雅明. 德意志悲苦剧的起源[M]. 李双志、苏伟译, 北京:北京师范大学出版社, 2013:125.

地从这些快乐的写作人群里抽身而出，独自在存在的黑暗旅程里艰难地前行。"① 笔者认为这种评价用在章泥身上也是合适的。章泥的作品不是很多，却从容不迫、本色素朴地耕耘在中短篇小说园地。她对中短篇小说写作的钟情从另一个侧面表现了她对生活的敬畏和文学规律的深刻体认与尊重，她选择以中短篇小说创作作为与世界沟通的方式，圆润剔透地表达自己的历史与文化关怀。

灵验叙述与诗意温暖

在"出名要趁早"观念的驱策下，很多作家一出道便直奔长篇小说而去。而章泥却始终坚持创作中短篇小说，并保持适度的写作频率，这源于她对自己写作状态的高度自信。她热衷于理性地表达自己对世界的确凿认知和感受，坚持以现代的宏大眼光提问叙述对象，其朴实真诚的讲述背后隐含着恢宏大气的东西。读章泥的作品很容易产生一种错觉：作家是一位阅尽人间滋味、饱经沧桑的过来人。因此，当得知章泥是一位扮相入时的年轻女作家时，读者往往会大吃一惊：她哪儿来的生活？

章泥努力使自己的写作沉静如水，时刻保持着内省的姿势，寻访众生的精神家园，参悟生存的意义。她的小说不断认真地向读者讲述着"昨天"的故事，讲述一种生命的存在。她语意平宁、若无其事地控制着叙述节奏，期待一种真实和完美，随时担心某种突如其来的东西会对自己的文字世界产生哪怕一丝一毫的破坏。在她所创作的中短篇作品里，笔者注意到了一个很有趣的现象，即章泥对于人类内在的复杂与丰富有着本能性的特殊偏好，个体的生存状态和精神体验是她小说的主要构成。与年龄、经历、生活实际极不相称的是，章泥往往以最大的寂寞和叛逆精神竭力封锁自己涟漪翩翩的内在激情。

章泥是一个尚未被文坛充分认识的作家，事实上她的创作已经很成

---

① 谢有顺. 为破败的生活作证——陈希我小说的叙事伦理[J]. 小说评论，2006（1）：9—16.

熟，她是一位具有独立价值和研究意义的作家。《荒山菊》是一篇意味深长的作品。小说书写了两个世界：一个是"我"生活了三十年的现实世界——科根城，另一个是蔷薇门以内的灵异世界。这是一部微缩版的家族史，祖孙八代都被囊括其中。小说围绕成功的喜悦、失败的痛苦、爱情的欢愉、生活的坚韧、生命的顽强、死亡的达观、命运的承担、信义的忠诚等命题讲述了祖孙八代的故事。这部作品让读者陷入一种虚与实、真与假、现实与历史的多重悖论情景之中，热闹而玄梦的现实话题被章泥以一种更文学性的方式讲述出来。也许，故事可以用传统手法讲述，但作家放弃了，故意混淆了真实和虚构，以至没有人会对有关科根城的故事产生疑惑，不乏荒诞色彩的情节布局，写出了诸如生存景况、精神世界、存在意义的深层大观。

在《荒山菊》中，"我"作为一个若隐若现、恍如幽灵般存在的叙述者，拓展了小说的叙述空间，提供了新的洞察支点，先锋与魔幻的意味昭然若揭。小说中彼此渗透的人物关系与真幻混杂的故事摆布所彰显的先锋精神，代表着对现实生活与人类精神的深刻思虑。小说倚重的不是单纯的叙事迷宫，而是要完成对特殊的"时间"观念——生命终极意义的哲学思考。主人公遗世独立我自悠然的自足精神，表达着深沉的对眼花缭乱的时代症候的绵绵反拨。这种很多人根本看不到的画面，一方面很容易形成对作家年龄的认知偏差，让顽固的生活论者呆若木鸡，同时又使作品自然地显示出了真正独特的味道，从容淡然，朴素平实，举重若轻。

现实疼痛与精神烛照

作家需要保持向生活提问的勇气。多年来，章泥一直在苦寻一个至关重要的精神答案：在这个时代，人们以何自处？

为了回答这个问题，章泥以自己一贯的诚恳和温厚，书写了20世纪末苍茫的人类心灵秘史。叙述者发出的是一种老去的声音，表达的却是诗性尚存的烦恼人生。内心白发苍苍的文字状态并不表明作家就心如古井，恰好相反，在她凄绝痛楚的叙述氛围中，我们可以清晰地感知她拒绝屈服的态度和热切温润的渴望。她对人们的精神状态深怀不满，表示了深切的忧虑和关怀，这是一种多情而温暖的情怀。她大抵永远写不了冷峻狠辣的文字，因为她对这个色彩斑斓的世界充满爱怜，有着无与伦比的真诚与执拗，做不到隔岸观火。她和她的小说一样，敏感、平静、温存、善良。她愿意用无边的温情去拥抱人们割舍不了的渺小生活，这种独立的精神品格令人肃然起敬，她创造出的是一片不会沉没的坚忍的精神高地。

《三十年的樱桃糖》看上去好像在讲述一群现代男女的少年故事，但它却被章泥以极其个人化的当代性经验加以改造，拉康式精神镜像使小说悲凉的背景态散发着优雅情调。她希望用过来人的眼光温婉而又不留情面地打开那些童年生活死结。说实话，笔者不知道章泥的童年和少年时期是如何度过的，也不愿去做形而下的臆测与评估，但良好的生活现状让笔者对这部小说的美学深度和文化含蕴深感震惊。章泥似乎拥有一双隔世之眼，以此看待此生此世，于是她写出了一种悠远的苍凉。小说借少男少女的懵懂之眼洞观了一代人的生存状态和生活境遇，规避了时代对审美的强力介入，这是章泥的过人之处。午坪镇油库子弟羊天和比月在大人们眼中是有些前途的。比月有个当货车司机的父亲，使她有零钱花，有零食吃，有漂亮衣服穿，因此她成了以羊天为首的一帮穷孩子心目中自以为是自私自利的人，无人理睬，备受孤立，只有锅炉工何朝元的智障女儿酒婴是她的铁杆儿。于是，酒婴成了整个叙述的重要中介。酒婴吃苦耐劳、友爱善良、乐于助人、关心朋友、天真无邪。天生的缺陷使她经受了太多的屈辱与磨难，她和午坪小学许多人都做过同学，成为"高龄"小学生。被众人冷落的比月从她身上找到了享受服务的快乐，尽情地使唤她，让她买回两只冰糕却出人意料地独享。现实处境既是生活的牢笼，也是一个极为虚假而缺乏实际内容的处所。小说在生命价值和生存尊严的意义上表达了对生存处境深深的失望和克制的仇视。显然，章泥梦呓式叙述的意义在于，她以一种非常有趣的形式表达了对生活的控诉。生活的神秘、世俗的力量、利益和阴谋，构成了这部小说的叙事主体。作品中风烛残年的病退职工肖老尼、偷情被拿现行的邹正龙、吃着红苕突然遭到母亲抽打差点噎死的比月、灰头土脸的油库以及同样灰头土脸的人们……这些人物无一不扬厉着那个时代生存的盲目性与荒谬性，使读者在作品背后隐约听到了良心的哭泣声。

《月黄昏》依然在讲述古旧的故事，基调低沉，旋律喑哑，宛若一曲奏响在旷野之上的人生咏叹调，每一个音符都响彻着孤寂与绝望。作品既有高远厚重的精神叩问，又有匍匐于地的虔诚刻摹，适度地显示了作家柔和细腻的情怀与对生活真相的持续关注。作为独子的王卓庆从父亲手中接过布行，"卓庆布行"在他的勤勉经营下声名远播，兴隆的程度远远超过了父辈，他为人和善、温文尔雅。然而，生意上的成功并不能取代、弥补他情感上的遗憾。他少年时期暗恋过布行裁缝梅浩然之女梅子——梅疏影，而一把大火烧毁了京城名媛的礼服，更烧掉了可能成就的一段绝世姻缘。为了抵债，梅子只能去京城陪伺贵夫人的女儿，并在一年半后暴亡，这让王卓庆"心上那块肉死死地扯着，活生生地要揪了去"。尽管在父亲的张罗下王卓庆结婚了，甚至也为了安抚这个绝望的灵魂，他的夫人和姨太太都与梅疏影有着某种程度上的形似：夫人的单眼皮、二姨太洁白的小米牙、三姨太耳边的一缕黑发、四姨太玲珑秀气的鼻梁、五姨太右腮的芝麻斑……殊不知，这更加剧了王卓庆的精神忧伤和心理抑遏。他最终饮弹自尽。对生存现实和未来的无限忧惧构成了王卓庆亢奋而疲惫的精神状态，抱憾终身的前尘往事是他无法抗拒的魔幻引力，这种遗世之爱使他变得极端扭曲，这是一种具有哲学意味的精疲力竭。人有病，天知否？当精神情绪的支点荷重超限变得摇摇欲坠时，人们的心灵已经脆弱到极点，背负的不安与恐惧迫使他们不得不走向内心的失控状态。

章泥在这部作品中深情探寻了欲望与孤独、存在与虚无、生命与死亡等生存命题，以人文之魂立天地之心，既有对主人公精神困境形而下的揭示，又有对生命绝境形而上的诘问与思考。当下，很多作品表达的精神空间太有限，精神的复杂性和灵魂维度颇为单调，难以让读者产生作品以外的生活想象。章泥的小说在这方面做得很到位，抵达了一种深刻的境界，坚持了一种向着人们的经验、生活、灵魂发问的忠直态度，没有苟且，绝不闪缩。她以直面精神污点和疼痛的勇气对庸俗的生活和放纵的灵魂大举冒犯，这种书写使柔和温婉的章泥具有了对某种常态生活揭竿而起的意味。同时,她与笔下的人物又保持着理想的距离,像和善的老者静静打量着主人公,早已将喜得失置之度外,流露出的是对人类精神依归更高格更醇厚的仁慈。同类的作品还有《菩萨石》,章泥通过向读者讲述的陈年往事,扯出一段悲欢苦乐,由于采用拉开心理距离的事后叙述,那一段刻骨铭心的岁月伴随年轮的碾磨,已经并不那么尖锐刺骨,使读者在情感沉淀之后,重新翻捡惊心动魄背后的生活真实,这也恰好是作家的真正用意。

喧闹世界与别扭人生

这么些年来,章泥始终在努力探寻人性的幽微曲折、悲天悯人,参透人生的平静与豁达,常常让人读出普适亲情的文学呈现。她不懈地用深邃而又忧郁的神采向人们昭示那些曾经温暖的过往;她的清醒令人难忘,她希望人们能够明白"理想很美好,现实很残酷"是多么真实;她敏感而清晰,执着而矜持;她的写作闪动着阴柔的霞光,足以照见人们不愿说出却又时刻端着的可怜兮兮的"上进心";她很多作品如同喧嚣中的静默打坐,揭开纤尘中的信封,取出余温尚存的生活记忆。

《尘归尘,土归土》是章泥 2015 年获第八届"四川文学奖"的作品。这个大中篇带着平淡生活中的精神突围,从情感、理性、欲望等角度阐述了色彩缤纷的人生意义和价值。关于存在的疑难和活下去的幸运等心灵冥想赋予了作品另一种意义的全新的生命感知:善良、厚道、不功利、不势利。小说依托主人公的情爱故事,曲折穿插,最终抵达人性世界的灰色地带。

主人公罗遇出生在一个干部家庭,从小衣食无虞。痛失过两个儿子的父母将他视若珍宝,养成了他不拘一格的性格。他的感情生活一塌糊涂。他坚持从大学退学,迎娶了小店店主吕纹琼,后来却遭到背叛。与吕纹琼离婚后罗遇认识了漂亮大气的卫竹,觉得终于找到了自己最理想的伴侣,就连罗母都认为他的生活终于走上了正轨。正当罗家上下为这桩亲事感到高兴之时,卫竹隐婚的事曝光了,两人的婚事就此作罢。尘归尘,土归土。在小说营构的几个故事中,罗遇与卫竹的爱情无疑最为动人、最令人着迷。章泥很清楚，罗、卫二人牧歌式的爱情，原本就经不起世俗生活的考验，充其量只能作为一场难圆的美梦暂存于当事人的畅想之中。但我们又不得不承认，正是小说披露的特殊性别身份和主人公情感生活的凄美结局使我们在这个难容精神义举的时代接受并理解了章泥的"浪漫"，这部情感剧，格外典型地折射了现代都市男女婚恋的复杂价值形态。写出了人物的精神历程和心理危机，探问了出走与回望、犹疑与愧疚、欲望与道德、原罪与救赎等众多重要话题。

作家黄咏梅说过一句很有意思的话："今天，谁也无法给谁一个皆大欢喜的交代。"[1]《尘归尘，土归土》的主人公是情感的被欺骗者，因为爱而遍体鳞伤，移离和逃遁成了他们的感情结局。作品暗中主张了一种凄风苦雨式的幻灭主题。表面上，情感乃个人私话，不触及宏大事件，但章泥却给了我们认识这个时代的深层视角。这部作品不建构任何一种生活诗意，也没有对任何一种情感形态表达一种明确的态度，但当事人的各种个人感受以及情感生活关涉的方方面面都细腻入笔。作品犹如一曲无奈缠绵、单纯朦胧、哀婉凄美的男女歌谣，给似是而非的牧歌式爱情添加了古旧、晦暗、散漫、麻木的情致。章泥对秘密世界的执意深潜，让读者看到的是灵魂的痛楚、肉身的沉重和生活的颓败。章泥了然这些世俗爱情的虚无，但她善意款款，并不放弃情爱的价值理想，依然让那些形色各异的男男女女倾其一生去寻觅那种高贵而致命的东西。

阿伦特曾说："在一个变得非人的世界中，我们必须保持多大的现实性，以使得人性不被简化为一个空洞的词语或幻影？"[2] 换一种方式说，我们在多大程度上仍然需要对世界负责，即使在我们被它排斥或从它之中撤离时？《尘归尘，土归土》以一种并不新奇的审视方式叩问爱情，悼忆人生，为那些真诚和不那么真诚的、对生活担责和负心的怨男善女，也为无情无语世故庸俗的现代日常，唏嘘嗟叹。实话说，当读到这里的时候，笔者颇为惶惑，的确没有想到在这个时代，一个三十多岁的女性，居然会

---

[1] 张柠. 黄咏梅和她的广州故事[J]. 文学界，2005（10）：33-56.
[2] 左梨. 万物的绝望在何处终结：10位欧陆哲学家虚拟访谈[M]. 北京：东方出版社，2020：203.

为一个有些老旧的故事感动哀伤。由此，笔者认定章泥是一个值得信赖的作家，她真实而传神地表达了这个世界的苦痛和甜蜜，让读者体悟到了一种人性的温暖，一种美妙而亲近的惦念情愫。特别让人温暖的是，章泥在意识到情感殿堂崩塌、人们归属感丧失的时候，依然以孤独而决绝的清醒姿态表达着自己的文化关怀，显示一个作家的拳拳之意，善莫大焉！

章泥是心仪古典的，她以一种冰洁、典雅、流利而不失机智的方式折射出当代生活中那些直接的现实和流行的价值信念。她拒绝小资，近乎严苛地保持敏感、坚守自我、直抵人心，这些东西逐渐成为她的一种标签，也使她在文坛保持着很高的辨识度。章泥的文字温婉柔软，像一位慈祥的母亲，讲述着一种深刻而快乐、美丽而玄奥的经典神话。她努力在以自己的方式做一个开创者和收获者。

行文至此，突然想到张爱玲的八个字："岁月静好，现实安稳。"希望章泥越走越远，越走越好！

用温润的灵魂找寻表达的兴奋点

1997年笔者曾以"又一种女性文学现实"为题讨论女真的中短篇小说（《当代作家评论》，1997年第5期）。二十多年后的今天，她的中短篇写作已取得了非凡的成就，风格成熟而独特，具备了一个优秀作家的文学与时代意义。特别是这十来年，她佳作迭出，令人瞩目。笔者深深感动于她的这种写作状态，集中精力阅读了这段时间她的主要作品，仔细梳理，写成此文。

阅读女真的小说恰似面对深沉浩渺、辽阔莫测的现实生活和涟漪阵阵的时代风潮，我们会产生对家庭、事业、情感、社会、历史、命运等话题的种种思考，为小说中那些有关卑鄙与丑陋、刁恶与奸猾、高尚与美丽、温婉与良善、丰盈与宽厚的文字激情而感动。女真是一名职业编辑，业余从事文学写作，所以对读者来说她的身份是双重的。这么些年来，她将杂志办得风生水起，令同行刮目相看；写小说深情敦厚，为读者喜爱。作为一位"业余"的著名作家，她在长篇小说、中短篇小说、散文（不知道她

立体多元的经验世界
——消费时代的文学书写

是否也写诗)等几类文体的创作中都表现出了优秀的水准和傲人的成就。一个工作繁忙的出刊人,肯在三十多年(她于20世纪80年代大学毕业后即开始写作)间坚持写作且成就显著,实在难得。这是一种能够征服人的文学态度,我们没有理由不对女真真诚的写作精神深怀敬意。这种文学耐心换来的是长篇小说《绯闻》,小说集《晚霞中的红蜻蜓》《黑夜给了我明亮的眼睛》,散文集《远古足音》《篝火照亮夜空》等耐读之作的问世。

评论家贺绍俊在谈及女真的家庭小说书写时曾说:"国家国家,国是建立在家的基础之上,没有家这个基础,国还是国吗?所以我认为女真的专门写家庭琐事的小说是宏大的小说。"① 女真是一位写实型作家,在她身上看不到那一代作家特别是很多女作家身上特有的某些标志性毛病。她开始写作后的相当长一段时间正是新潮小说席卷天下的时代,但我们在她的作品中却根本看不到那些形式的、技术的影子,她的注意力主要集中在日常生活的隐秘之处以及复杂斑斓的人性真相上。当我们对其作品进行文本解析时,从整体而言,读者看到的是一个真诚厚道的对文学传统积极认同,对故事、对细节、对美感、对生活等诚恳负责的忠诚表达,她对所有小说要素的迷恋到了令人惊讶的地步,因此也使她的小说的综合品质比很多同龄同话题作家更胜一筹,令人惊喜。女真的文字穿行于现实生活的大雅与大俗之间,所以,试图用日常批评思路对女真的书写予以快捷的归类就显得比较别扭甚至力不从心。这样的错位对批评者而言无论如何都是一种挑战,我们必须以勘探取样的诚挚方式和态度真正走进女真的文本世界和精神世界。

女真基本上算是新一代的青年作家,之所以说基本上,是因为她的文学年龄尚浅。但她却是个性鲜明且才华出众的作家,以极其个人化的生活发现和审美阐释,赢得了属于自己的写作尊严。与同时代很多作家夸张个性故作高深不同,女真是一位难得的安静而朴实的作家,总在那里静默地书写自己对生活的真实感受。笔者曾经很疑惑:女真曾就读于中国顶尖学

---

① 贺绍俊. 琐事烦心事都是大事——读女真的家庭小说 [J]. 当代作家评论,2008 (2):81-86.

府，人生的几个重要阶段都平顺无碍，具有良好的家庭背景，但为什么她的小说总是那么旷日持久热情不减地关注凡俗市井，为什么表达众生生活的平凡性、日常性会成为她的一种自觉和非自觉的美学目的？后来，笔者逐渐明白，女真是在通过社会生活的常态故事叙述，将具有审美指向性的人物塑造与高贵平凡同在的观念表达，贯穿在日常生活那些仪态万方的神圣与崇高之中。在女真的作品中，涉及作品构建的任何形式、技巧的标签都被替换成了感性丰满的生活涵蕴，这样的美学处理，也是女真作为人文主义作家最不同凡响的地方。

温情抚慰与精神信念

在笔者的印象里，女真是一位只顾埋头写作的勤恳作家，对写作抱有十分的虔敬。她有着丰富的人生经历，对世界的感受能力特别强，对人类精神状况的关心与对精神生活的理性表达成为她的人文理想。这种人文理想是作家的一种超越性信念，它使写作本身和笔下生活实现了基本的尊严和价值。在那些文字中，流淌的是女真刻骨铭心的生命体验，这些文字与她的心性距离最为接近，是灵魂饥渴的食粮。她希望实现一种对现实生活温暖无际的感情包裹，拥抱普通人的人生，使我们收获了一份特别的温暖。这种善意的写作常常带给读者最真实最质朴的感动。就像谢有顺说的，"二十世纪的文学是作家们集体讲述绝望故事的文学，在他们所留下的那些浩瀚的作品中，你几乎读不到任何希望，为什么？因为人性中的善——希望和信心唯一的生产器官——彻底地隐匿了……恶，腐朽，黑暗性，绝望感，成了文学的主流，神圣，高尚，信心和美均被放逐"[①]。在很多作家那里，黑暗与绝望取代了光明和希望，残忍与暴虐取代了宽仁和温情，生活没有出路，温暖失去市场。而女真的叙述是家常的，具有磐石般的定力，它为作家构筑了一个无时不有、无处不在的氛围与背景，为其

---

① 谢有顺. 发现人类生活中残存的善——关于铁凝小说的话语伦理[J]. 南方文坛，2002(6)：42-45.

立体多元的经验世界
——消费时代的文学书写

人物性格的生成和故事意义的实现提供了顺理成章的足够支撑。生活的甘苦、情爱的真伪、家庭的冷暖、友朋的亲疏等元素，成为读者检视现实的依据。在女真的小说中，所有的恶行与苦难，都围绕在情感的周围，并最终得到饶恕和化解。这既是女真对现代社会情感德行的基本信心和深刻理解，也是一种强大而坚韧的力量，还是一种历尽沧桑之后绕指柔般的自如挥洒，静美而优雅。

《我是太阳、月亮、星星》是一篇极具现代意义的抒情作品。小说通过叙述一位女大学生假期回家后同父母的接触，传递当今社会诸多精神伦理的隐含信息，表达着一种诚恳的期待。评估师、会计师李凤干练好强，为家庭、为女儿拼命干活，"以为靠多挣钱就挽救自己在这个男人眼中的地位"。她挣了很多钱，但是花在为自己购买化妆品上的太少了，她花钱把自己的男人收拾得很体面，却反而加速了其出轨。她无助神伤甚至歇斯底里，甜蜜的记忆却如明日黄花。李凤通过一次妇科手术探出了婚姻世界的真相，与丈夫之间的感情也因此破裂。此后，二人争吵不断。然而，女儿高考前，这对夫妻却空前一致地同意暂时停止争吵，用沉默迎接对方，这是一种彬彬有礼的冷漠和拒绝。他们要分手，但又为了瞒着女儿而假装和睦，一同陪女儿吃饭、购物、散步、看电视、说些不咸不淡的家常话。女真希望社会生活是有序的，家庭关系是温暖的，情感世界是有望的。"心软的女真总希望给那一颗颗伤痕累累的心灵以诗性的温化和慰藉，给其以某种满足。哪怕是以令人不忍的方式。"[①] 小说中，李凤是一个受伤的女人，失去家庭，失去健康，似乎人生中之大不幸都与之纠缠不清。但小说其实并非在向读者单纯讲述一个带着哀怨色彩的家庭故事。女真是典型的人本主义者，写人永远是第一位的。诚然，李凤是不幸的，她的爱既不抽象也不高调，在家庭生活中也惨淡出局。从表面看，李凤的故事稀松平常。然而，人物的苦难和不幸远不是小说表达的主题意趣，女真恰当地把控和调整着故事推进的方向和力度。舒缓温存的叙述比较合理地瓦解了

---

① 张德明. 又一种女性文学现实——东北作家女真创作散论[J]. 当代作家评论, 1997 (5): 119-124.

女主人公人生遭遇的情感冲突，俗世间的幽情怨绪在作家平静似水的低声絮语中渐渐变得和风细雨。在女儿眼中，妈妈的情敌也不是那么狰狞可恨："这个漂亮女人，她是个妖精，不知道施了什么魔法，让我想恨却恨不起来她。我爸就是这样被她迷住了的……"对男女主人公而言，他们的关系已失去了向前看的可能，形成的创伤也不可能重新抚平，甜蜜的爱情只存在于回忆中。他们在女儿面前的"友情出演"尽管心照不宣，但这种美丽的谎言在给人们带去内心刺激的同时产生的温化人心的作用也是不可否认的。李凤是一个被命运捉弄的女人，但并没有表现出对过多的怨恨，反而以坚强的意志和深沉的母爱为支撑，继续前行。女真坚信生活中必然留存着善意和温暖，它们可以愈合俗世啃噬的伤口。生活的复杂性和情感的丰富性在故事文本中翻腾奔涌，缠绕燃烧，得到了充分展现。从根本上说，这不仅是对叙事分寸的拿捏，还传递着女真对世道人心一眼望穿的充分自信，以及在表达上游刃有余、以求完美的自我期待。这一点女真是实现了的。

　　女真的中短篇小说对叙述情感的要求特别苛刻，她一贯慈祥地关注着行色匆匆求取生活的人们，用文字传递对现实和众生的温情与善意。她所倚重的感情游弋在作品人物和事件的设计之中。义气坦然，忠善厚道，摒弃功利，是女真一向追求的充满民间意味的仁义品质，这种品质在今天已经日渐稀少非常珍贵。女真以一种仁德之心关注现代生活，凝望现代人错综复杂的精神世界，它也成为女真小说中最有芳华的部分。仔细想来，它不仅是女真对一种品德操守表达的深切缅怀，也是对一种正在流逝的文化精神的执意挽留。女真小说基本没有刚性、壮烈和显示豪迈气势的书写，总是那么温文尔雅，慈眉善目。用善意洋洋去关心普通人的精神结构，去化解现实生活的无尽尴尬，它们成了女真小说书写的极其重要的闪光点。

　　《说好了不见不散》是一部非常典雅且饶有趣味的中篇小说。作品以退休工人陈国庆为在大学当副教授的儿子带孩子为线索，演绎出一系列人生戏剧。这本是一个司空见惯的百姓料理，却让女真写出了丰厚深远的文化蕴涵，营造出令人感动的古典雅致的文人境界。小说对汉语表达的无限可能性进行了卓有成效的探索和呈现。陈国庆的经历坎坷，令人唏嘘。在

· 245 ·

她最为艰难甚至想离开这个世界的时候，儿子成了她最大的生命安慰和动力，但儿子除了读书、教书以外别的似乎都不太行，她觉得，只有多为儿子做点什么才使自己更为硬气和放心。一次偶然的机会，她参加了推脱不掉的小学同学会，这个平时把自己包裹得太严实的女人了解到罹患绝症的小皮子、时尚高知王红玲等人的各色人生，也发现了积极鼓励她参加同学会的儿媳王红玲的良苦用心。这样一个简单故事，却反映了社会生活中的一系列重大问题。在女真笔下，陈国庆几乎是温情的化身，她身上寄托了作家无尽的精神念想。在作品中，温情是感情救赎、生命归宿和生活理想，所有的人生苦难都会因此得以告慰；可怕的罪恶，也都会受此点化，跪求宽恕，哀鸣新生。小说笔触细腻、情节简约、格调清明，这是女真具有独立风格和走向成熟的重要标志。

女真的写作与欲望化的狂欢截然不同，她力求摹写一幕幕带有终极意味的普通人的温情生存图景。尽管她深知，这种愿望要实现是多么的艰难，但依然坚持以思想者的姿态和寻梦者的善心讲述骨感十足的生活背后残存的暖风习习的生存之恋，这是一种精神意义的生命尊严诉求。当代像女真这样倾心于生活温度打探和书写的作家肯定还有，但在生存温情的持久表达上女真无疑是将文本主题与生命感悟交融得非常真诚非常纯粹的成功者，她所赋予的超世俗的哲学理想具备事关民众精神质量的神性内涵。这种与大众语话格格不入、和之者寡的弱女之勇，除了令人敬佩的执着意志和精神担当，客观上的确营造了一种文字上澄明包容的宽大空间。这种与天同醉的理想叙述，已经达到了灵动自由、纵横捭阖的文本境界。

平民意志与底层书写

底层书写是当代文学的重要话题之一，女真是优秀的参与者。这十来年，她默默穿梭于城镇和乡村之间，坚持为普通人写作，把底层书写当作一种生活方式。女真的底层书写和当下海量的同类写作有很大不同。我们看到的底层写作很多是似曾相识的人物和故事，书写上长期的相似性已经形成了一种审美阻拒，读者只能依据作品盲人摸象或自我诊断，作品替代了读者与底层的全面沟通，部分底层书写明显带有投机取巧的短视倾向，轻率而盲目。而女真以普通人生活为视角的同时，还把目光投向了其他地方，于是她笔下的普通人生活就具有了更宏大更深远的社会参考价值。普通人生活既是女真写作的原点之一，也是她文学价值观的起点，还是她检讨生活的根基。她写作的目的就是要找寻深藏在作品背后的无比辽阔神秘而令她魂牵梦萦的民间信念，这种精神信仰可以平抑世俗物欲、抚慰人心，成为女真极具个性化的永恒的归所与抒情对象。她的作品植根于底层又超越底层的人情人性视野，具有更加开阔的场景和令人耳目一新的深厚内涵。

《儿子上树》是当代底层书写的一个新收获，带给读者全新的阅读体验。这个中篇给读者的惊喜是多方面的：叙述情感平稳冷静，叙述态度亲和慈悲，审美眼光大气朗丽，故事细节丰饶逼真，人性描写动心动情，等等。笔者曾多次阅读这篇小说，为其中柔情蜜意的描写而落泪。这种阅读体验虽不能说绝无仅有，但肯定地说是不多的。女真的叙述力道张弛可控，内敛节制的柔性诉说让我们不再震惊于生活的压力和世事的艰难，而是对损伤、侵犯、无常、疾病产生了一种旷达的顿悟和淡定的接纳。小说中，离婚后的关婷婷独自抚养儿子，靠帮人开出租车维持母子二人生计。她爱面子，从来不催拖欠儿子生活费的前夫打款，宁肯多开车多受累。儿子上学后一点也不让她省心，淘气无比，鬼点子无边，这让本来就生活得不太容易的她精疲力竭。因为儿子的捣蛋，她生活中相当一部分时间都在完成向学校及老师道歉、表示感谢、做保证等一系列日常仪式。给她打电话的，不是要车的熟客就是告状的老师。儿子第一次在公园爬树便引起众人围观，这让她颜面尽失；第二次和同学一起爬圣诞树后更是被"请"进派出所，她和前夫被训得狗血喷头。儿子的捣蛋让她几乎崩溃，但她必须坚强地挺住！女真以珍贵的耐心书写了普通人既善且美的生存故事，他们的日常疼痛，已转化为日常生活的社会性诘问。同样，在反复经受生活煎熬的弱小生命面前，不计其数的生活磨难记忆和摆脱痛苦的祈祷，经过作家的升华，已成为一种更为辽远的人类观照。这不只是题材选择的角度问题，更是直指一位作家的文学良知和社会担当。

立体多元的经验世界
——消费时代的文学书写

女真长久地凝视着她熟稔的普通人的世界，沉醉于对其生活的诚恳书写之中。她是当代作家民生愿望的忠实记录者和优秀表达者，勤奋而卓越的成绩奠定了她在当代文坛的地位。女真的写作暗合了她极为纯正的情感伦理，使她在进行底层书写时充满朴实的俗世情怀，没有丝毫造作勉强的道德化痕迹，说的都是大众听得懂的大白话，深沉感人的烟火情愫顺理成章地渗透到人物的灵魂深处，平凡生活的泼烦琐碎和故事经营的厚道美意浑然天成、熠熠生辉，在文学界可谓独树一帜。

从20世纪90年代末底层书写具有整体性意义和规模以来，其书写对象基本都是农民工（进城务工人员）、低收入群体、下岗人员以及因各种原因生活困难的人们。但是，许多作家把这个凡俗的世界写得走样脱形，读者对此表达了深深的失望。

《白头》把普通中学教师作为关注对象，这在21世纪以来的底层书写中是不多见的，其意义在于它弥补了底层书写在人物塑造和题材类型上的匮乏和荒芜。初中语文教师周洗尘和妻子肖洁（小学体育教师）人到中年，供养着一对上大学的儿女。在家庭急需用钱的时候，周老师却意外地宣布坚决不教语文，而是改教历史，这一荒谬的行为意味着他收入的减少，他的"一时冲动"使这个本就比较艰难的家庭陡添困窘。为此，肖洁大为光火，骂他不负责任。她私下给程校长送礼，希望校长能让丈夫重教语文，却遭到丈夫的严词拒绝。周洗尘不久后查出患有肝癌，肖洁陪他返回母校，难得地与混得都比他好的同学进行最后的狂欢。他们夫妇一生节俭克己，这次远行算得上二人一生极为奢侈的"壮举"。回到小城住进医院后他终于清静了，终于有时间反复思考缠扰自己一生的麻烦事：工作、住房、儿女前程、课时费等。这令他百味杂陈。他知道自己时日无多，到八十岁母亲面前枯坐无语，默默相对，算是告别。周洗尘一生艰辛不易，不知道享福是什么滋味。在他死后，其女责怪妈妈宁愿把钱留下买房也不给他治病。屋漏偏逢连夜雨，周洗尘死后不久，肖洁又查出患有卵巢癌。这部作品特别注重对普通人苦难严酷状态的深刻展示，灌注了强烈的悲苦意识和批判精神。主人公双双罹患绝症，这种惨烈苦境显然是具有象征意味的，是对两个主人公，也是叙述人的一个隆重无声的祭奠。主人公对生活的最后一点期待，伴随生命终结的倒计时启动而失去意义。女真笔下的主人公身上有着小百姓的平民温情与不伤大雅的狡黠，他们将一生中大部分的时间和精力都花在了物质生活的改善上。女真与他们有着无法割舍的血肉联系，她理解他们，同情他们，她知道自己必须冷静客观地写尽他们一生的悲苦，把那些难言之隐从她的文字里全部吐出来。她的很多代表性作品如《钟点工》《生为人父》等，把普通人的人生苦难写得哀婉、深沉、朴素、细腻，冰雪高洁，撼动人心。

提示普通人生活的荒谬困境是女真创作的重要意图，怎样用写实的手法再现不忍目睹的日常事件，女真表现出了令人肃然起敬的主体态度。她极其负责地用虔敬之心对待普通人，尤其是那些因各种原因跌入困境的人；她是一位善意的质疑者和批判者，表达了对生活实况极具个性化的阐释与解读。正是透过男女主人公被动而脆弱的生存，在对普通人人生的描述中，作家用人性的标尺丈量现实生活的进程，带给读者久违的满足。

都市红尘与性别视角

作为一位优秀作家，女真在 21 世纪写作中具有无可替代的言说价值。它不仅表现在作家所讲述的故事文本的独特意义上，还更清楚地在叙述姿态上标志出来。21 世纪以来，社会生活发生了天翻地覆的变化，伴随这一现实，女性的书写也变得空前丰富多彩。在如此背景之下，我们看到了女真用思辨的姿态去表达女性在温情多变的生活面纱背后的性别之痛。女真的作品没有高高在上的傲然俯视，有的只是匍匐于地的纤纤回眸。她以敏感细微的笔触书写女性的欲望、期待、孤独、恐惧、痛苦、羞辱、阴暗、病态、绝望甚至死亡，从生活的纵深层面挖掘她们的隐疾，特别是那些人们习焉不察的精神磨难，女真隐藏了一种意味深长的公理和道义呐喊。种种迹象和事实说明，深重的灵魂痛苦驱使女真开始了悲情写作。她对女性话语孤军挑战式的极致呵护给人难以释怀的伤感和沉痛，这种选择勇气和文学情怀令人欣赏。

《幸福得一塌糊涂》通过葛红与钱程、乐章与吴昆仑的情感经历，深刻揭示现代社会中夫妻、恋人、亲情等关系的时代复杂性。葛红大学毕业后不顾父母反对与男友钱程去了北连，结婚十年才发现当了董事长的丈夫居然在外养了"小三"还生了儿子，并扬言要与之离婚。这一噩耗使她如五雷轰顶般痛不欲生。人们不禁疑问：在权钱情欲面前，当年钱程死缠烂打穷追不舍才赢得的这场爱情怎么会如此不堪一击？葛红向同学乐章倾诉自己的痛苦，控诉负心的老公，甚至怀疑他要谋害自己，把所有机密甚而银行保险柜钥匙都交给乐章，而又在关键时刻出卖乐章，陷之于不义，在旁人面前对钱程表现出近乎下作的讨好，令人莫名其妙。乐章也是四面楚歌：年迈的父母闹着别扭互相折磨；哥嫂良心丧尽，一心算计父母房产；鳏夫男友吴昆仑为人老谋深算，不露痕迹，他的聪明和老辣让她深感恐惧，使她在婚嫁关头犹豫犯难。家庭的绑架、人性的诘问、道义的招魂、世俗的搅和等迅速聚集，这种沉甸甸的生活真相给人一种透不过气的阅读感受。这原本是一个由婚外恋的故事引起的关于家庭生活的讨论，作家却把一个普通生活事件抛进了精神领域，沉重而迷蒙。葛红是一个集孤独、苦闷、怨恨于一身的极度分裂的人物，她身上有一种清冷和灰暗的色调，她对男人有着自己令人哭笑不得的理解："男人是这个世界上最虚伪的东西，他们希望天下所有的女人除了自己的老婆以外都性解放，他们愿意干什么就干什么……我在家里温柔得要死，温柔得我自己都不认识自己了，还让我怎么的？就为了我不再年轻了？就为了他想跟小妖精生个儿子吗？"这对同床异梦的"爱人"破坏了曾经令人羡慕的婚姻，虽然他们还维持夫妻的名分，但家庭却早已名存实亡。女真借乐章之口表达了对人世间来之不易的爱情之花的挽留和不舍："她跟钱程之间的事情，太复杂，乐章想不明白，也懒得去想。如果夫妻之间非得这么提防、这么互相算计，乐章早就不会考虑要什么婚姻，就是有了婚姻早晚也得散伙"，"她不敢直视葛红。这个女人不但让她感觉陌生，简直就是害怕……"作品让读者和乐章一道在葛红家庭生活灰飞烟灭的缕缕尘埃中目睹了迷狂现实中世俗情感的苍白无力与相继毁灭，令人心碎。葛红狼狈不堪的个人生活使读者感受到世界的荒唐、诺言的虚无。生活对人们形成的伤害，向来在女性身上体现得更为深刻。女真以深度追问的态度对女性颠簸的人生之路进行了刨根问底式的讲述，理性地理解和阐释女性在现代社会的身份意义，以此建构女性精神的新的社会含义。女真作品悲凉苍古之气的背后弥漫的是对爱和美的细心呼唤和怜惜。小说中，"葛红"们在那些苍白空洞的男人面前节节败退的哀叹和无奈，一方面在深刻细致地描写女性的情感紧张和精神危机，另一方面也是一种古典式的理想主义忧伤招魂。

女真是一个怀旧的作家，也是一个善良、高贵、高尚、悲悯的作家，因此她的写作不低下流俗，面对那些社会中讨生活的女性，她始终保持着一种慈悲的情怀。

《准备离婚》堪称一部由小人物写出大意味的不可多得的中篇佳作。小说以李迎春、老潘二人新奇殊异的婚姻生活和持久磨合的悲喜交加描写现代婚姻的真实状态。农村出身长相一般的李迎春在大学毕业后当了一名公务员，在办公室住了几年后渴望分到一套属于自己的房子，也渴望收获一份爱情。校友老潘同意与之假结婚，可是房子到手后，因为两人已经有了孩子，日子就这样不咸不淡地过了下来。小说通过描写普通女性的现实人生，呼唤重拾情感信心和重建理想秩序，评估日益复杂的两性世界。这种叙事视角是女真独特的情感模态：男性处于被审视的地位，女性则是主体情感的坐标点。这种故事结构并不代表两性关系的势不两立与不可调和，尽管精神困顿或许没有终点，但生活的光芒依然四射。小说结尾李迎春送病愈的老潘重返南方，在机场老潘笑着对她说："等着，说不定我哪天还回来呢，回来离婚。"李迎春笑了，她想的是："离就离呗，你又不是没回来离过。"这既体现了女真对理性伦理秩序的鲜明呼吁和维护，也对某些人文精神状况表达了失望和批评。追求理想主义诗意，是这部小说最主要的特点，它集中表现在女性对家庭对事业对婚姻的态度。小说没有夸大生活的不完美，这里出现的生活波折是一种客观的表达。李迎春情感和婚姻上的遗憾，更深刻地表达了一个欲望丛生的时代存在的倾向性问题，她达观健康的处事态度很好地体现了自身在现代社会的精神自信，这是作家善意的谋略，女真更愿意关注女性身上那些高贵自持的东西，也特别希望以更理想的方式去表达她看到的千奇百怪的生活。这是一种难得的真诚的可持续的浪漫主义文学情怀。

立体多元的经验世界
—— 消费时代的文学书写

女真是善良而勤奋的作家,她在题材方面有广泛而深刻的开掘,文学表达上的突出优势有目共睹。她以朴实的创作态度与镂刻精雕的文学精神竭力表现人性的深度和人类性的无限丰富性;她以敏感多样的生活认知和内心感触形成了有别于他人的话语方式和值得广泛关注的书写策略;她在鲜活的记忆中颂歌时代,在把最绮丽的颂词献给灵魂世界的同时表达了对人性情怀的深长对话。

精神邀约与诗性美学

龚学敏的诗歌如同他主编的刊物一样具有全国性的影响。他于 20 世纪 80 年代中期开始诗歌创作，曾以《幻影》《雪山之上的雪》《长征》等赢得美誉并在当代诗坛占有一席之地。在诗歌写作的竞技场上，龚学敏的耐力和韧性俱佳，他诗歌中所具有的历史沧桑感是跨时代的，凝聚起了至少两代人的文学记忆；同时，他三十余年的诗歌写作高潮迭起，别开新花，风光变化，又不能不说是一种奇异。在同期入场的诗人们以各种方式渐次退场的背景之下，他却痴心依旧，坚守诗歌，守望这一片灵魂净土，对抗现实对人类的精神偷袭。龚学敏的诗歌写作形成了一种历久弥坚的非凡气象，其文学经历和傲人成就，也为读者留下了思考的空间。

在一个缺乏诗意的物质世界，诗歌的灵魂意义和高洁品质显得如此宝贵。虽然，它也许无法挽救或改变某种糟糕的世俗状态，但它清纯的文化尺度无疑会对读者的心灵进行反复细致的抚摸擦洗。优秀的诗人关注时代又与人类的真实生存相勾连，这种使命感和历史感正是当下诗歌所稀缺的精神依托。熟悉龚学敏的人都知道，他的作品充满了对民众生活处境的深沉关怀和持续表达，冥想未来，叩问灵魂，自省，自悟，坚持寻找生活的真相和人生的意义。他知道，文字的终极目的是要带给世界一种体贴之情和款款暖意。这种已经变得相当可贵的理性自觉使他在甚嚣尘上的物质语态中能够很好地保持着自己诗歌行走的端庄姿势，这种书写精神也使他这样的诗人成为一个时代孤独而有意味的卓越风景。

与学敏豪迈爽朗的性格相比，他的诗歌写作却表现出了一种异乎寻常的亲和平静。读者看不到很多诗人那里常见的一泻千里的激情挥洒，也没有命意遣词的苦心孤诣。在诗意构造的过程中他是一位有智慧的高人，也是一位优雅的文字工匠。在群星泛起的诗坛，他像一个得道高僧，以少见的定力心无旁骛地倾情于自己的文字。他已参透诗歌的内里堂奥，恰切地协调了文学与生活的关系，既充盈平淡弃绝矫情，又心灵警觉独立发声。在他的作品里没有一时流行的扮酷吆喝，更没有媚眼与煽情，他不希望用那些精心伪装的叙述去败坏读者已然于诗越来越差的胃口，这种努力不能不说是一种难得的良知和少见的勇气。

笔者对学敏的诗歌有一种比较固执的阅读感受：他在跨越个人经验的时候往往将写作提升到了一种寓言性的高度。《动物记》（组诗，《扬子江诗刊》，2019年第3期），可以说是这种诗歌精神有性的最好注脚。下文中笔者将以这组诗为例，做些简单的解读。

《动物记》由十首诗组成，描写了十种动物具象，精心洗涤的日常经验和现实断想的偶然性相遇，使彼此无关的世界变成了一系列感官合奏，自然和艺术的奇异联袂让这些自然圣物获得了超越常规的庄重。这是学敏诗歌作品纯洁化的极致表达，也是一种对外在物象侧面观察的角度和哲学起点，表现的是对一种自然事物原始状态的迷恋和思考。诗人通过对心灵世界的秘密探访给这个世界留下意义，让世界井然有序。这些文字观察显然绝非仅仅倚重感觉经验。作为敏感的智者，诗人无疑更信赖对静寂世界的倾听。诗人显示出了一种明确无误的倾向性，希望尽可能沉潜于幽微和暗淡的底层世界，探游勘察，再返回自身清醒意识的抽象感觉，穷极诗性自然的美学传达。

在《动物记》中，山川有灵，万物共生，蜜蜂、鸭子、黄鼬、白蚁、牦牛、警犬、鲤鱼、雪豹、布谷、幼鲸各得其所，相伴相依。诗人在不停地检视过程中找寻到了属于自己题材的声音和方式，来表达他对自然与人类和谐共生之美渐行渐远的遗憾和自救，借助于对这些万物生灵的书写把生命之美的历史意义和生存质疑转化成纯粹的个人记忆。

云朵酿成的雨，因为渠道的迷乱/把城市淋成补疤/世俗的油菜花被照相机啄成会飞的/春天，蜜蜂把人群的花粉搬弄到/是非的树上，想着重新生长/药房一样整齐的蜜，在超市讣告/蜜蜂的生长的途径，和住址……油菜花，党参花，新疆的棉花……给花分类的蜂/把蜜，放在人类不同的病灶里测谎。

——《蜜蜂》

诗人在熟视无睹习焉不察的生活表象中发掘出被遮蔽的诗意，在世俗烟火的琐屑与平淡穿越中，深刻感悟到司空见惯的平静背后无限的怅惘和沉重悼亡。诗人用一颗怜悯之心和絮语方式，展开与生活真相的悄然对话，平静地书写自己深邃的生命感受与体悟，细致入微地端详现代人对自然世界的冷漠与无知。诗歌没有任何高蹈之气，尽显从容、平淡、慈心、善意，写作因此进入一种宽广博大的智慧之境。

笔者以为，龚学敏的诗歌写作有两个重要向度：一个是着眼于他生活、工作过的川西高原，叙写那片广袤无垠的神奇大地上的雪山、森林、河流的瑰丽美妙；一是表达一个都市人对现代生活复杂面貌的瞬间思考和无限感叹，"写实"的外观之下暗藏念念不忘的哲理性冥思。前者的文字脉象持续了二十余年，集结了他对川西地域精神内涵最为敏感最为精致的深度打量，饱含着对那片肃穆土地的悠悠眷恋和天然敬畏。在那些精美的组合中，学敏以一个纯正的知识分子的身份透露出类似"除了这片高原我几乎了无牵挂"的深刻而动人的精神情绪，也使他当然地成为当代诗人对川西圣地歌吟杰出的代表之一。后者则表达了一位城市诗人在以财富论英雄的商业时代对一种决然圣洁的反拨声音的广远期待，延伸到对芸芸众生

立体多元的经验世界
——消费时代的文学书写

崇高深挚的人文之爱。诗人虽身处闹市，不得不保持着与众人和社会的必要接触，但警觉自省的诗人却借助那些优雅的书写理想地隔绝了世俗的喧闹，恰到好处地消解了现代世界生命精神的惨淡虚无。

> 怀疑白色。照相机的偏见/过滤手绘的酥油/已经靠近彩虹的五彩丝线/被工业捆绑高度，还有人工的水雾/海子里的水在眼眶中惊呼/直到被地震盛到碗中/酥油后退/白色存活在传说被盯死的传说中……怀疑路途。牦牛白色的结/系在照片的艳遇处/上错车的地图，把沥青折叠成/转世的偶像，不想绝尘都没办法/怀疑牦牛/把黑色染白，只是让我在旅途中/少一个污点而已。
>
> ——《叠溪海子边用作与游人照相的白色牦牛》

全诗用六个"怀疑"笑看世人在牦牛面前可笑夸张的搔首弄姿，这种非常典型的现代"静夜思"，表现了一种独到的灵魂反思和强烈的忧患之情。作品从司空见惯的俗物世态中获取智慧灵光，由此呈现一种令人赏心悦目的痛快而浩荡的情景表达，在诚恳和率直中保持着一贯的质疑性话语风度。读者在牦牛和世人身上看到了一种崭新的美学寄托，这里有着最为朴素动人的生活打量，它浸透着诗人对日常生活喜剧富有血性和道德的公共追问。诗人正是以"动物式的注意力"（里尔克语）对麻木不仁的世俗风物持久省察之后为我们提供了一种出人意料的文化断想。

社会生活的变化对诗歌书写提出了新的挑战和要求，它对生活中的各种问题和公共事件的关注变得前所未有的强烈和直接，全方位地对应着现实生活的方方面面。在烟尘滚滚的生活面前，诗人充分感受到现实的丰满和残酷。龚学敏描绘社会实相，是他语言和想象之外的现实承担，他早已发现了信仰与现实之间的冲突，这使他能够始终保持着清晰而难得的思考品质。同时，他具有冷峻的旁观者和热情的参与人的双重身份，这又使他诗歌中的生命意识、历史意识、存在意识、生态意识和哲学经验变得无比沉重和丰富，这样的写作背景就让学敏获得了一种更为深刻的意义层面与更加宏阔的哲学时空和理性辨识生活、生命与诗歌本体的能力。主题与对象之间构成了一种神秘而和谐的诗性之光。从这个意义上说，学敏的诗歌体现了更加开阔、深厚、包容的人文主义诗学特点：一方面尊重个体写作本身的独特多样，构建高远、精密、创新的言语系统，探索个体表达的最终深度；另一方面，数十年的忠诚写作积累使他具有难得的人文情怀，他写作中表现出的对生活的关注、包含的现实启示以及高度纯正的严肃性，恰好是一种比较理想的人文主义诗歌状态。

　　用狼的外套与村庄拉锯/鸡扮演的警示片，拍成黑白/被冬天以讹传讹。春天/让皇历封着/雪地上的谎言，距离人类越近/便越醒目……微信的小兽纷纷出来拜年/空中的时间，被网络搅浑/僵硬的村庄一忘再忘/只是惦记着/黄鼠给鸡拜的年，像是/一件用过的旧东西。

——《黄鼬》

　　这首诗把客观事物与意象之间的内在关联同审美想象悄然勾连，生活气息氤氲深厚、扑面而来。这些日常的东西经过诗人温热的灵魂抚摸之后，顿然之间具有了生动的精神意味。这种建立于客观实体之上的书写，鲜活而不世俗，灵动毕现。作品将社会心象与自然物象融于一体，不露痕迹，人与自然全息天成。当我们从修辞的角度去读《动物记》的时候，肯定又会发现，其中深蕴着一个心灵的大千世界、一个勾连现实的社会人生。

　　龚学敏的《动物记》对卑微的生灵世界的倾情关注和对生活现场所显示出的原始特征的展示，其实与诗歌的底层书写不谋而合。这种细小触角生发的意味深长的审美意义实则隐含着一种许多人倾慕而不得的诗学观念，它表现了对当下发生的社会生活事件的即时回应和严峻思考。

　　把刀子一样的雪片朝高处搬动/看大河撒手东去/雪豹，用黯然，提炼她们的魂魄/……人们在雪后的大地走动出/用一些肮脏的印迹，模仿/雪豹的皮。

——《雪豹》

诗人以虔诚倾听之心，面对宁静的雪地水彩，制造出无限端庄和华贵的遐想，平易之中包含着深刻高妙，耐人寻味。这是对生命的尊重，对生活的理解，唯其如此，方可感受人生乃是生命、生活的古远馈赠。龚学敏善于发掘生活蕴含的悠悠真情，传递出来自心灵的福音，他将和优秀的同行们成为这个时代孤独而有意义的卓越风景。

物化时代的经验意义

做当代文学研究的人都知道韩春燕是一位职业的编辑家和评论家,不少现当代文学领域的高校教师也知道她是一位著述颇丰的教授、博士生导师,但很多人却不知道她还是一位从 20 世纪 80 年代初就开始诗歌写作的优秀诗人(并同时有小说面世)。韩春燕主要从事中国乡土文学和中国当代作家作品研究,诗歌写作只是她悄无声息的额外兴趣点,也是她隐蔽的精神空间。韩春燕不是职业的诗人,但业余客串者的身份以及随性散淡的审美取向,反而使她放开手脚,写出了很多品质上乘、完成度极高的诗歌佳品,形成了一位职业评论家无心插柳的私房秘制,如鱼得水,成就极大。韩春燕的诗歌集思辨、哲学、文化、人性为一体,融学者之智与诗人之美于无形,成为当代文学各种要素的重要旁证。诗歌,也成为她的一种重要身份认同。

一、现代东北的生命记忆

阅读韩春燕的诗歌,不难发现其中的一个至关重要的写作向度:对自己生活、学习、工作的东北人文大地的深耕易耨,书写自己对那片广袤无垠的神奇土地的纯洁挚爱。这种主体性极强的地缘文化情绪在她那里激活了一片新的诗歌领域,持续影响着其诗歌写作生涯。东北大地作为她自由抒情的善美空间,帮助诗人完成了对东北地域和人文精神内涵最本质、最敏感、最精致、最公正、最无私也最磅礴的测试。这是一种对精神故乡的重新打探、铺排和安置,在圣洁眷恋和膜拜敬畏之中完成了对一段民族历史的诗性表达。东北这个让人神往的地方,在韩春燕笔下,走向了别具一格的极致。

与很多诗人、作家不一样的是,韩春燕对东北故乡的描写是一种生命体验,是拨云见雾的,摒弃了以庸常的思乡情怀渲染对故土的眷恋,展现出一种很少见的由衷自然的诗歌状态,以其丰富炫目的才智与令人震惊的深思冥想而独树一帜。她的诗歌摆脱了普遍存在的俗气,显得非常清散纯粹、干净利落,那些零落成泥的柔声细语,芳香如故、温暖动人,没有一丝文字的腥味儿和半点做作气息,那种祥和与宁静,令人动容。它与戾气浮躁、喧闹浅薄的写作现场形成了非常有趣的对比。

> 北方的冬天,是如此的意味深长
> 你看那清冽的晨昏里
> 收割后的土地
> 封冻的河流
> 空荡荡的原野上,只有肆虐的风
> ……
> 其实,一切都在蛰伏
> 北方黑黑白白的冬天里
> 所有的生命都屏住呼吸

它们变得比小还小

　　附着在删繁就简后的事物上

　　……

　　此时，黑暗中的种子们正在集结

　　它们把自己缩成

　　一粒粒子弹

　　等待着那个呼啸而出的

　　惊艳时刻

　　　　　　——《北方的冬天，是如此的意味深长》

　　韩春燕摆脱了流行已久的同行旧式，另辟蹊径地找寻自己的意象和表达。东北原野的风物依旧，但诗人的描绘却是那么动人。诗歌中具有最高意义的美学景观，偏偏就是那些自然生命中最悄无声息的东西。静寂的"土地"、凛冽的"晨昏"、冰下的"河流"以及疾行的"寒风"，仅仅是"种子们"集结的条件和原因，"呼啸而出"乃是东北大地复苏的高光时刻。诗意斑斓，性情质朴。很多人谈及当代诗歌，就会自然想起这样的事实：当下诗歌虽然花样繁多，但除去一些刻意的造势，并没有多大动静。其实这与诗人对人生表达和世界凝视得太过自我有诸多关联，他们过于听从自己的主体经验和情绪诞生的及时性，甚至将很多捕风捉影的事物奉为圭臬，形成一种视觉屏障和美学门槛。韩春燕屏声静气，吞吐自然，找到了一种自我与自然唱和的无影乐章，得到的是一种仅属于东北的美感——一种她自己深刻领悟并欣然接受的笔下最美的诗歌。她把对自然生态的万般怜爱和无上崇敬化作楚楚诗魂，沉潜为一种长久的写作信仰，没有丁点夸饰与苦吟的痕迹，这是一种罕见的具有专属特征的诗歌气质和美学定数。

　　无雪的北方，只有一条河是白的

　　我提着半辈子的心事，行在

　　那些冰冷的水滴上

立体多元的经验世界
——消费时代的文学书写

而我的身后,返乡的人
络绎不绝
……
村庄正在老去,而那条河
看起来却是新的
苍老的浮云已尽沉水底
总有一些人要涉水而来
也总有一些人要
涉水而去

——《无雪的北方,只有一条河是白的》

  大地情与故乡爱呈现在韩春燕笔下是一种人文与大地的融通之美,是一种美丽得令人窒息的魅力华章,苍凉而不凄惶,轻柔而不淫靡,这种深厚醇正的故乡情结凝结成她早已了悟于心的纯粹诗歌。顺着这样的思路,我们可以清晰地探寻出韩春燕的创作灵感来源及其作品与家乡的内在联系。对于故乡,很多诗人的审美目标往往都是向后的,他们需要沉浸在对既往生活的回溯中方可得到情感的补给和传输,一旦面临当下,他们通常显得张皇无措。一方面,他们中的很多人进入城市,身份的变化和某些特别的需要使其中不少人对幼小时期的故乡记忆执意删除或有意修正;另一方面,现代生活的各种刺激使他们关于故乡的情感饱和度大打折扣,在写作上做"减法",丧失了旺盛的图画。因此,很多诗人多年后已经写不出合格的故乡作品。在这点上,韩春燕是赢家。她既能对曾经的世界保留持续的好奇,很好地固定自己的人生经验并进行有效的发酵,又有对现代生活事件的及时跟进与处理。当她复现东北大地那些磅礴明亮、气势恢宏的地域风情所秉承的博大文化精神时,就显示出了自己独特的写作格调和过人优势。

也许,前生我是那棵
攀爬在古城墙上的牵牛,用无数双小手抚摸过
日月的流晖,晨钟暮鼓间

看惯了雀落莺飞
草木枯荣
才能在十二月的辽西也停不下来
让黑白分明的山野，到处延展着
我疯长的触角
把一片片贫瘠的日子硬是抚摸出了
荒凉的暖意

——《十二月的辽西》

韩春燕对故乡的炽热之情使其诗歌注定不是献给自己，而是献给最美妙、最慈悲和最依恋的家乡之爱的东北！一个赤子对故乡一以贯之的人生之歌，那是最本真、最忘我、最纯净的动听乐章，更是一个诗人最值得自豪和骄傲的动人旋律。那种稳重厚实的偎依感使阅读其诗作的游子感到幸福、温暖、踏实和满足。她执意书写故乡的"牵牛""燕雀""贫瘠的日子""草木"，直白浅显的话语，显示的是一种少见的原始情怀、一种源自灵魂的敬畏故乡的朝圣情结、一种了无牵挂的精神向往，无限深情地表达了她面对大地经卷时的谦逊姿态。

十二月的辽西，我在山野间行走
去看望大地上
我前世的姐妹兄弟
在一眼田鼠洞前驻足，在一棵老橡树下
与鸟们对视
任淘气的野兔蹦蹦跳跳乍惊
还喜，一年最后的日子里
我轻抚着洗尽铅华的草木
像返乡的孩子
在一铺大大的土炕上，与亲人们
述说着各自的秘密

立体多元的经验世界——消费时代的文学书写

——《十二月的辽西》

韩春燕所勾勒的故乡场景，淳朴透彻，清新扑面，柔情似水，她没有把很多与同行相似的经验类型化，从而规避了格式化与同质化的窘态，表达了一种超越性意义和哲理化趋势。她很完美地将自己悄无声息地与家乡风物融为一体，真诚纯洁地弃绝了大多文人以"师者""上者"等回望姿态"衣锦还乡"、"杀"回马枪的得意与骄矜。"我前世的姐妹兄弟""像返乡的孩子""与亲人们"等用语既是一种身份认同，也是一种文化和精神认同，更是一种亲缘与血脉认同。丰饶宽厚的东北大地为她的生命留下了深深的文化烙印，形成了她源自童年记忆、无以言表的深沉环抱——把诗歌极致的悠然托举并血浸入魂的尘埃中的大爱，对亲人与过往的牵记缅想，对故土和亲情的感怀不舍。这是韩春燕诗歌写作最重要的资源，这种资源既是题材的资源，也是情感的资源。它无意之中形成一种对韩春燕而言两全其美的意外格局，一种不可多得的写作财富。

《临江一梦》《城》等也有很别致的表达。

从当代文学创作的代际划分而论，韩春燕属于"60后"诗人。这一代诗人有着自己独特的生活经历、社会体验和价值取向，也有广受称道的人生目标，对外在世界的个体判断显得比较温和与理性。韩春燕用自己的文字抚摸着故乡山水，不厌其烦地将视点投注在这片远离喧嚣的土地上。她感受到了来自大地的成熟气息和灵现生机，认定这里就是此生的家园和来世的天堂。这是诗人与大地前世今生的秘密约定，也是一种感悟的妙合。

韩春燕的故乡写作透露着一种安然静心的珍贵气质。韩春燕像一位探宝的行者，带着故乡给她的自信和坚毅，优雅高贵地向人们展示白山黑水的造化神秀，体现了一种血肉毕现的真诚，展示了一种生活态度、自身人格和诗品的统一整体。东北大地的温暖情怀，撑持了韩春燕诗歌的感情基础，也奠定了她诗歌的重要精神指向。气定神闲的叙述中，大悲悯的情怀和诗性智慧在更高的意义上绝佳地融为一体，很自然地把韩春燕的诗歌推向了一个新境界和新高度。这是一种最深情的表达，也是一种最深沉的思考。可以肯定，韩春燕有关东北大地的诗歌无论是主题、结构还是艺术都具有独特魅力，诗味、内涵、意境、语言、韵律等无不显示了东北大地的历史与现代色彩。那种自然天性的优美和温和大气的雅致是韩春燕书写的独门技法，这些气质显示了韩春燕诗歌具有的史诗价值的无限可能性。在这个时代，能遇到这样一个令人感动、纯洁高尚、善良自律的诗人，何其有幸。

二、天人合一的生灵境界

读韩春燕的诗歌，我们看到了一个纯真诗人所描绘的充满生命力的美丽中国画卷，那里装下了祖国的秀水明山、千里戈壁、辽阔草原、巍巍雪山、丰饶平原。韩春燕从来不放过对与她邂逅的每一个地方的周密搜寻和深度对话，总是试图深度体验山川大地的别样韵味，自觉成为一个外来朝圣者和纯洁采风人，写出了沁入血脉之中的沃野草香和无限柔美的连绵山河，成为现实生活初始面貌的至纯表达和盛情礼赞。她庄严肃穆地以诗歌的名义向那片自然秘境致敬，美山之美，美水之美。把大地山川自然风物的柔性甜美写得淋漓尽致，将那些神圣的留在想象背后的历史情景的活态样本勾勒出来，传布了当代文化图景下现代中国温暖动人的背景记忆。这些诗歌情绪饱满，节奏把握得非常好，多姿多彩，令人陶醉，既是一坛坛醇香四溢的金浆玉醴，又是一曲曲曼妙迷人的天籁之音。以真情浇灌诗歌之花，无丝毫戏玩之态，笔下的瞬间均回归于淡定舒缓的幽幽情感，完成了对山水青绿的精美打造，构成了一道当下稀缺的诗歌写作风景，独树一帜，实属珍贵，具有诗歌艺术人格的崇高追求以及令人感动的人文精神内涵。

行在碧连天的草原，你会觉得你
比草还要矮小
不需要马头琴声，只要一阵微风拂过
草尖和心头微颤

立体多元的经验世界
——消费时代的文学书写

> 闭上眼睛，你已抵达
> 天堂
> 如果还有一匹马，一匹被称作蒙古的马
> 于呼啸的风中
> 驶过
> 你在长调般辽远的草原上
> 会听见，历史所有的日升和
> 日落
> 当然还有石头，这些草原珍稀的事物
> 它们是真正的歌者
> 坚硬的沉默就是它们的歌唱
> 大大小小的敖包
> 看不见的神灵起起落落
> 一切都在向上，沿着草尖，沿着风
> 攀爬
> 草原的高度就是歌声的高度
> 歌声里
> 今天落下的种子，明天就会发芽
>
> ——《蒙古草原》

我们知道，诗教和自然向来是中国古典诗学非常悠久的精神传统，"自然"的社会学和哲学含义成了古今中外优秀诗人毕生追求的目标，也是主体与外物的大化乃生命之至境。苏轼所谓的作诗要"道人胸中水镜清，万象起灭无逃形"便是最好的注脚。这是诗人的一种求之不得的精神修养和灵魂神会。对此，韩春燕当然自有感悟。韩春燕写过非常漂亮迷人、香醇浓厚、沁人心脾、细腻丝滑的蒙古组诗，《蒙古草原》是其中一首。其他还有《砧子山》《乌利亚斯泰》《哈伦·阿尔山》《博克图之夜》等。内蒙古自治区是一片拥有壮丽自然风光和独特民族文化的广袤大地，那里辽阔的草原、广袤的林海、洁白的雪山、碧蓝的湖水、洁白的羊群等随时都能勾起人们的无限遐想。韩春燕的这组诗可以当然地视为一段让读者认识、了解、感受、热爱、迷恋内蒙古的精美导读或游赏指南。《蒙古草原》里"骏马""草原""马头琴""敖包""歌声""石头"表证了从大兴安岭到呼伦贝尔、从河套平原到巴丹吉林沙漠、从长白天池到西拉木伦河的内蒙古广袤无垠的大地之美，简约地扫描了内蒙古迷人多彩的自然景象和令人沉醉的壮美风光。诗歌以"草尖""天堂""神灵""日升""日落"等为物象，这些神秘的场景之作，表达人与自然的和谐之美，展示的是悠扬高远的草原牧歌。

我马不停蹄地奔向你——
这场青翠的盛宴，哈伦·阿尔山
像一段梦中的姻缘，野花，蝴蝶，麦地，滚烫的泉水，以及
夜色中明灭的灯火
我们在暗夜集结，向白天出发，白桦树
以一种闪烁的方式示我
可梦境之外的一切，我已无从记起
草原和森林携手，我知道
我走在梦的边缘，这高低不平的梦里
兴安岭的风穿过我的身体，
呼啸作响，我突然想唱
用五音不全的歌喉，加入你的合声，如
一棵草，一朵花，一段站立或倒下的木头
然而，当我看那条
名叫哈拉哈的河水流过
看到那弯曲的河道，故事般起承转合
忽然就忆起了一场纷扬的大雪，歌声，
和火光中
一匹马走失的背影
有谁看得见前世的雪落，就必能听到

立体多元的经验世界
——消费时代的文学书写

> 来世的花开
>
> 如今,我已站在所有故事的开头
>
> 在阿尔山的清凉的梦里
>
> 我满怀心事地走着
>
> 你不言
>
> 我亦无语
>
> ——《哈伦·阿尔山》

对很多人来说,内蒙古无疑是魂牵梦绕的地方,迫切了解那里自然状貌、人文风情是一种共同的希望,这也是韩春燕作为一个有担当、有品格的诗人的创作初衷。这首诗的情感切入确实是直白普通的:向着哈伦·阿尔山的"野花,蝴蝶,麦地,滚烫的泉水,以及/夜色中明灭的灯火"出发,与"草原和森林携手"。诗歌立体多维地展示了诗人心心念念的哈伦·阿尔山的令人惊悸的独特美丽,将辽远幽微的鲜活物象与蕴藉深厚的时代过往深情款款地勾画成柔和、透明、清亮的精准的地理标志。诗人从哈伦·阿尔山丰富的天然景物中发现与众不同的人文痕迹,为热闹非凡的内蒙古草原书写提供了一个另辟蹊径的文学样本。诗人臧棣说:"诗的写作可以彻底颠覆小大之辩……在诗歌中,看起来很小的素材,只要细心洞察,都会触及很大的主题。哪怕是一个杯子、一片树叶、一只蚂蚁,都能协调我们对存在的根本观感……一首诗就是一本书。"[①] 韩春燕将自己真诚炽热的情感向着哈伦·阿尔山迷人的自然世界发散,一棵草,一朵花,一盏灯,一段桦木,一匹开小差的马……人与自然在这里生息与共相依相随,那种天人合一的优美动人和土地山野的迷人气息令人牵肠挂肚,永生难忘。"我满怀心事地走着/你不言/我亦无语",温软晶莹的文字和柔情似水的语调,情感如诗如画,浑朴醇和。在带着悠远的书卷气的草原美学视野里,读者久久痴迷于那种天地浑成的思索和唯美之中。这种印象内蒙古书写,是韩春燕诗学理念成熟之后的自然过渡,也是她人格修为的渐变升

---

① 臧棣. 诗道鳟燕 [M]. 西安:陕西人民教育出版社,2017:78.

华，那种呼之欲出的柔情和温暖，成为高度浓缩的洁美的人品、深厚的学养及卓越的才情。

> 拉萨，我该怎么写你呢？
> 一踏上高原，我的眼睛，就在你瀑布般的阳光里，
> 获得了光明，我看到
> 你的秘密，纵横交错
> ……
> 看那些俯下身去的人，携带起一路风尘
> 听那些真真假假的传说
> ……
> 一切生命都沿着自己的路奔赴着
> 拉萨，你这莲蕊里的城池
> 黑夜最短，白昼最长
> 生命是多么不寻常！
> ……
> 我的心行在布达拉宫的上空
> 对高处的渴望，让我阅尽低处的
> 风景
> ……
> 催得时间老去，灵魂花开
> 千里万里
> 为了刹那的机缘
> 我快马加鞭
> 走了　一生
>
> ——《拉萨印象》

韩春燕的诗歌中始终荡漾着一种令人沉静和踏实的诗意存在，这是她作品里特别动听和持久的音符。安德鲁·芬伯格说："我们正在进入一个

以泛化的技术为特征的新时代,这些技术以难以意料的方式影响着我们。"① 当今,那些曾经与人类结伴而来的美妙物件愈加珍贵,世界也变得越来越复杂。韩春燕温柔和煦地保持着与世界的让人永不寂寞的内心对话,让那些久存心底的情绪经验被重新激活,分享给读者。在《拉萨印象》中,"糌粑""青稞""骨头""飞鸟""僧人""莲蕊""城池""雄鹰""红尘""诵经""锣鼓""灵魂"等意象的紧凑集结,提炼展示的不仅是圣城拉萨的丰富意蕴与独特元素,这种立此存照的勇毅和介入,更是诗人如高原花草一般质朴善良所流露的与生俱来的谦卑而又高贵的品格,这是一种最高的人文操行。"为了刹那的机缘/我快马加鞭/走了一生",这是韩春燕体悟西藏人文自然的心灵之诗,是雪山圣水流布的灵魂之诗,更是诗人面对波涛汹涌的欲望世界的愿望之诗。匍匐于地的藏地写作,是韩春燕独到的幸福,也是她对现代情绪的一种寓言式呼应。

韩春燕还有很多关于西藏的优秀作品,诸如《拉萨的时间》《拉萨河》《玛吉阿米的正午时光》。这些"美丽西藏行"在广阔丰美的高原风光里洋溢的是诗人的人生感悟,绵绵的穿透力背后留下的是通达的思想和哲学的思辨。这是一部具有当代性的压缩了的民族史、地域史和文化史。

三、智性存在的现实伦理

韩春燕有一个很独特的诗学观点:诗歌是一种神性的表达,诗人近乎灵媒,实现人与这个世界隐秘的沟通。她的诗歌显示了一种别开生面、焕然一新的人文情怀,这是一种深怀大义、洞悉人生的诗学向度与美学趋势,很适时也很般配地体现了诗歌写作的另一种走势与可能性,即对人文精神深度的不懈掘进。这是一种很有意味、值得研究的文学现象。韩春燕是一个善感多思的文人,能够从身边溜过的诸多事物中察觉到其中含蕴的气息,获得自己考察现世的一个很精审、很别致的坐标点。这既是她关注

---

① 安德鲁·芬伯格. 可选择的现代性 [M]. 陆俊,严耕等译. 北京:中国社会科学出版社,2003:2.

世界的一种特有方式，也是打开她心灵的个体技巧。韩春燕坚持重申诗歌的写作伦理。她很清楚，诗歌写作伦理的坚持其实就是最大意义上对人文精神的坚守；她希望诗歌回归固有的信仰和理想，回归那些天清地朗的人性，回归和谐润滑的独立精神。与当下大量堆积库存的泛公共经验和欲望批发的抒写相比，与那些面目可憎、丧失了诗意和诗人主体精神气质的写作相比，与那些糟蹋崇高、道德失范、忘记本分的写作相比，韩春燕敬畏和尊重诗歌的高贵品质，保证以平民的方式走进现实，习惯了以平常心认知复杂世界，执拗而安详。她凭着良知，用心扫描那些灰头草面的狭隘空间，记录灰蒙蒙的生命世界中早已被忽视和麻木的诗意和细节。诗歌里写出了一个感动读者的优秀诗人对大地人间的诗意浪漫和缱绻深情。作品风雪漫卷，朗润人间！客观、平和、内在、自主的精神气度令人耳目一新。

韩春燕的诗歌气韵酣畅一贯，深刻地表达了当代诗歌写作特别纯正的抒情趣味并由此确立了自身不可复制与替代的文体风格和精神个性，这是一种对中国优秀诗歌传统的自然想象和精准对接。她倚重诗性之美，对人性命题和人道关怀始终心有戚戚，为读者提供了可亲可近的最大可能。

> 多么喧哗的时光
> 在艳阳和干燥的空气里，草木纷纷炸裂，
> 叶子和果实也在打点行囊，离家
> 远走他乡
> 整个秋天都在告别，都在疼
> 那伤口里流淌的泪水，晕染得山川
> 斑驳陆离
> 有一种伤叫美
> 有一种恨叫爱
> 有一种新生叫死去
> 多么喧哗的时光
> 秋天里，所有的生命都在咿呀歌唱
> 衰老的植物，流浪的种子，悲伤的人

立体多元的经验世界
——消费时代的文学书写

> 迁徙的鸟儿
> 以及，遍野聚聚散散的故事
> ——有谁能说出大地的秘密
> 我也在告别，与那些迎面而来的风景
> 与那些擦肩而过的人
> 与自己——
> 秋天里，我紧握着自己的手
> 像流落天涯的姐妹
> 像阴阳永隔的夫妻
>
> ——《多么喧哗的时光》

当下诗歌饱受诟病的普遍而深刻的问题就是没有灵魂，精神的苍白无可争辩，许多诗歌已经不再迷恋岁月悠悠的浩然灵气，诗人心灵力度的发挥和从容心性的抒发遭遇梗阻，很多人背叛真实和现场，远离常识和细节，读者很难看到动人流连的诗性、人性与神性共存的曼妙景象，遑论灵光闪现的人文精神！韩春燕长时间地保持了一种难得的轻逸和自在，人文理想流光溢彩，这应该是诗人最为重要的精神品质。她宽厚完美地写出了洋溢在普通人心底的那些微薄的尊严和透明的欢乐，温情地注视着他们生活世界里那些狰狞的诱惑与带刺的鲜花。在这首诗中，透过"喧哗的时光""远走他乡""衰老的植物""流浪的种子""悲伤的人""擦肩而过的人""流落天涯的姐妹""阴阳永隔的夫妻"等意象，读者不难发现，韩春燕是一个对世界特别敏感的人，她的经验轨道和精神视野使她对很多人生场面习惯性地表现了很深的忧虑和不安，甚至流露出了自己的某些伤感和失望。她以一种强烈的在场感探测到了生存中那些沉默的叹息，写出了有力度的生命经验，作品具有很理想的苍茫浩渺的历史感和现代图式，由此，诗歌的理想价值和历史视野顺利合成。

韩春燕的诗歌善于将日常生活情景上升到一种生命哲学的高度。同时，她具有强烈的同情心和忧郁情结，很喜欢用悲悯和感恩之心看待暗礁丛生的现实世界。读韩春燕的作品，使人想起加缪《鼠疫》中里厄的一段话："根据他正直的良心，他有意识地站在受害者一边。他希望跟大家，跟他同城的人们，在他们唯一的共同信念的基础上站在一起，也就是说，爱在一起，吃苦在一起，放逐在一起。因此，他分担了他们的一切忧思，而且他们的境遇也就是他的境遇。"① 韩春燕的写作分享了生活中那些隐秘的辛酸和嚣张的磨难，吟唱那些令人倍感幸福甜蜜的宁静寂寞的山庄和卑微温暖的人家，让一种尊严的生存站立起来。这种独特的方式，别的诗人写不出来，这是韩春燕诗歌写作风格化的标志。

有意无意之间，一定隐藏着
秘密
在这个山坳里
传染病院到精神病院是46步，精神病院到
那座庙宇是36步，而庙宇到传染病院
则是56步
……
寂静中
植物们在忙着死，动物们在忙着生
传染病院里的病人在忙着呻吟，精神病院的患者
在忙着做热热闹闹的梦，三圣寺的僧人们
……
我不记得我是从哪里出发的
疼痛还是梦境？
也不记得走了多远，多久
36步，56步，还是82步
抑或是千山万水，
走了一世，以及无数的轮回
当我站在这个正午

---

① 加缪. 鼠疫［M］. 上海：上海译文出版社，1980：30.

立体多元的经验世界
——消费时代的文学书写

> 站在一片金色的光芒之中,我突然记起了
> 我要去的地方
>
> ——《有意无意之间》

韩春燕的诗歌理念和写作核心一直是将审美目光牢牢地锁定在真实匿名的现实生活和那些极致性情韵上,诗歌显示的朴素、亲和以及由内而外散发的芬芳与光芒,产生了一种令人难忘的永久的温暖和鼓舞。"传染病院""精神病院""庙宇""山坳""病人""患者""僧人"和那一串神秘的数字,堆砌的是现代人的特定生命符码,这种有疼痛感的书写,显示了一个对生活极端信任和寄望的诗人对生活本身的寻找、问询、述说、祈祷、遐想、沉思、反抗和悲悯。她希望用信仰的光芒照亮那片灰暗的山坳,这种情绪因一些特殊事物的提醒,成为一种引领或暗示一再得以强化。诗人将"他们"和自己放在一起进行考察和评估,分担"他们"的艰辛与磨难,这也是韩春燕身上最值得钦佩和珍视的文字品质和精神魅力。在《不是所有的生命都朝着一个方向走》《你看我们都醉醺醺的》等作品中读者也有上述的会心发现。

韩春燕对诗歌写作怀着庄重的激情与渴望,她在繁杂的工作之余平静安然地与诗歌喁喁私语,为自己辛劳付出获得的成就兴奋流泪。她成功绘就了一个辽阔高远的诗歌坐标,这是一种令人激动的写作硕果。静水流深,大道至简。韩春燕在日常和书写之间保持了一个观察者和平常人的最恰当的距离,发现了一种理性的自然和现世之美。很多人可能会有这样的误解:长于文学研究的人进行创作,大体可能会比较抽象和概念,板眼规范,旧迹斑斑。韩春燕的诗歌却没有任何的"学者印记",机巧活泼而又庄重温婉,柔和伶俐而又饱含深情,在当代诗歌四十年的文化版图上,应当有一个恰当的位置。

后　记

检查完最后一篇文章，我终于可以勉强松一口气了，一件艰难而持久的事情总算基本完成。

我自工作以来，一直在高校从事文学理论教学和研究。教学之余最重要的事情是鉴赏当代文学作品、撰写评论。发表的文章，出版的专著，申报的国家级、省级科研项目也都是围绕当代文学开展的。从本科发表第一篇学术文章算起，前后累积的时间已近40年。可以说，立足中国当代文学并进行跨世纪的文学考察，成为我思考当代文学整体关系的出发点。

书中八个篇章中的多篇文章，曾发表于《当代作家评论》《南方文坛》《当代文坛》《文艺评论》等多种报刊，完善后结集出版于此书。

本书的出版，得益于西南科技大学社科处、文学院以及绵阳市文联、绵阳市委宣传部的支持。众多朋友的鼓励和关心，雅正宽厚，温馨难忘，在此一并致谢。此外，四川大学出版社的邱小平老师、张宏辉老师、欧风偃老师及责编刘一畅为本书的出版做了许多的工作，令人感动，谨向他们专致谢忱。

张德明

2022年7月于四川绵阳